Peter Meisenberg, geboren 1948. Studium der Geschichte, Philosophie und Germanistik. Lebt als freier Autor in Köln. Bei Emons erschienen: *Geh mal zur Seite, Kleiner*, *Freitags kommt der Klüttenmann*, die Köln-Krimis *Schmahl*, *Haie* und *Leidenschaft* sowie in der Reihe »Kommissar Löhr« *Schwarze Kassen*, *Löhr und das OB-Patt* und *Pappnasen*.

Dieses Buch ist ein Roman. Handlungen und Personen sind frei erfunden. Ähnlichkeiten mit lebenden oder toten Personen sind rein zufällig.

Peter Meisenberg

Müllgeld

Kommissar Löhrs vierter Fall

Emons Verlag Köln

Umschlaggestaltung: Atelier Schaller, Köln
Umschlagzeichnung: Heribert Stragholz
Umschlaglithografie: Media Cologne GmbH, Köln
Druck und Bindung: Clausen & Bosse GmbH, Leck
Printed in Germany 2003
ISBN 3-89705-279-2

www.emons-verlag.de

Für Helmut

Die Aprilsonne verlieh der weißen Kerze, die Michaela behutsam aus dem Zellophanpapier wickelte, einen fast durchsichtigen Schein. Es wirkte, als ob sie von innen leuchtete. Dieses Leuchten und die aus vergoldetem Wachs auf die Kerze aufgebrachten Ornamente – stilisierte Lämmer, Brote und Tauben – vermittelten eine Aura des Weihevollen, Kultischen, bereits jetzt, bevor die Zeremonie überhaupt begonnen hatte. Entsprechend würdevoll überreichte Michaela Löhr die vom Zellophan befreite Kerze.

»Da, Jakob, die trägst du«, sagte sie feierlich.

»Ich? Wieso ich? Was soll ich damit?«

»Jakob! Dat ist die *Taufkerze*!«

»Ach ja«, sagte Löhr. »Die Taufkerze, natürlich.« Zu einer Taufe gehört eine Taufkerze, und der Pate, erinnerte er sich jetzt, trägt die Taufkerze. Es war einige Zeit her, sechs oder sieben Jahre, seit er das letzte Mal bei einer Taufe dabei war, und noch länger, dass er in der Rolle des Paten daran teilgenommen hatte. Das war vor über zehn Jahren bei der Geburt seines Patenkindes Denise, der Tochter seines ältesten Bruders Bernd, gewesen. Und jetzt war es wieder einmal so weit. Sein zweitältester Bruder Robert und dessen Frau Michaela hatten ihn zum Taufpaten ihres letztgeborenen Sohnes Gabriel erkoren. Diese Wahl hatte Löhr mit großem Stolz erfüllt. Jetzt aber, während die Taufgemeinde auf dem Kirchplatz vor St. Aposteln zusammenkam und er die festlich gekleidete Kinderschar um Robert und Michaela versammelt sah, kamen ihm doch ein paar Bedenken über die Zukunft des neuen Erdenbürgers: Es gab bereits vier Kinder in dieser Familie – den fünfzehnjährigen David, die um zwei Jahre jüngere Esther sowie die zehnjährigen Zwillinge Joshua und Ruth. Und nun also noch Gabriel. Löhr hatte zwar keine Einwände gegen die biblische Fruchtbarkeit der Eltern, die sich offenbar vorgenommen hatten, das hebräische Namensrepertoire auszuschöpfen. Eher trug er Bedenken, wie Robert mit seinem Einkommen als Bauingenieur diesen Kindersegen würde finanzieren können. Er war bei einer städtischen Wohnungsbaugesellschaft angestellt – und weder da noch beim Kindergeld wuchsen die Bäume in den Himmel, und auch Michaela würde, jetzt mit dem Säugling beschäftigt, auf absehbare Zeit nichts zum Familieneinkommen beitragen können. Aber Löhr kam nicht dazu, seine sorgenvollen Gedanken weiter zu vertiefen, denn das Portal von St. Aposteln hatte sich geöffnet, und ein Messdiener winkte die Versammelten in die Kirche.

»Und was *mach* ich mit der Kerze?«, fragte Löhr etwas ratlos seine Schwägerin.

»Dat wird der Priester dir schon erklären«, antwortete Michaela etwas nervös. Sie schloss zu ihren Kindern und Robert auf, der den in ein weißes Tuch gehüllten Säugling auf den Armen trug und gerade durchs Kirchenportal schritt.

Löhr blieb zurück und ließ die stattliche Schar seiner übrigen Familienangehörigen an sich vorbeiziehen. Seine Mutter war natürlich dabei, sein Bruder Bernd und seine Schwester Ursula mit ihren Familien; die Tanten Irmi und Trudi, Onkel Toni, alles Geschwister seiner Mutter; Onkel Alfred und Tante Sabine, die Geschwister seines Vaters. Ein stattliches Aufgebot der Löhrs und Hövelers, bei dessen Defilee Löhrs Herz höher schlug. Er liebte solche Familienzusammenkünfte, zumal bei so schönen Anlässen wie diesem, und er freute sich schon auf das Geschnatter und Getratsche nach der Taufe. Robert hatte anschließend zu einem kleinen Frühschoppen in den »Bieresel« auf der Breitestraße eingeladen. Als Letzte der Familie wollte er Tante Sylvia, die Frau seines Onkels Alfred, passieren lassen und hinter ihr die Kirche betreten, da wandte sich Sylvia an ihm.

»Hast du nachher noch 'n bisschen Zeit, Jakob?«, flüsterte sie ihm zu, und Löhr sah ihr an, dass es nicht gerade eine geringe Sorge war, die sie drückte.

»Natürlich, Tante Sylvia.«

»Et geht nämlich um unseren Felix ...«, wollte Tante Sylvia bereits jetzt ihr Herz erleichtern, doch Löhr schubste sie sanft durch die Tür.

»Sprechen wir nachher drüber, Tante Sylvia. Ich bin doch hier der Taufpate. Die warten bestimmt schon.«

»Aber denk dran, und lauf nit gleich weg!«

»Versprochen.«

Obwohl das Taufbecken in einem Seitenschiff von St. Aposteln stand, dessen Gewölbe viel niedriger war als das Hauptschiff, dröhnte das »Lobet den Herrn« aus den Mündern der kleinen um das Becken versammelten Taufgemeinde so gewaltig durch den gesamten Kirchenraum, als ob zwei Fischerchöre miteinander wetteiferten. Löhr sang mit. Ihn durchfloß ein wohliges Gemeinschaftsgefühl, und darüber verflog die eben aufgekeimte Sorge um die Zukunft des kleinen Täuflings Gabriel. Selbst wenn es um die Geldmittel in Roberts Familie nicht üppig bestellt war – es gab doch noch diese ganze große Familie! Im Schoß dieser Familie, unter diesen Dutzenden von Tanten und Onkeln, Großtanten und Großonkeln, Großmüttern, Vettern und Kusinen – an was sollte es einem Kind da schon fehlen? Löhr war sich der Sentimentalität seiner Gedanken bewusst, aber was sollte er tun? Bei solchen Anlässen konnte er sich ihrer einfach nicht erwehren. Also gab er sich ihnen hin, und wenn es nur für ein paar Augenblicke war.

Der Priester war ein älterer Mann mit buschigen weißen, sich zur Stirn hin zu scharfen Spitzen formenden Augenbrauen. Er winkte Löhr, der die inzwischen angezündete Taufkerze steif wie ein unerfahrener Messdiener vor sich hielt, zu sich und den Eltern mit Gabriel ans Taufbecken.

»Mit dem Sakrament der Taufe, liebe Eltern und lieber Pate, wird ein Mensch in die Gemeinde der Gläubigen aufgenommen. Wer getauft wird, tritt ein in die Gemeinschaft der Heiligen. Sie sind die Zeugen unseres Glaubens und unsere Fürsprecher bei Gott. Heilige Maria, Mutter Jesu Christi, bitte für uns!«

Der Priester schwieg mit gefalteten Händen und senkte den Blick auf den Saum seines Gewands. Löhr begriff dieses plötzliche Verstummen nicht gleich. Er sah sich um, und als die ganze Schar murmelnd wiederholte: »Heilige Maria, Mutter Jesu Christi, bitte für uns«, begriff er, dass hier eine Litanei gebetet wurde, und kam sich ein bisschen wie ein Heide vor. Wann hatte er das letzte Mal eine Litanei gebetet? Doch beim »Heiliger Josef, bitte für uns«, murmelte er bereits mit den anderen, als hätte er nie etwas anderes getan, als Litaneien zu beten.

Nach der Anrufung der Erzengel Michael und Gabriel und der zwölf Aposteln segnete der Priester das Wasser im Taufbecken und hob erneut seine Stimme: »Die Taufe ist Gottes Werk. Sie ist die Absage an das Böse und Bekenntnis des Glaubens. Für den Täufling antworten Eltern und Pate.« Der Priester machte wiederum eine

Pause, holte tief Luft und breitete seine Hände über den kleinen Gabriel. Der verschlief diesen wichtigen Akt in seinem Leben, auch als der Bass des Priesters wie ein plötzlich anspringender Schiffsdiesel durchs Kirchenschiff dröhnte: »Widersagt ihr den Verlockungen des Bösen, damit es nicht Macht über euch gewinne?«

Erschrocken starrte Löhr dem Priester in die klaren blauen Augen. Er wusste nicht, was er mit dieser augenscheinlich an ihn persönlich gerichteten Frage anfangen sollte, und begriff erst, als Robert und Michaela antworteten: »Ich widersage«, dass er schon wieder in eine Litanei geraten war. Himmel! Er war eben kein Taufprofi!

»Widersagt ihr dem Satan, dem Urheber des Bösen?«, dröhnte es jetzt. Und Löhr antwortete, im Chor mit Robert und Michaela: »Ich widersage.«

»Glaubt ihr an Gott den Vater, den Allmächtigen, den Schöpfer des Himmels und der Erde?«

»Ich glaube«, antwortete Löhr, obgleich ihm dabei bewusst war, dass sein Glaube keineswegs mehr so felsenfest war, dass er davon auch noch etwas an den kleinen Gabriel hätte abgeben können.

Der Priester ging jetzt zum eigentlichen Taufakt über und bat Robert, Gabriels Kopf zu entblößen. Robert nahm die Decke vom Kind, reichte sie Michaela und hielt den mit einem leicht vergilbten, früher gewiss einmal blütenweißen Taufkleid bekleideten Säugling über das Taufbecken.

Der Priester schöpfte ein wenig Weihwasser und ließ ein paar Tropfen auf den rosigen Schädel des weiterhin unbekümmert schlafenden Gabriel rieseln.

»Ich taufe dich auf den Namen …«

Weiter kam er nicht, denn ein nicht sehr lautes, dafür aber durchdringendes metallisches Zirpen zerbrach die weihevolle Atmosphäre. Löhr blickte sich mit ebenso empörter Miene um wie alle anderen Anwesenden, und erst als er bemerkte, dass die Blicke der anderen sich auf ihn richteten, wurde er sich der Tatsache bewusst, dass das unheilige Geräusch aus der Tiefe seiner linken Jacketttasche gekommen war. Das Handy! Mein Gott! Das neue Handy! Er hatte es völlig vergessen. Löhr wurde puterrot, und wenn man vor Scham tatsächlich würde im Boden versinken können, er hätte es jetzt getan.

***

»Wie kannst du mich während einer *Taufe* anrufen?« Löhrs Scham über seinen peinlichen Auftritt war ungebremst in Zorn umgeschlagen, und dieser Zorn hatte sich während der langen Taxifahrt vom Neumarkt die Rheinuferstraße entlang, durch Rodenkirchen bis nach Weiß keineswegs gelegt. Im Gegenteil, jetzt, wo er den Urheber seiner Schande leibhaftig vor sich hatte, geriet er erneut in Wallung. »Während der Taufe meines *Patenkindes*!«, setzte er schäumend und in einem Ton hinzu, als käme diesem Umstand von Essers Vergehen eine erhebliche strafverschärfende Qualität zu.

»Ich hab dich doch gar nicht angerufen. Ich hab dir bloß 'ne SMS geschickt!«

»Du hast mich *nicht* angerufen? Und wieso bitte klingelt dann das Ding in meiner Tasche – mitten in der –«

»Das klingelt doch gar nicht, wenn ich dir 'ne SMS schicke, Mensch! Das gibt nur einen einzigen kleinen Signalton.«

»Klingelt nicht! Klingelt nicht! Hättest dabei sein müssen, wie das mir und allen anderen durch Mark und Bein geklingelt – gegellt, ja gegellt hat das, mitten in der –«

Löhr fuchtelte mit dem Handy wild vor Essers Gesicht herum. »Und im Übrigen«, zischte er, »was soll das überhaupt heißen: Es-Em-Es?«

»Sag bloß, du weißt nicht, was 'ne SMS ist?«, fragte Esser, ehrlich erstaunt.

Löhr funkelte ihn an, seine Hand krallte sich um das Handy, bis seine Knöchel weiß wurden und das *objectus delicti* leise, knackende Geräusche von sich gab.

»'ne SMS ist 'ne Textnachricht! Hab ich dir extra deswegen geschickt, weil ich dich nicht stören wollte. Wusste ja, dass du wieder mal in Familienangelegenheiten –«

»Wieder mal? Wieder mal?«, heulte Löhr auf. »Es ist *Sonntag*, Mann! Sonntag! Da werd ich doch wohl –«

»Ich weiß, Jakob, ich weiß.« Esser hob beschwichtigend die Hände.

»Und wir haben noch nicht mal Bereitschaft! Wie komm ich überhaupt dazu, mitten aus einer Familienfeier –« Löhr konnte sich nicht beruhigen.

»Ich weiß, ich weiß«, versuchte Esser ihn zu besänftigen. »Aber Klütsch und Lauterbach, die eigentlich dieses Wochenende Bereitschaft haben, sind beschäftigt. Da gab's heute Morgen 'ne Schießerei zwischen Jugendlichen in Ossendorf, also hat die Stallwache mich angerufen, ob wir das da übernehmen.« Esser wies auf das Gebäude vor ihnen, aus dem trotz des Einsatzes von beinahe einem Dutzend Feuerwehrwagen immer noch drei oder vier schwarze Rauchsäulen wie die Finger einer überdimensionalen Geisterhand in die gläserne Aprilluft ragten.

Löhr hatte schon ein »Und-da-konntest-du-nicht-allein?« auf der Zunge, schluckte es aber herunter. Sein Zorn über das Handy und die gestörte Sonntagsruhe war zwar immer noch nicht ganz verraucht, jedoch sah er ein, dass er langsam wieder herunterkommen musste, wollte er sich und Esser den Tag nicht komplett verderben.

Sie gingen auf das Gebäude, einen lieb- und schmucklos ins Weißer Industriegebiet gepflanzten Bürotrakt, zu. Hinter dem Gebäude streckten sich, unmittelbar daran anschließend, zwei lange, mit gewölbten Plexiglaskuppeln überdachte, fabrikähnliche Hallen zum Rhein hin. Sie schienen vom Brand unberührt zu sein, nur im Bürohaus waren die Fenster schwarz verkohlt, die Scheiben geplatzt, schlierige schwarze Spuren über den Fenstern reichten bis zum Flachdach. Feuerwehrleute hatten mit Spitzhacken Löcher ins Dach geschlagen und spritzten Löschschaum ins Innere des Gebäudes, um Schwelbränden vorzubeugen. Jetzt schien die Feuerwehraktion beendet zu sein. Die Schläuche wurden zusammengerollt, die Mannschaften an den Feuerwehrautos waren dabei, ihre Utensilien zusammenzupacken.

»Was ist denn da passiert? Was ist das überhaupt?«, fragte Löhr seinen Kollegen.

»Das ist eine Müllsortierungsanlage. Firma Hauff. Da hat's gebrannt, wie du siehst. Und als die Feuerwehr anrückte, haben sie einen verletzten Sicherheitsmann im Eingangsbereich gefunden. Sozusagen in letzter Sekunde. Der liegt jetzt in Rodenkirchen im Krankenhaus; Schädelbasisbruch und Rauchvergiftung.«

»Also ein Überfall? Ein Überfall auf eine Müllsortieranlage?«

»Kein Überfall, sondern offenbar ein Einbruch. Der Einsatzleiter von der Feuerwehr hat was von einem aufgebrochenen Tresor gesagt. Der Nachtwächter oder Sicherheitsmann hat den Einbrecher wohl überrascht und ein paar über den Schädel bekommen.«

»Und das Feuer?«

»Der Einsatzleiter meinte, das wäre im Tresorraum entstanden. Wahrscheinlich durch unsachgemäßen Einsatz eines Schweißgerätes, vielleicht war's aber auch Brandstiftung.«

»Brandstiftung?«, hakte Löhr nach. »Da ist doch das KK13 zuständig.« Löhr war immer noch nicht bereit, sich mit dem Gedanken abzufinden, dass der für das schöne Familienfest geplante Sonntag für die Arbeit draufzugehen im Begriff stand.

Nachdem er schamesrot aus der Kirche geeilt und Esser – den Einzigen, der seine Handy-Nummer kannte und als Anrufer in Frage kam – zurückgerufen hatte, war Löhr zur mittlerweile vollzogenen Taufe in St. Aposteln zurückgekehrt und hatte sich mit dem Versprechen verabschiedet, so schnell wie möglich zum Frühschoppen nachzukommen. Noch bestand die Chance, dieses Versprechen zu halten.

»Hab ich auch überlegt«, erwiderte Esser, »aber weil der Sicherheitsmann verletzt worden ist und das eben der schwerer wiegende Tatbestand als 'ne Brandstiftung ist –«

»Sind wir zuständig. Ja. Trotzdem Mist«, grummelte Löhr. »Einbruch in eine *Müllsortieranlage*! Warum? Wozu? Und dann noch am Sonntag!«

»Hab's mir auch nicht ausgesucht«, gab Esser zurück. »Ich hatte auch gerade was Besseres vor.«

Löhr warf einen Blick auf den Kollegen. Tatsächlich sah Esser aus, als habe man ihn gerade aus der Loge bei einem Poloturnier geholt. Er trug eine weite Bundfaltenhose, nur einen Hauch dunkler als eierschalenfarben, ein weißes Jackett mit breitem Revers und darunter ein bestimmt sündhaft teures, bordeauxfarbenes Strickshirt. Sicher, Esser war derjenige von ihnen, der immer größten Wert auf seine Ausstattung legte. Aber heute, anlässlich der Familienfeier, hatte auch Löhr sich Mühe gegeben. Er trug einen seiner beiden Anzüge; den hellgrauen, wegen des schönen Wetters. Aber selbst der, auch wenn er um etliche Jahre neuer war als sein dunkler, hielt keinem Vergleich mit Essers Schick stand. Nun ja, dachte Löhr mit einem innerlichen Seufzer und ein wenig Neid, kann eben nicht jeder wie Graf Koks von der Gasanstalt aussehen. Dafür gibt's ja auch noch andere Werte. Innere. Oder die Ehre, zum *Taufpaten* bestimmt zu werden.

Vor dem Eingang des Hauses fragten sie einen der Schutzpolizisten nach dem Einsatzleiter der Feuerwehr. Der verwies sie ins Innere des Gebäudes. Sie betraten es zögernd. Die Wände des Flurs waren mit einer dicken Rußschicht überzogen, beißend stinkende, gelbliche Rauchschaden hingen unter der geschwärzten Decke, von der sich blasig der Anstrich abschälte. Der Fußboden war mit einer zentimetertiefen Brühe aus schaumigem, dunkelbraunem Wasser bedeckt. Esser sah auf seine Schuhe hinunter, hellbraune, geflochtene Slipper. Löhr folgte seinem Blick.

»Die ziehst du besser aus«, sagte Löhr. »Sonst kannst du sie anschließend wegwerfen.«

Esser sah Löhr zweifelnd an. »Und du?«

»Ich?« Löhr zuckte die Schultern. »Bei meinen Tretern ist sowieso Hopfen und Malz verloren.«

Er ging, ungeachtet der Nässe, die er augenblicklich an den Füßen verspürte, in den Flur hinein und drehte sich erst, als er fast dessen ganze Länge durchwatet hatte, nach Esser um. Der hatte tatsächlich Schuhe und Socken ausgezogen und war eben dabei, seine eierschalenfarbenen Hosen hochzukrempeln. Siehste, dachte Löhr mit einem winzigen Anflug von Häme, das hat man davon, wenn man so 'nen exklusiven Modefimmel hat.

Den Einsatzleiter der Feuerwehr trafen sie in einem Raum, der offenbar die Registratur oder das Archiv der Firma gewesen war. Davon zeugten jetzt allerdings nur noch ausgeglühte Gerippe eiserner Regale; deren Inhalt war samt und sonders, wie fast alles weitere, verbrannt.

»Was ist denn passiert?«, fragte Löhr.

»Da!« Der in einer schweren, einem Kampfanzug ähnlichen Uniform steckende Mann deutete auf einen schwarz-verkohlten mannshohen Kasten an der Kopfwand des Raums, vor dem eine große, ebenfalls verkohlte Gasflasche und die Reste eines Schweißgerätes lagen. »Da muss einer versucht haben, den Tresor aufzuschweißen, der wohl nicht die richtige Ahnung hatte.«

»Also eher Zufall oder Dummheit, aber keine Brandstiftung«, sagte Löhr

»Ich kann das nicht einschätzen.« Der Feuerwehrmann hob die Schultern. »Möglich ist, dass es sozusagen ein Unfall war, ein Missgeschick beim Aufschweißen des Tresors, möglich aber auch, dass der Täter mit Absicht das ganze Zeug hier angezündet hat. Wie und was da genau passiert ist, das müsst ihr rauskriegen.«

»*Wir* nicht«, sagte Löhr. »Das macht der Erkennungsdienst.«

»Ist der Raum in dem Zustand, in dem der mutmaßliche Täter ihn verlassen hat, oder haben Sie etwas verändert?«, fragte Esser.

»Wir haben nur gelöscht, nichts gestemmt oder geräumt«, sagte der Feuerwehrmann.

»Gut«, nickte Esser. »Dann können die Jungs vom Erkennungsdienst loslegen.«

»Und wir können zurück in unser wohlverdientes Wochenende«, ergänzte Löhr.

Er trat näher an den verkohlten Tresor heran und entdeckte unterhalb des Schlosses ein aufgeschweißtes Loch in der Stahltür. Das weckte seine Neugier dann doch ein wenig. Er drehte sich zu dem Feuerwehrmann um. »Dafür, dass der Typ keine Ahnung vom Schweißen hatte, ist er aber ganz schön weit gekommen!«

»Ja«, bestätigte dieser. »Hab ich mir auch schon angesehen. Hätte nicht mehr viel gefehlt, dann hätte er den inneren Riegel durchgeschweißt. Aber zu dem Zeitpunkt muss es ringsum schon so gebrannt haben, dass er aufhören musste.«

»Hm« machte Löhr. »Warum will einer am Sonntagmorgen den Tresor einer Müllsortierungsanlage knacken? Darin wird doch kein Bargeld verwahrt, oder?«

Esser und der Feuerwehrhauptmann hoben die Augenbrauen und blieben die Antwort schuldig.

»Wär doch interessant zu wissen, was der Kerl gesucht hat.« Löhr guckte in das Loch im Tresor, konnte aber außer einem Gewirr schwarzer Riegel und Drähte nichts erkennen. »Ob die vom Erkennungsdienst dem hier vielleicht den Rest besorgen können?«

Der Feuerwehrmann fühlte sich angesprochen und zuckte die Schultern. »Das weiß ich nicht. Jedenfalls hab ich's Ihnen gezeigt und gesagt, was uns aufgefallen ist. Wir sind hier fertig.«

»Ja, schönen Sonntag noch«, sagte Löhr säuerlich.

Als sie allein vor dem Tresor standen, fragte Esser mit leiser Stimme: »Meinst du, das dürfen wir? Ich meine, ohne den Besitzer zu fragen?«

»Wo ist der eigentlich?«, fragte Löhr zurück.

»Keine Ahnung. Normalerweise müsste er von der Schutzpolizei oder der Feuerwehr benachrichtigt worden sein. Vielleicht kommt er noch.«

»Jedenfalls ist er jetzt nicht hier«, sagte Löhr. »Und wenn er nicht hier ist, können wir ihn auch nicht fragen. Also lassen wir die Jungs das Ding aufstemmen, und dann sehen wir weiter.«

In Essers Miene versammelten sich alarmierende Anzeichen von Widerwillen. »Meinst du wirklich?«, fragte er ängstlich.

Um die drohende Diskussion zu umschiffen, ließ Löhr Essers Frage unbeantwortet und sagte stattdessen: »Also jetzt erzähl mal genau. Was ist das, ne Es-Em-Es?«

***

Der Sonntag war verloren. Löhr brauchte sich gar nicht mehr die Mühe zu machen, im »Bieresel« vorbeizuschauen. Es war jetzt später Nachmittag und die Taufgesellschaft hatte sich sicher vor Stunden schon aufgelöst. Also fuhr er mit der Linie 1 bis zum Rudolfplatz durch und entschloss sich, bevor er nach Hause ging, trotz der immer noch nassen Füße zu einem kleinen Spaziergang durchs Viertel.

Täglich mit der Straßenbahn zum Dienst zu fahren, hatte sich in der Praxis als leichter – und auch erfreulicher – herausgestellt, als Löhr es sich vor dem Umzug des Präsidiums hatte vorstellen können – und wollen. Denn zum einen war der Fußweg von seiner Wohnung in der Mozartstraße bis zur Haltestelle der 1 auf der Pilgrimstraße erheblich kürzer als der zur Löwengasse, was besonders an Regentagen von Vorteil war. Zum anderen stellte die Straßenbahnfahrt über den Neumarkt, den Heumarkt und die Deutzer Brücke eine tägliche Sightseeing-Tour dar, deren Kurzweiligkeit weniger im Anblick der Löhr natürlich vertrauten Stadtpanoramen bestand als in der Beobachtung der Fortschritte oder Rückschläge der diversen Baustellen, welche die Bahn passierte. Wobei beim Renzo-Piano-Rundbau für Peek&Cloppenburg über der Nord-Südfahrt weder von Fort- noch von Rückschritt die Rede sein konnte. Dort bewegte sich an und in der mit Plastikbahnen verhangenen Baustelle schon seit über einem Jahr nichts mehr, außer den ab und zu wechselnden überdimensionalen Plakaten, auf denen der Bauherr die endlosen Verzögerungen mit phantastischen Versprechungen zu übertünchen suchte. Eine Farce, ebenso wie die Gerüste um das Reiterstandbild des Preußenkönigs Friedrich Wilhelm III. auf dem

Heumarkt, die seit Jahren schon mehr als das Standbild selbst das Bild dieses merkwürdig zerfransten Platzes prägten. Konnte der Grund dafür wirklich bloß der Geldmangel der Stadt oder das Gezänk mit einem schludrigen Pflasterer sein, wie es in der Zeitung stand, überlegte Löhr jedes Mal, wenn er an diesen Endlos-Baustellen vorbeifuhr. Und dann malte er sich aus, was wirklich hinter diesen Verzögerungen stecken mochte, welche Streitigkeiten, Intrigen – vielleicht sogar ein abgekartetes Spiel, ein ausgetüftelter Plan? Manchmal steckt hinter noch viel harmloseren Erscheinungen ein von langer Hand vorbereitetes Komplott. Zum Beispiel hinter den für Köln typischen lähmend lang geschalteten Ampelphasen. Wer wäre jemals auf die Idee gekommen, dass die Werbeindustrie die für die Ampelschaltungen zuständigen Techniker bestechen könnte, damit die Autofahrer bei Rot genötigt wären, länger auf die Plakate rechts und links neben der Fahrbahn zu starren?

Löhr ging gerade die Zeile zu Anfang der Aachener Straße entlang, auf der sich Döner- und Gyrosbuden abwechselten, als er Zeuge eines Beinahe-Zusammenstoßes wurde. Ein Radfahrer, der mit hohem Tempo auf dem Radweg an Löhr vorbeifuhr, musste so mächtig in die Eisen steigen, dass er beinahe zu Fall kam, weil von rechts ein älterer Mann aus einer Kneipe herauslief und, ohne sich umzublicken, den Radweg kreuzte, um hastig etwas zum Rinnstein zu tragen.

»Verdammt noch mal! Das ist ein *Radweg*! Sind Sie farbenblind?« Der Radfahrer hatte sich bei seinem Bremsmanöver einmal um die eigene Achse gedreht und stemmte das fast umgekippte Fahrrad wieder hoch.

Der Angesprochene reagierte nicht. Er hatte sich auf den Radweg gehockt und ließ das, was er aus der Kneipe herausgetragen hatte, vorsichtig zu Boden. Dann drehte er sich zu dem Radfahrer um.

»Mach schnell, dat du wigger küss, du – du Höppemötz! Siehste dann nit, dat dat ene *Notfall* ess?«

Mit Erschrecken erkannte Löhr in dem Mann seinen Onkel Heinz. Und in dem, was er an den Rinnstein getragen hatte, dessen Dackel Boris, der mit zitternden Beinen eben dabei war, eine beträchtliche Lache auf den rot markierten Fahrradweg zu produzieren.

»Ein Notfall? – Eine Schweinerei ist das!«, schrie der Radfahrer. Er war so aufgebracht, dass ihm der Fahrradhelm ins Gesicht rutschte. »Lassen den Köter meinen Weg vollpissen!«

»Deinen Weg?« Onkel Heinz erhob sich und baute sich bedrohlich vor seinem Kontrahenten auf. »Wenn du jetzt nit glich mähst, dat du wiggerküss, dann zeig ich dir ens, wat deine Weg ist. Dann fährst du hück kei Fahrrad mieh! Und die nächste zwei Woche och nit!«

Und dann, ohne ihn eines weiteren Blickes zu würdigen, bückte sich Onkel Heinz wieder zu Boris, aus dem es immer noch herauströpfelte, und streichelte dem zitternden fetten Hund zärtlich das Fell.

Löhr war es ein wenig peinlich, einen Verwandten bei einem solchen Zwischenfall zu erleben. Einen Augenblick lang überlegte er, einfach weiterzugehen. Aber dieser Augenblick war nur kurz, denn sein familiäres Zugehörigkeitsgefühl brachte ihn schnell wieder ins innere Gleichgewicht. Und auch ein Anflug schlechten Gewissens. Denn schließlich war er selbst es gewesen, der Onkel Heinz letztendlich in diese Situation gebracht hatte. Er hatte ihm seinerzeit den Hund regelrecht aufgedrängt in der Hoffnung, ihn dadurch von seinem übermäßigen Alkoholkonsum abzubringen. Erfolglos, wie sich zum wiederholten Mal herausstellte. Denn schließlich war Onkel Heinz gerade aus seiner Stammkneipe herausgekommen. Am hellen Nachmittag.

Löhr wollte auf den Fahrradfahrer, der weiter seinen Onkel anschrie, zugehen und versuchen ihn zu besänftigen, doch das erübrigte sich, denn Onkel Heinz' Kumpane aus der »Alten Opernschenke« hatten den Vorfall von der Kneipentür aus beobachtet und näherten sich dem Radfahrer jetzt in beeindruckender Phalanx. Mit ein paar »Ist ja schon gut!« und »Trotzdem 'ne Unverschämtheit!« räumte er schließlich das Feld. Heinz' Kumpane zogen sich zurück, und Löhr konnte sich seinem Onkel zuwenden.

»Ist alles in Ordnung, Onkel Heinz?«

Heinz, immer noch mit Boris beschäftigt, blickte auf.

»Jakob! Wat machst du dann hier?«

»Kam gerade vorbei. – Was ist los mit deinem Boris?«

»Ach! Der Boris!« Seufzend erhob sich Heinz. »Der Boris, der macht et nit mehr lang. Eigentlich hätt ich den schon längst zum Pädsdoktor bringen müssen – aber ich krieg et einfach nit über et Hätz.«

»Wieso nicht übers Herz?«, fragte Löhr und betrachtete Boris, der apathisch über seiner Lache stand und keinerlei Anstalten machte, auch nur eine Pfote aus dem Nass herauszunehmen.

»Ja, siehste dat dann nit, Jakob? Dat Tierchen ist todkrank. Dä hät Krebs; dä janze Bauch voll von Geschwulste.«

»Deshalb musst du ihn zum Pinkeln tragen?«

»Nä, dat ist wegen der Dackellähme. Der kann sich ja überhaupt nicht mehr bewegen, dat ärme Kerlchen.«

»Dackellähme?«

»Ja. Dackellähme. Die Hinterläufe werden lahm. Kommt vom Treppensteigen. Wenn du wie wir im dritten Stock wohnst und der Hund muss dreimal am Tag die Treppe rauf und runter – dann kommt dat.«

»Hm«. Löhr betrachtete mitleidig den fetten Dackel, der wiederum Heinz mit einem langen, Mitleid erregenden Blick bedachte. »Und der Tierarzt kann ihm nicht helfen?«

Heinz schüttelte seinen mächtigen Kopf. »Nä. – Der könnt dem doch nur noch die Spritz geben, und dann wör er duud, der Boris.«

»Verstehe.«

»Aber andererseits tut et mir auch weh, dat Kerlchen so leiden zu sehen. Wär schon 'ne Erlösung für minge Boris. Aber dann müsste ich mir ene neue Hund anschaffen, und dat –«

»Wieso denn das?«, fragte Löhr erstaunt.

»Und das fragst ausgerechnet *du*?« Eine tiefe Querfalte erschien auf Heinz' Stirn. Er tippte Löhr gegen die Brust. »*Du* warst et doch, der mich auf dä Jeschmack jebracht hat. Und jetzt ist et so weit, dat ich ohne 'nen Hund überhaupt nit mehr leben könnte! So ist dat!«

»Und was ist das Problem mit einem neuen Hund?«, fragte Löhr. Er wendete sich diskret von Boris ab.

»Dat Problem? Dat Problem ist der Vermieter, der Engelmann!«

»Aber ich denke, der war mit dem Hund einverstanden? Der hat doch damals extra euren Mietvertrag geändert, oder?«

»Ja, dat schon«, antwortete Heinz gedehnt. »Aber nur für der Boris, nit für 'ne andere Hund.«

»Versteh ich nicht. Wie geht das denn?«

»In dem Mietvertrag steht drin: ›Das Halten von Hunden ist verboten‹. Punkt. Und dann hat der Engelmann in unseren Mietvertrag nachträglich mit der Hand reinjeschrieben: ›Eine Ausnahme bildet der derzeitige Hund der Familie Höttges‹. Der *derzeitige*! Verstehste?

Raffiniert ist der, der Engelmann. Wenn der Boris duut ess, dann jitt et nix mieh mit Hüngk! Schluss. Aus.«

»Verstehe«, murmelte Löhr.

Heinz nahm Boris vorsichtig hoch, legte ihn sich zärtlich in den Arm und sah ihn traurig an. Herr und Hund bildeten ein Denkmal abgrundtiefer Hoffnungslosigkeit, das Löhr in diesem Augenblick an eine Pieta erinnerte, auch wenn Heinz absolut nicht einer Madonna glich und Boris nicht Jesus und außerdem – noch – lebendig war. Heinz blickte zur Opernschenke.

»Trinkste noch einen mit, Jakob?«

Löhr schüttelte den Kopf.

»Danke, Onkel Heinz. Erstens ist es mir noch zu früh für 'n Kölsch und zweitens muss ich mir 'n paar trockene Schuhe anziehen – die hier sind mir nämlich eben nass geworden.«

Heinz nickte und wandte sich ab. »Also dann, Jakob.«

Löhr hielt ihn auf. »Einen Moment noch, Onkel Heinz. Trägst du den Boris eigentlich *immer* so? Ich meine, auch zu Hause, wenn du mit ihm Treppen steigst?«

»Ja klar, wie denn anders? – Wieso?«

»Ach nichts. – Mach's gut«, sagte Löhr, lächelte und wartete, bis Heinz in der Kneipe verschwunden war.

Löhr setzte seinen Weg fort, jedoch erheblich bedächtiger als vor dem Zusammentreffen mit Heinz. Da musste etwas unternommen werden. Aber was?

***

Das einsame Stück Käse im Kühlschrank hatte sich beim Eintrocknen gekrümmt. Es war an den Rändern steinhart und in der Mitte grün geworden. Löhr nahm es heraus, und danach war der Kühlschrank, bis auf eine Flasche Bier, ein Glas Senf, ein angebrochenes Gläschen Sardellen und das Butterfass leer. Löhr stellte das Butterfass und die Bierflasche neben den Stadt-Anzeiger vom Wochenende auf den Tisch, warf den Käse in den Müll und begann dann verdrossen, die letzten drei Scheiben Schwarzbrot dick mit Butter zu bestreichen.

Es wurde Zeit, dass Irmgard wiederkam. So war das doch kein Leben! Am Samstag hatte er vergessen, Lebensmittel einzukaufen, weil er in der Stadt unterwegs gewesen war, um das Taufgeschenk für sein Patenkind zu besorgen, und am Schluss war er von der Sucherei so zermürbt gewesen, dass er am Supermarkt einfach vorbeigelaufen war. Dann war Sonntag gewesen und die Geschäfte zu, und außerdem hatte er noch arbeiten müssen. Er hatte gehofft, noch irgendetwas Genießbares im Kühlschrank oder im Vorratsregal vorzufinden. Die drei Scheiben Schwarzbrot und die Butter waren das Einzige, was er gefunden hatte; alles Übrige hatte er während Irmgards Abwesenheit aufgebraucht.

Nicht, dass Irmgard, wenn sie denn zu Hause war, ihn regelmäßig bekocht hätte. Irmgard war nicht der Typ von Hausfrau, die abends mit gedecktem Tisch auf ihren Mann wartete. Eigentlich war sie überhaupt keine Hausfrau, sondern führte ein Leben, in dem für Hausarbeiten ebenso wenig Platz war wie in dem von Löhr. Sie wechselten sich mit dem Einkaufen ab, und wenn sie den Abend gemeinsam zu Hause verbrachten, bekochten sie sich gegenseitig oder gingen essen, meistens zu ihrem Lieblingsitaliener auf der Richard-Wagner-Straße. War Irmgard jedoch verreist, versorgte sich Löhr tagsüber in der Kantine und zehrte abends von Resten aus dem Kühlschrank, die er während der Lektüre der Tageszeitung zerstreut zu sich nahm. Allein zu essen machte ihm keinen Spaß. Erst wenn sämtliche Vorräte aufgebraucht waren, bequemte er sich zum Einkaufen. Morgen wäre es dann wohl so weit, da würde er gleich einen Großeinkauf veranstalten müssen, zumal Irmgard am Freitag von ihrer Berlin-Reise zurückkam und er sie nicht mit einem völlig leer geräumten Kühlschrank überraschen wollte.

Irmgards Reisen! Es war keineswegs so, dass Löhr ihr die häufigen Aufenthalte bei irgendwelchen Malakademien rund ums Mittelmeer missgönnte, oder ihre zahllosen Museumstrips – nach Basel, München, Zürich, oder jetzt nach Berlin, wo sie sich zusammen mit einer Freundin die frisch restaurierte Staatsgalerie und die darin ausgestellte Schinkel-Sammlung anschauen wollte. Sein Verdacht jedoch, dass sie diese Reisen genau auf solche Zeitpunkte legte, an denen wichtige Familientreffen anstanden – wie beispielsweise jetzt die Taufe seines Patenkindes – hatte sich ihm zur Gewissheit verdichtet. Irmgard floh das Löhrsche Familienleben! Diese Erkenntnis war ein kleiner Stachel in seiner Beziehung zu Irmgard, der einzige zwar, aber einer, der Löhr doch von Zeit zu Zeit schmerzte. Schließlich waren die Familie und vor allem die Familienfeste ein ganz wesentlicher Bestandteil seines Lebens, und dass seine Frau ihm dabei die Gemeinsamkeit verweigerte, seinen »Familienfimmel«, wie sie sagte, sogar als »Spießerei« abtat, das konnte er nicht so recht akzeptieren. Andererseits musste er natürlich zugeben, dass auch er Irmgard gewisse Gemeinsamkeiten verweigerte. Seit Jahren schon schlug er ihren Wunsch aus, gemeinsam in Urlaub zu fahren. Vielleicht, überlegte er, während er den Stadt-Anzeiger aufschlug, sollten sie mal einen Handel machen. Sie würde mit zum nächsten Familienfest gehen – dem Namenstag seiner Mutter zum Beispiel –, und dafür würde er mit ihr in den schon lange versprochenen Toskana-Urlaub fahren. Vielleicht …

Als er die dritte Schwarzbrotschnitte gegessen und den Stadt-Anzeiger durchgeblättert hatte, stand er vom Küchentisch auf und ging ins Wohnzimmer. Er schenkte sich einen kräftigen »Tullamore Dew« ein und zündete sich seine Abendzigarre an.

Das Whisky-Glas in der Linken, die Zigarre im Mundwinkel, setzte sich Löhr an den kleinen Sekretär, nahm den ersten Band des dreibändigen »Wrede«, des Lexikons der Kölschen Sprache zur Hand, blätterte darin, stellte den Band wieder zurück und schlug dann die Kladde auf, in der er sich seit einiger Zeit Notizen zu machen pflegte.

Er schrieb das Wort »Höppemötz« als Überschrift auf die nächste freie Seite. Sein Füllfederhalter schwebte über der Zeile darunter, und er überlegte. *Warum* hatte Onkel Heinz auf den Fahrradfahrer ausgerechnet diesen Ausdruck angewendet? »Höppemötzje«, so stand es im »Wrede«, bezeichnet ein Kinder-Hüpfspiel, wobei mit »Mötz« – Mütze also – wohl der Zipfel, ein Dreieck oder ein Halbkreis, am oberen Ende des aufs Pflaster gemalten Spielplans gemeint war, der »Himmel« des Spiels, in den es galt, einen Stein mit dem Fuß zu schibbeln. Wie kam Onkel Heinz dazu, ausgerechnet diesen eigentlich gar nicht als Schimpfwort gebrauchten Ausdruck auf den Radfahrer anzuwenden? Dadurch, dass er es tat, gab er dem Begriff eine ganz neue Bedeutung. Mit dem »Hüpfen« hatte er wohl den nervösen, gereizten Auftritt des Radlers nach dem Beinahe-Zusammenstoß zu treffen versucht. Gleichzeitig hatte der Radfahrer aber auch einen Helm getragen, der ihm in der Aufregung auch noch komisch verrutschte – was dann wohl das Ausschlaggebende dafür gewesen war, dass Onkel Heinz spontan dieser Ausdruck aus der Kindersprache – »Höppemötz« – einfiel. Wobei das »Mötz« darin eine ganz andere Bedeutung erhielt, vielleicht hatte der Helm Onkel Heinz an eine Narrenkappe erinnert. Wenn das wirklich so war, dann wäre Onkel Heinz ein kleines Kunststück gelungen; dann hätte er nicht nur die Bezeichnung für ein Kinderspiel zu einem Schimpfwort umfunktioniert, sondern damit auch gleichzeitig eine ziemlich komplette Charakterisierung des Beschimpften abgegeben.

Und eben dies war Löhrs Überlegung gewesen, als er damit begonnen hatte, solche Ausdrücke zu sammeln und sich Gedanken zum Anlass ihrer Verwendung in der Alltagssprache zu machen: dass es nicht nur Schimpfworte sind. Vielen anderen an Onkel Heinz' Stelle wäre beim Auftritt des Fahrradfahrers nichts anderes als »Blödmann« oder »Idiot« eingefallen. Sagt man jedoch »Höppemötz«, dann charakterisiert man gleichzeitig auch den Beschimpften, stellt seine eigentümlichen Schwächen bloß. Eben dieses sehr Präzise an der kölschen Sprache faszinierte Löhr.

Er hatte gerade die beiden ersten Sätze seines neuen Eintrags geschrieben, als das Telefon klingelte. Widerwillig schraubte Löhr den Füllfederhalter zu und nahm ab. Es war Tante Sylvia.

»Wo biste denn geblieben, Jakob?«

»Tut mir Leid, Tante Sylvia. Aber ich bin eben erst nach Hause gekommen. Du weißt ja – der Dienst! Und das an so 'nem schönen Sonntag.«

»Ich weiß ja, dat du viel zu tun hast, Jakob. Et ist ja auch schrecklich, wat heutzutage alles passiert. Aber dat mit dem Felix, dat liegt mir so auf dem Herzen.«

»Ja, genau, du wolltest mit mir über euren Felix sprechen.«

Felix war der jüngste Sohn von Onkel Alfred und Tante Sylvia. Löhr schätzte, dass er jetzt Mitte bis Ende zwanzig sein musste. Es waren ein paar Jahre her, dass er ihn zuletzt gesehen hatte. Löhr meinte sich zu erinnern, dass das bei der Beerdigung von Onkel Willi, des ältesten Bruders seines Vaters, gewesen war. Damals hatte Felix kurz vorm Abitur gestanden.

»Ja, Jakob. Der macht uns wirklich große Sorgen, unser Felix.« Die Stimme der Tante bebte und erstickte schließlich unter aufsteigenden Tränen.

O Gott!, dachte Löhr, hoffentlich kein Drogenproblem! Vor Drogenabhängigen grauste ihm, da machte er – Verwandtschaft hin, Verwandtschaft her – lieber einen ganz großen Bogen drum.

»Ist es was Schlimmes, ich meine, was Illegales?«, versuchte er der Tante auf die Sprünge zu helfen.

»Schlimm ja. Aber illegal? Wir wissen et nit – deswegen frag ich dich ja.«

»Hat er was verbrochen; irgendwas, wo er mit der Polizei zu tun gekriegt hat?«

»Nä. Dat nit. Ich meine – *noch* nit.«

Löhr musste tief durchatmen und einen Schluck Whisky trinken, um die Geduld nicht zu verlieren.

»Du müsstest mir schon ein bisschen mehr erzählen, was mit dem Felix ist, Tante Sylvia, wenn ich euch helfen soll.«

»Ja natürlich Jakob, natürlich. Aber et ist eso peinlich, verstehste?« Es folgte ein leises Schniefen und dann nichts, Schweigen.

Löhr fasste sich weiter in Geduld, schwieg ebenfalls ein paar Sekunden und sagte dann vorsichtig: »Also?«

»Also et ist so«, Tante Sylvia räusperte sich. »Der Felix hat en Freundin.«

Löhr hätte fast aufgelacht, beherrschte sich aber im letzten Augenblick. Trotzdem konnte er einen ironischen Ton nicht ganz unterdrücken. »O! Das ist aber wirklich schlimm, Tante Sylvia!«

»Mach dich nit lustig Jakob! Dat ist überhaupt nit zum Lachen!«

»Nein, natürlich nicht. Es ist ganz normal, würd ich sagen, dass einer, der über zwanzig ist, eine Freundin hat. – Es sei denn, mit dieser Freundin wär irgendwas.«

»Genau, Jakob. Da haste genau den Punkt getroffen. Wusste ich doch, dat ich bei dir an der richtigen Adresse bin.«

»Und was ist mit der Freundin?«

»Jakob!« Das klang so unheilschwanger, dass Löhr sich auf das Schlimmste gefasst machte. Aber was um alles in der Welt konnte das Schlimmste an einer Freundin sein?

»Dat ist schwarz, dat Biest!«

»Schwarz?« Löhr verstand nicht.

»Schwarz! Ene Schwarze! – Ein Negerweib, Jakob!«

***

Der Umzug des Polizeipräsidiums aus der Südstadt nach Kalk hatte zwar einiges am Büroalltag des KK11 verändert, nicht aber, dass jeden Morgen um acht Uhr die Frühbesprechung stattfand. Im Unterschied zur Frühbesprechung in der Löwengasse gab es hier jedoch keine, noch nicht einmal eine geduldete, Raucherecke. Im alten Präsidium herrschte zwar im Besprechungsraum Rauchverbot, die Raucher hatten es sich dort aber angewöhnt, im Türbereich zu rauchen und ihre Kippen in den Aschenbechern im Flur auszudrücken. Im neuen Präsidium galt in allen Räumen, einschließlich der Flure, Rauchverbot. Zu den technischen Neuerungen gehörten neben modernen Telefonen, Computern und Klimaanlage Rauchmelder, die im Abstand von einigen Metern unter der Decke angebracht waren. Wer rauchen wollte, musste sich ins Freie begeben, was im Fall des KK11 mit erheblichen Umständen verbunden war, weil das Kommissariat im vierten Stock lag.

Der Einbruch in die Weißer Müllsortierungsanlage wurde von Schuhmacher, dem Dienststellenleiter, nur am Rand behandelt, eigentlich lediglich zur Kenntnis genommen. Hauptthema der Frühbesprechung war die gestrige Schießerei zwischen Jugendbanden in Ossendorf, über die Klütsch und Lauterbach, die beiden Kommissare, die den Fall bearbeiteten, ausführlich berichteten. Unter noch ungeklärten Umständen waren am Sonntagmorgen zwei rivalisierende Jugendbanden in einer Schrebergartenkolonie an der Butzweiler Straße aufeinander getroffen. Im Verlauf der Auseinandersetzung zückten die Anführer großkalibrige Handfeuerwaffen, ein Schuss löste sich und traf einen Unbeteiligten, gerade Dreizehnjährigen in den Bauch. Der Junge war kurz darauf in der Uniklinik operiert worden, aber zurzeit immer noch nicht außer Lebensgefahr. Der oder die Täter waren natürlich verschwunden, Klütsch und Lauterbach waren den ganzen Sonntag in Ossendorf unterwegs gewesen, um Namen herauszubekommen, Zeugen zu finden und zu befragen.

In dem von Butzweiler Straße, Rochus- und Hugo-Eckener-Straße umgrenzten Viertel, im Niemandsland zwischen der JVA Klingelpütz und dem neuen Ossendorfer Medienpark, dort, wo ehemalige belgische Kasernen in Übergangswohnungen für »sozial Schwache« umgewidmet und dann vergessen und sich selbst überlassen worden waren, die Stadt also eine bewusste Ghettoisierung gesellschaftlicher

Verlierer und Randgruppen betrieben hatte, war die Jugendkriminalität schon seit einiger Zeit nicht mehr unter Kontrolle zu bekommen. Trotz des Einsatzes Dutzender von Streetworkern und Sozialarbeitern und stündlicher Patrouillenfahrten der Schutzpolizei. Ein paar Jugendbanden hatten die Kontrolle über das Viertel übernommen, raubten, stahlen, erpressten nach Belieben, und die Schutzpolizisten mussten sich mit Zufallserfolgen begnügen, wenn sie zum Beispiel gerade einmal in Sichtweite waren, wenn einem Kind ein Handy oder einem Kioskbesitzer die Tageskasse geraubt wurden. Ansonsten gab es zwar jede Menge Anzeigen, aber wenn es dann zu konkreten Zeugenaussagen, Personenbeschreibungen oder Gegenüberstellungen kam, wiesen die Gedächtnisse der Zeugen plötzlich erhebliche Lücken auf. Angst und Gewalt regierten im Viertel, die Polizei war zum Zuschauen verurteilt.

Na prächtig, dachte Löhr, während er den Berichten der Kollegen zuhörte. Jetzt gibt's da mal einen spektakulären Fall, ein minderjähriges Opfer ist nah am Verbluten, die Lokalpresse berichtet – vielleicht auch über die Hintergründe, die Zustände im Ghetto, ein, zwei Artikel, und dann wird wieder der Deckel darüber gestülpt, und es geht so weiter wie bisher, auch wenn die Polizei irgendwann einmal den Täter ausfindig gemacht und ihn für eine Zeit in einer Jugendstrafanstalt untergebracht haben sollte. Und wir, wir sitzen derweil im modernsten Polizeipräsidium Deutschlands, wie es überall heißt, verfolgen das eine oder andere Delikt, klären den einen oder anderen Fall – und das war's dann. Modernstes Polizeipräsidium Deutschlands! Wozu? Wozu wurde die Polizei aufgerüstet, wenn sie angesichts solcher Entwicklungen und Zustände doch bloß zum Zuschauen verurteilt war? Da verrotten komplette Stadtteile, verwahrlosen ganze Generationen von Jugendlichen und wir haben Klimaanlagen und Rauchmelder im Büro und jeder einen Computer auf dem Schreibtisch. Andererseits: Was *könnten* wir da überhaupt machen? Alle fünf Minuten statt jede Stunde eine Streife losschicken? In jeder Straße eine Wache installieren? Stärke zeigen durch permanente Polizeipräsenz, jeder dritte Passant ein Polizist? Sicher, so kriegten wir *Ordnung* da rein, aber wäre das auch eine Ordnung, an deren Herstellung er, Löhr, beteiligt sein mochte?

Nach der Frühbesprechung ging Löhr allein in das Büro, das er und Esser sich teilten. Esser wollte nachkommen. Er hatte noch etwas zu erledigen.

Löhr setzte sich hinter seinen Schreibtisch, der natürlich ebenso neu war wie die gesamte Einrichtung des Büros, ein langes und breites Monstrum aus Kunstharz und Edelstahlrohren. Löhr hatte gleich vom ersten Tag an versucht, wenigstens auf und im neuen Schreibtisch die alte Ordnung respektive Unordnung wiederherzustellen. So bedeckte ein nur für Löhr zu durchschauendes Chaos von Aktenstapeln, Zetteln, Zeitungsausschnitten, Tatortfotos und diversen Berichten die Tischplatte, und in den Schubladen sah es nicht besser aus. Die einzige Neuerung war, dass die alte Schreibmaschine, auf deren Mitnahme Löhr energisch bestanden hatte, jetzt mit auf seinem Schreibtisch stand statt auf einem extra Tischchen wie in der Löwengasse. Das war allerdings nur deshalb möglich gewesen, weil Löhr auf einen Computer verzichtet hatte und dadurch überhaupt Platz vorhanden war.

Die Ablehnung des Computers hatte im Übrigen keines besonderen Durchsetzungsvermögens bedurft, denn es gab ohnehin viel zu wenige – und dazu meist noch völlig veraltete – zu verteilen. Zur Genugtuung Löhrs hinkten die Tatsachen – die Finanzen des Innenministeriums – dem Ruf des »modernsten« Präsidiums des Landes noch erheblich hinterher. Esser dagegen hatte einen der neuesten Rechner ergattert, zudem einen der wenigen, die mit anderen Dienststellen und dem zentralen Fahndungscomputer CEBIUS vernetzt waren. Etwas, was Löhr durchaus guthieß. Er hielt sich schließlich nicht generell für einen Feind der modernen Kommunikationstechnik. Er wollte nur persönlich möglichst nichts damit zu tun haben. Reichte es nicht völlig, dass Esser ihn schließlich doch zu diesem verdammten Handy überredet hatte?

Er rief beim Erkennungsdienst an und ließ sich zu Ortlieb durchstellen. Ortlieb und dessen Kollege Hoppe hatten gestern am Tatort das Werk des Einbrechers vollendet und mit einem kurzen Ruck der Brechstange den Tresor geöffnet. Daraufhin hatte Löhr, trotz der von Esser murmelnd angemeldeten Bedenken, den Tresor leer geräumt und dessen Inhalt mitgenommen. Jetzt wollte Löhr von Ortlieb wissen, was bei der anschließenden Untersuchung des Tresorraums herausgekommen war.

»Also Brandstiftung können wir mit hoher Wahrscheinlichkeit ausschließen«, sagte Ortlieb. »Jedenfalls haben wir keine Spuren von Brandbeschleunigern gefunden.«

»Sondern was?«

»Nichts. Der Typ wollte bloß an den Tresor ran. Und den zu knacken, hat er nicht geschafft. Dilettantismus. Der hatte offenbar keine Ahnung, wie man mit 'nem Schweißgerät umgeht. Offenbar konnte der die Flamme nicht richtig regulieren und hat damit die Aktenordner neben dem Tresor in Brand gesetzt und dann das Feuer nicht mehr unter Kontrolle gekriegt.«

»Gut«, sagte Löhr. »Wann kriegen wir euren Bericht?«

»Im Lauf des Tages. Spätestens morgen früh.«

Ein paar Augenblicke, nachdem Löhr aufgelegt hatte, kam Esser, stellte den Karton mit dem Tresorinhalt auf seinen Schreibtisch, ging zum Fenster, öffnete es weit, setzte sich auf die Fensterbank und steckte sich eine Zigarette an. Das war die einzige Möglichkeit, im Büro zu rauchen.

»Was hast du gemacht?«, fragte Löhr.

Esser stieß den Rauch in Richtung des Kartons aus. »Hab das Zeug da kopiert.«

»Kopiert? Wofür?«

»Man weiß nie«, sagte Esser und nahm einen weiteren tiefen Zug. »Ich hab dir ja gestern schon gesagt: Ich hab ein mulmiges Gefühl, dass wir das Zeug da rausgeschleppt haben. Ob wir überhaupt das Recht dazu haben. Echtes Beweismaterial ist das ja wohl nicht.«

Löhr stöhnte auf. »Du bist und bleibst ein Bangeschisser, Rudi! *Natürlich* ist das Beweismaterial. Es kann zumindest *Hinweise* enthalten, weshalb der Täter da ranwollte. Also vielleicht ...«

»Eben. *Vielleicht*. Deshalb hab ich ja gemeint, sicher ist sicher, und deshalb hab ich's kopiert. Hast du übrigens noch mal im Krankenhaus angerufen?«

»Nein, noch nicht. Ich denke, das lohnt sich erst ab Mittag, wenn der Mann wieder richtig zu sich gekommen ist.«

Nach ihrem Einsatz waren sie ins Krankenhaus gefahren und hatten vergeblich versucht, mit dem verletzten Wachmann zu sprechen. Er lag auf der Intensivstation und war zwar bei Bewusstsein, doch der Stationsarzt hatte ihnen den Zutritt verweigert. Frühestens in vierundzwanzig Stunden sei das Opfer vernehmungsfähig.

Löhr erhob sich. »Dann lass uns mal sehen, was wir da haben; ob das Zeug Rückschlüsse auf den Täter zulässt.«

Er hob den Deckel des Kartons und nahm einen dicken Packen Papier, die von Esser angefertigten Kopien, heraus. »Muss ja irre interessant sein, das ganze Papier, dass dafür jemand ‘nen Bruch riskiert und den ganzen Schweißkram da reinschleppt, um ‘nen Tresor zu knacken – stundenlange Arbeit.«

»Hm«, machte Esser, schnippte seine halb gerauchte Kippe zum Fenster hinaus und kam zu Löhr. »Oder die haben wirklich gehofft, Bargeld zu finden.«

»Ist natürlich auch möglich«, murmelte Löhr, während er das erste Blatt überflog.

Nach einer halben Stunde hatten sie den kompletten Inhalt des Tresors grob gesichtet und konnten sich immer noch keinen Reim auf das Motiv des Einbrechers machen. Die Papiere waren nichts anderes als Auflistungen und Abrechnungen angelieferten, bereits vorsortierten Mülls, aufgeteilt nach Mengen und Gewicht und klassifiziert nach Müllart: Altglas, Altpapier und sonstige recyclebare Stoffe, Sondermüll, Restmüll. Dazu entsprechende Kontrollprotokolle der betriebseigenen Wiegeanlage.

»Verstehst du das?«, fragte Esser, steckte sich die nächste Zigarette an und ging zum Fenster.

»Nein«, antwortete Löhr und trug den Stapel Kopien zu seinem Schreibtisch.

»Es sei denn«, überlegte Esser, »da ist irgendwas in der Firma schief gelaufen, die haben falsch abgerechnet oder so.«

»Wie meinst du das?« Löhr öffnete die untere Schreibtischschublade. Er sah hinein, ob noch Platz darin war.

»Na ja«, sagte Esser. »Hört man doch immer wieder, dass bei diesen Müllheinis Betrug im Spiel ist. Tun zum Beispiel so, als hätten sie hochwertigen Müll verarbeitet, und dabei haben sie minderwertigen, nicht recyclebaren Schrott aus Ungarn oder Rumänien oder so –«

»*Hochwertiger* Müll?« Löhr hob die Augenbrauen. »Hochwertiger Müll, minderwertiger Müll? Müssen wir uns wirklich mit so ‘nem Quatsch befassen?«

»Wenn wir den Einbruch in ‘ne Müllsortierungsanlage aufklären wollen, denke ich schon.«

Löhr, der eben dabei war, den Kopienstapel in das Schubfach zu verfrachten, hielt inne, hob das oberste Blatt des Stapels hoch, überflog es und hielt es Esser entgegen. »Was ist *das* denn? War das etwa auch in dem Tresor?«

Wieder war Esser gezwungen, eine halb gerauchte Kippe zum Fenster hinauszuschnippen. Bei dem Schriftstück handelte es sich um eine getippte Namensliste. Sie enthielt etwa vierzig Nachnamen, hinter denen Zahlen vermerkt waren; nackte, runde Zahlen in der Größenordnung von zehn- bis hundertfünfzigtausend.

»Was ist das? Wo hast du das her? War das auch im Tresor?«, wiederholte Löhr seine Frage.

»Ja, natürlich«, antwortete Esser. »Es lag extra und steckte in einem Briefumschlag …«

»Hm« murmelte Löhr und ging mit dem Finger die Namen durch. »Ist ja was ganz anderes als diese Abrechnungen. Was sind das für Namen?«

Esser nahm das Blatt an sich: »Engelberg, Laymann, Ressel, Stäger, Dunkels, Bayartz. Sind das nicht alles Ratsmitglieder?«

»Und die anderen?«

Esser hob die Schultern. »Muss ich alle Ratsmitglieder kennen? Müsste sich aber rausfinden lassen.«

Es klopfte energisch an der Tür.

»Ja!«, machte Löhr mechanisch.

Die Tür öffnete sich, und ein fülliger Mann mit einem breiten Froschgesicht erschien. Er trug einen mausgrauen, dreiteiligen Anzug und eine dicke, schwarze, kofferähnliche Ledertasche, wie sie Anwälte und Richter für den Transport von Akten benutzen.

»Bin ich hier richtig bei den Hauptkommissaren Löhr und Esser? Mein Name ist Weidenstamm. Ich bin der Anwalt von Hermann Hauff und habe hier –«

Weidenstamm stellte seine Aktentasche ab, zog aus der Seitentasche seines Anzugs nacheinander zwei sorgfältig gefaltete Blätter, entfaltete sie, trat einen Schritt auf Löhr und Esser zu, die hinter Löhrs Schreibtisch den energischen Auftritt des Froschgesichtigen schweigend und staunend verfolgt hatten, und reichte ihnen die Papiere.

»… eine Vollmacht meines Mandanten sowie einen einstweiligen richterlichen Beschluss, die Herausgabe der von Ihnen gestern rechtswidrig entwendeten Papiere aus dem Tresor der Müllsortierungsanlage Weiß betreffend.«

Während Löhr und Esser fassungslos die Papiere überflogen und feststellen mussten, dass es sich hier keineswegs um einen Scherz handelte, hatte sich der schwergewichtige Weidenstamm lässig im Büro umgeschaut, den Karton, in dem sich noch die Originale der Unterlagen befanden, entdeckt und stöberte darin herum.

»Ich geh mal davon aus, dass es sich hierbei um die fraglichen Unterlagen handelt und diese noch komplett sind.« Und bevor Löhr oder Esser ein Wort des Protests herausbringen konnten, war der Anwalt schon dabei, den Inhalt des Kartons in seinen Aktenkoffer umzuladen.

* * *

Obwohl halb zwölf Uhr mittags auch für Polizisten ein reichlich früher Zeitpunkt fürs Mittagessen ist, herrschte in der Kantine des Polizeipräsidiums schon reger Betrieb. Bei der Schutzpolizei hatte eben der Schichtwechsel stattgefunden, und eine stattliche Anzahl uniformierter Kollegen, die ihren Dienst beendet hatten, aßen, bevor sie zu ihren Nebenjobs als Taxifahrer, Kioskbetreiber oder Werttransportbegleiter fuhren, schnell noch eine pampige Blumenkohlsuppe oder ein paar matschige Pommes frites. Arme Kerle, dachte Löhr. Schieben im Dienst Frust, können sich in Ossendorf mit Banden verwahrloster Minderjähriger rumkloppen und sich anschließend noch die Beschimpfungen von deren Eltern anhören, und danach müssen sie, um ihre eigenen Familien wenigstens einigermaßen über dem Niveau derjenigen halten zu können, mit denen sie es im Dienst zu tun haben, zu diesen öden Jobs. Kein Feierabend mit Tullamore Dew und Honduras-Zigarren; wenn's hochkommt, vielleicht ein paar hastig heruntergekippte Biere und Schnäpse in einer tristen Eckkneipe.

Die alte Kantine im Präsidium am Waidmarkt war wahrlich kein Hort gastronomischer Gemütlichkeit gewesen. Doch hatte man sich im Lauf der vielen Jahre an den verwinkelten und lieblos eingerichteten Raum genauso gewöhnt wie an die geschmacksneutrale Dampfkost. Wer erwartet hatte, die Kantine im neuen Präsidium würde mit einem wesentlichen Fortschritt in der Ausstattung und in der Qualität des Essens aufwarten und damit dem Ruf des »modernsten

Polizeipräsidiums« gerecht werden, hatte sich getäuscht gesehen. Schmucklos der große und deprimierend niedrige Raum, billig die Ausstattung an Stühlen und Tischen. In der Küche wurde offensichtlich auch gespart. Nach wie vor dominierten ausgelaugte, bleiche Salzkartoffeln und farbloses Gemüse. Der einzige Vorteil gegenüber der alten Kantine, von der aus man lediglich einen Blick auf den trostlos düsteren Innenhof des Waidmarkt-Präsidiums hatte werfen können, war der, dass die neue Lokalität ebenerdig lag und sowohl zur Eingangshalle des Präsidiums wie zur Straßenseite hin mit Glaswänden versehen war. Aber was gab es auf diesem stadtautobahnähnlichen Abschnitt der Deutz-Kalker-Hauptstraße kurz vor der Eisenbahnunterführung schon zu sehen?

Neben Blumenkohl- und Spargelcremesuppe gab es Hackbraten mit Salzkartoffeln und Möhrengemüse, Bauernsülze mit Bratkartoffeln, Salat und Remoulade und Schweinekotelette mit Pommes frites und Erbsen. Das sah auf der am Eingang der Kantine ausgehängten Speisekarte üppig aus und ließ bei Löhr Erwartungen auf die von ihm so heiß geliebte deftige Hausmannskost aufsteigen, doch bei näherem Hinsehen in die flachen Stahlwannen am Tresen der Essensausgabe hatte alles irgendwie die gleiche Farbe und ließ entsprechende Schlüsse auf niederschmetternde Geschmackserlebnisse zu. Seufzend an ein – allerdings köstliches – Gericht gleichen Namens denkend, das es früher immer bei seiner Mutter gegeben hatte, entschied sich Löhr für den Hackbraten. Esser nahm dic Bauernsülze mit Remoulade.

Während sie ihre Tabletts zu einem freien Tisch trugen, brütete Löhr darüber, welchen besonderen Namen der Hackbraten in ihrer Familie gehabt hatte. Etwas wie »Falscher Hase« kam ihm in den Sinn. Stimmte das? Musste er unbedingt beim nächsten Besuch seine Mutter fragen.

Esser behütete auf ihrem Weg quer durch die Kantine die Aktentasche, in die er die Kopien der im Weißer Tresor gefundenen Papiere gesteckt hatte, als enthielte sie den Domschatz. Er hatte sie krampfhaft unter den linken Arm geklemmt, während er das Tablett mit dem Essen in der Rechten balancierte, und behielt sie auch jetzt, nachdem er sich gesetzt hatte, fest umklammert. Löhr grinste.

»Hast du Angst, die würde dir jemand klauen? – Wir sind hier im *Polizeipräsidium*, Rudi!«

»Eben«, erwiderte Esser und blickte sich kurz, aber nicht eben unauffällig nach allen Seiten um.

Kopfschüttelnd wandte sich Löhr seinem Essen zu. Ganz Unrecht hat Esser ja nicht, dachte er beim ersten Bissen. Zumindest nicht nach dem, was sie vorhin in ihrem Büro hatten erleben müssen.

Nachdem sie sich von dem dreisten Auftritt von Hauffs Anwalt erholt hatten, hatten sie es gerade noch geschafft, ihn am Verlassen des Büros zu hindern, um sich beim zuständigen Staatsanwalt, in diesem Fall Paluchowski, telefonisch Klarheit über die Rechtmäßigkeit von Weidenstamms Mitnahme der Akten zu verschaffen. Zu ihrer Verblüffung war Paluchowski nicht bloß über diese dreiste Aktion vorab informiert gewesen, sondern stellte sich auch noch hinter Weidenstamm.

»Ich werde den Teufel tun und Ihretwegen gegen einen richterlichen Beschluss anstänkern!« Paluchowskis Stimme troff vor Häme und Schadenfreude. »Das ist ein Ding, das Sie sich selbst eingebrockt haben, Löhr. Sie hatten absolut keine rechtliche Handhabe, den Inhalt des Tresors zu beschlagnahmen. Außerdem haben sie die Mitnahme noch nicht einmal quittiert. Das lernt man normalerweise im ersten Jahr auf der Polizeischule.«

»Wem hätte ich sie denn quittieren sollen?«, hatte Löhr erwidert. »Der Besitzer war doch gar nicht da.«

Paluchowski befand es nicht für nötig, auf Löhrs Einwand einzugehen, und schloss das Telefonat mit dem gebellten Befehl: »Beschränken Sie Ihre Arbeit also auf die Ermittlung des Täters. Haben Sie den Wachmann schon vernehmen können?«

»Können wir frühestens heute Nachmittag. Der Mann liegt noch auf der Intensivstation.«

»Dann tun Sie das. Finden Sie den Täter. Das und nichts anderes ist Ihr Job.«

Es war klar, dass Paluchowski nicht gerade freundschaftliche Gefühle Löhr gegenüber hegte. Dazu waren sie sich zu oft in die Quere gekommen. Zuerst beim durch Löhr mitinitiierten Sturz des Oberbürgermeisterkandidaten Flaucher, dann bei der Affäre um den Karnevalisten Füsser. Beides hatte in Köln gewaltigen lokalpolitischen Staub aufgewirbelt, und in beiden Fällen hatte sich Paluchowski als jemand erwiesen, der dank persönlicher Beziehungen und politischer Voreingenommenheiten tief im Sumpf der Kölner Lokalpolitik steckte – und zwar auf Seiten derjenigen, die die Fäden in dieser endlosen Provinzposse in der Hand hielten. Von wegen politische Unabhängigkeit der Justiz! Aber dass Paluchowski dermaßen illoyal – nicht nur hinter ihrem Rücken, sondern ganz offen gegen sie – in ihren Fall eingriff, das war schon ziemlich bemerkenswert. Und noch merkwürdiger war, dass er offenbar über diesen Fall sowohl früher als auch besser informiert schien als sie selbst. Esser hatte also nicht von ungefähr die richtige Witterung gehabt, mit äußerster Vorsicht zu agieren. Trotzdem – was er mit der Aktentasche anstellte, das war albern.

»Mein Gott«, sagte Löhr. »Wenigstens beim Essen kannst du sie doch neben dich legen. So kannst du doch überhaupt nicht vernünftig essen, Mensch!«

»Geht schon«, entgegnete Esser, schaute auf die Uhr und sagte dann: »Ich möchte bloß wissen, wo Fischenich bleibt.«

»Ich hab dir doch gesagt, er hat noch bei Gericht zu tun.«

»Er hat uns für halb zwölf herbestellt«, maulte Esser weiter.

»Weil er gehofft hat, bis dahin wieder hier zu sein. Ja. Jetzt kommt er eben fünf Minuten später. Na und? Freu dich lieber, dass du deine Aktentasche bald los bist.«

»Ja, ja«, brummelte Esser nervös und strich unzufrieden eine Schicht Remouladensoße über seine beiden Scheiben Bauernsülze.

Nachdem Weidenstamm mit den Originalpapieren verschwunden war, hatten Löhr und Esser überlegt, was sie mit den Kopien anfangen sollten. Da sie für sie selbst ein Buch mit sieben Siegeln darstellten, war Löhr auf die Idee gekommen, sie einem Fachmann, Heiner Fischenich, einem Hauptkommissar aus dem KK41, dem Kommissariat für Wirtschaftsdelikte, zur diskreten Prüfung zu übergeben. Fischenich war ein zuverlässiger Kollege, mit dem sie schon öfter kooperiert hatten. Esser hatte sich zwar gesträubt und dafür plädiert, die Kopien zu vernichten. Er beschwor Löhr, sich aus der Geschichte herauszuhalten und lediglich das zu tun, was Paluchowski ihnen aufgetragen hatte, nämlich den Einbrecher zu ermitteln. Aber das hatte Löhr nicht durchgehen lassen. Nicht nach dem demütigenden Auftritt, den ihnen dieser Winkeladvokat hingelegt hatte. Und wie meist in solchen Fällen hatten sich Löhrs zuerst von schäumender Wut und dann allmählich von taktischem Kalkül gespeisten Argumente gegen Essers ängstliche Vorsicht durchgesetzt.

Nach anderthalbstündiger heftiger Debatte hatte Esser sich zwar von Löhr breitschlagen lassen, wohl fühlte er sich dabei aber nicht.

»Selbst wenn da was faul sein sollte«, sagte er. »Wir hätten doch gar keine Handhabe, da etwas zu unternehmen. Wir können damit noch nicht mal 'n Verfahren eröffnen.«

»Wir nicht. Aber Fischenich«, erwiderte Löhr.

»Aber womit denn?«, begehrte Esser auf. »Mit Unterlagen, die wir rechtswidrig mitgenommen haben? Die sind doch gar nicht gerichtsverwertbar.«

»Das würde ich Fischenichs Geschick überlassen, Rudi. Dem wird schon was einfallen.«

»Ich weiß nicht, ich weiß nicht. Ich hab kein gutes Gefühl dabei, Jakob.«

»Das kommt schon noch, wenn du gleich die Aktentasche los bist. Dann haben wir damit schon mal nichts mehr zu tun ...«

Esser blickte alarmiert auf. »*Damit*? Wie meinst du das?«

Löhr klopfte mit der Hand gegen seine Jacketttasche. »Die *Liste*, Rudi. Wir kümmern uns um die Liste.«

»Die Liste. Was sollen wir denn mit der Liste? Das sind Hieroglyphen, Jakob. Und *wenn* die etwas bedeuten, was hat das mit dem Einbruch zu tun?«

»Überleg doch mal, Rudi. *Warum* wohl versucht jemand, den Tresor der Müllsortierungsanlage zu knacken? Doch wohl, weil er entweder an den Abrechnungen oder an der Liste interessiert ist. Oder an beidem. Und ich tippe da eher mal ...«

»Oder weil er Bargeld darin vermutet hat«, unterbrach ihn Esser.

»Rudi! Denk mal 'ne Sekunde lang nach! Ich dachte ja zuerst auch, dass das möglich wäre. Aber da schleppt einer sonntags morgens 'ne ganze Schweißausrüstung in das Büro. Der *wusste* doch, was ihn erwartet. Ein Gelegenheitseinbrecher, der auf Bares scharf ist, macht sich doch nicht so 'ne Mühe. Außerdem weiß auch der doofste Knacki, dass in 'ner Müllsortierungsanlage kaum Bares verwahrt wird.«

»Ist was dran«, musste Esser widerwillig zugeben und schob seinen Teller mit der lediglich angenagten Bauernsülze von sich. »Aber trotzdem. Wie soll uns diese Liste weiterbringen? Da sind über vierzig Namen drauf.«

»Und einer von den vierzig könnte es gewesen sein«, ergänzte Löhr.

»Na, dann viel Spaß. Vor allem, wo du dich ja so gern mit der Polit-Prominenz der Stadt anlegst.«

Das war natürlich ein Punkt. Esser verstand es wieder einmal, den Finger in Löhrs Wunden zu legen, wenn es darum ging, ihn von etwas abzuhalten. Natürlich war das offizielle Köln, diese Clique verklüngelter bauernschlauer Karnevalspräsidenten, eitler, aber nicht weniger dummdreister Provinzfürsten, Pöstchenschieber und Reibachmacher für Löhr ein Gräuel sondergleichen. Wann immer er es vermochte, Distanz zu diesem Milieu zu halten, tat er es. Denn immer, wenn er es doch mit ihnen zu tun bekam – und das war einige und damit viel zu viele Male bereits geschehen –, gab es Ärger. Sie waren wie Krähen, die sich gegenseitig kein Auge aushackten, die zusammenhielten und dafür sorgten, dass keinem anderen die Butter vom Brot genommen wurde, denn es könnte ja sein, dass für sie selbst ein Bissen übrig blieb. Außer jemand hatte einmal so die Regeln verletzt oder so viel gewusst, dass er ausgestoßen werden musste aus der Gemeinde der Pfründeverteiler.

Das brachte Löhr auf eine Idee. »Ja, ja, ja, ich weiß«, sagte er schnell. »Aber das, was Weidenstamm sich geleistet hat, sollen wir das einfach schlucken?«

Esser wand sich und schwieg.

»Na also«, sagte Löhr. »Aber ich hatte gerade eine Idee, was wir mit dieser Liste anstellen können, ich meine, wie wir rausfinden können, wer von denjenigen für den Einbruch in Frage kommen könnte.«

»Aha«, machte Esser, immer noch widerwillig.

»Wir müssten jemanden fragen, der sich mit dem ganzen Klüngel auskennt, aber nichts oder nichts mehr damit zu tun hat. Jemand, der kein persönliches Interesse mehr daran hat, da mitzumischen und sich sein Stück vom Kuchen zu reservieren.«

Esser sah Löhr nachdenklich an, nickte und sagte: »Und hast du schon jemand Spezielles im Auge?«

»Nein«, antwortete Löhr. »Deshalb sag ich's dir ja. Weißt du zufällig jemanden?«

Essers Blick schweifte versonnen durch die Kantine, blieb an der Schlange der Polizisten, die vor der Essensausgabe standen, hängen und kehrte dann mit einem wissenden Leuchten zurück zu Löhr.

»Was hältst du von Henseleit?«

»Henseleit?«

»Der war vor Jahren mal Fraktionsvorsitzender bei den Sozialdemokraten. Der war der mächtigste Mann von Köln; der hat jahrelang alle Strippen gezogen.«

»Ach der! Den damals der Flaucher gestürzt hat?«

»Genau. Henseleit hat sich vor Jahren aus der Lokalpolitik zurückgezogen. Hat mit nichts mehr was zu tun. Privatisiert. Aber du kannst sicher sein, es gibt keinen in der Stadt, der sich besser mit der Kölner Politmafia auskennt als er.«

»Und du meinst, er würde uns –«

»Aber hallo! Der hat mit dem ganzen Filz noch so viele Rechnungen offen, der –«

Esser wurde unterbrochen, denn Fischenich war an ihren Tisch getreten, klopfte zur Begrüßung kurz mit den Fingerknöcheln auf die Tischplatte und setzte sich mit einem leichten Stöhnen neben Löhr.

»Kann euch sagen, Männer, so tief darf man einfach nicht sinken. Wegen 'nem Kühlschrank und 'nem gebrauchten VW Polo die Karriere im Arsch. Ist wirklich das Letzte. Ein Polo! Gebraucht!«

Fischenich nippte an seiner Apfelschorle und strich sich das schottisch-karierte Jackett mit den aufgenähten Lederärmelschonern mit der Miene eines Mannes glatt, der gerade dem Grauen ins Angesicht gesehen hatte.

»Gebrauchter Polo? Um was geht's denn?«, fragte Esser.

»Hat Ihnen Löhr nicht erzählt, wo ich gerade herkomme? Der Prozess gegen die drei Beamten vom Zollkriminalamt. Haben sich jahrelang von einem Lieferanten für Abhörtechnik bestechen lassen.«

»Ach?« Löhr hatte zwar von dem bevorstehenden Prozess gehört, war aber über Einzelheiten nicht informiert. »Mit 'nem Kleinwagen ...?«

»Gebraucht! Polo! Das Letzte! Einfach lächerlich!«

»Und um was ging's da genau?«, hakte Löhr nach.

»Die haben ganz amtlich, auf dem Dienstweg, teure Abhörtechnik bestellt. Aber der Lieferant hatte Lieferschwierigkeiten, war klamm. Also hat er ihnen einen Deal vorgeschlagen: Sie sollten den Empfang der Apparate vorab quittieren, damit er der Dienststelle die Rechnung schicken konnte; Monate, bevor die Ausrüstung geliefert worden ist. Dafür hat er sie dann ...«

»Mit 'nem gebrauchten Kleinwagen bestochen?«, unterbrach Löhr.

»Ja.« Fischenich schüttelte den Kopf und strich sich die dünnen blonden Haare aus der Stirn. »Aber das war die einzige private Vergünstigung. Ansonsten hat er den drei Jungs ihre Dienstbüros neu eingerichtet: Mit neuen Kühlschränken, Küchenzeilen, Fernsehern, Druckern, Handys, allem, wo's von Amts wegen kein Geld mehr für gibt.«

Löhr seufzte tief. »Nee. Das ist wirklich lächerlich. Das wär absolut das Letzte, womit man mir kommen dürfte: 'n Auto und 'n Handy. Das Allerletzte!«

Esser grinste. »Aber doch bloß, weil du selbst kein Auto fährst – und schon ein Handy hast.«

»Genau«, entgegnete Löhr bitter. »Mich könntest du höchstens damit bestechen, dass du mir versprichst, mir das Handy wieder abzunehmen.«

Das war ein Scherz, über den Esser nicht lachen konnte. Viele, seiner Meinung nach allzu viele, Versprechungen hatte er Löhr machen müssen, um ihn endlich zu einem Handy zu überreden.

»Also«, sagte Fischenich. »Um was für geheimnisvolle Akten handelt es sich?«

Löhr und Esser klärten ihn über den Fall und die Umstände auf, unter denen sie an die Unterlagen gekommen waren, erwähnten allerdings nicht die Namensliste. Über Fischenichs Gesicht ging ein breites, fast beglücktes Grinsen.

»Hauff. Hermann Hauff. Na endlich! Wer hätte das gedacht, dass ich das noch erleben darf.«

Esser und Löhr konnten Fischenichs Freude nicht ganz nachvollziehen.

»Sagt bloß, ihr kennt den nicht? Hauff, das ist doch der Mann, der sich vor ein paar Jahren, als die Kölner Müllabfuhr privatisiert worden ist, mindestens drei Viertel vom ganzen Kuchen abgeschnitten hat. Meint ihr etwa, der hätte da so viel abbeißen können, weil er so schöne braune Augen hat?«

»Sondern?«, fragten Esser und Löhr.

»Weil er geschmiert hat, was das Zeug hält, Menschenskinder. Und wir konnten ihm nichts, aber auch nicht das Schwarze unterm kleinen Fingernagel nachweisen. Null. Nur Gerüchte. Und dabei verwette ich meinen Arsch, dass die Geschichte im Zollkriminalamt 'n Fliegendreck dagegen ist. Wo sind die Unterlagen?«

Fischenich funkelte Löhr an. Esser presste die Aktentasche fester an sich, was Fischenichs Aufmerksamkeit darauf lenkte. Er streckte die Hand danach aus.

»Sind sie da drin?«

Esser räusperte sich, ließ die Aktentasche aber nicht los.

»Gibt es ein Problem?«, fragte Fischenich.

»Wir haben Ihnen ja schon erzählt, dass wir nicht ganz legal an die Papiere gekommen sind«, sagte Esser mit belegter Stimme.

»Na und?« Fischenich lachte. »Meinen Sie, *ich* käme immer ganz legal an Beweismaterial? Machen Sie sich mal keine Sorgen, Esser, ich werde das schon so deichseln, dass Sie außen vor bleiben.«

Essers immer noch vom Zweifel gepeinigter Blick wanderte zu Löhr. Der nickte besänftigend, worauf sich Esser schließlich – immer noch zögernd und wieder nach allen Seiten spähend, endlich von der Aktentasche trennte und sie auffällig unauffällig unterm Tisch zu Fischenich hinüberreichte.

»Wenn es der Wahrheitsfindung dient …«, seufzte er. »Aber nehmen Sie den Kram um Gottes Willen *in* der Aktentasche mit. Die hätte ich dann nur bei Gelegenheit gern zurück.«

***

Nach ihrem Treffen mit Fischenich waren Esser und Löhr zum Rodenkirchener Krankenhaus gefahren. Der Wachmann lag zwar immer noch auf der Intensivstation, der Stationsarzt erlaubte ihnen aber einen kurzen Besuch. Die Befragung war allerdings unergiebig. Der Mann konnte ihnen nichts über den Täter sagen. Den Einbruch hatte er erst bemerkt, als er aus dem Bürotrakt laute Geräusche hörte. Er erinnerte sich noch daran, dass er die Tür zum Archivraum geöffnet hatte, danach wusste er nichts mehr. Die Amnesie, die der Schlag des Einbrechers auf seinen Kopf, wahrscheinlich mit einem großen Schraubenschlüssel, ausgelöst hatte, umfasste offenbar auch die Augenblicke vor der Verletzung. Keine Täterbeschreibung. Nichts. Laut Stationsarzt bestand die Möglichkeit, dass diese Erinnerung wiederkäme. Das aber könne möglicherweise Wochen dauern.

Sie hätten, das war bei der Art von Mischtatbeständen – Einbruch und schwere Körperverletzung – üblich, den Fall vorerst an die Kollegen vom Einbruch im KK3 abgeben und abwarten können, bis die etwas hatten, was Rückschlüsse auf den Täter zuließ. Aber nachdem Löhr den Tresorinhalt gesichtet hatte, vor allem aber, nachdem ihm Hauff in Gestalt seines Anwalts so unverschämt in die Parade gefahren war, und erst recht, weil Paluchowski dies gedeckt hatte, wollte er unbedingt weitermachen. Das wollte er jetzt doch mal sehen. Wenn die anderen in die Trickkiste griffen – das konnte er auch.

Esser war gerade unterwegs nach Weiß. Er wollte mit Mitarbeitern der Müllsortierungsanlage sprechen und auch versuchen, andere Zeugen, Passanten möglicherweise, aufzutreiben, die etwas von dem Einbruch mitbekommen hatten. Wenn das gelänge, könnte sie das vielleicht weiterbringen. Mehr als von Essers Recherchen versprach sich Löhr von seinem Gespräch mit Henseleit, mit dem er sich gleich nach dem Mittagessen in der Kantine telefonisch verabredet hatte. Denn wie bei den Endlosbaustellen und den Ampelschaltungen stand auch in diesem Fall zu vermuten, dass sich hinter dem simplen Einbruch ein Plan verbarg. Ein Plan, über den die Liste vielleicht den einen oder anderen Aufschluss geben konnte, falls sie von einem Kundigen wie Henseleit interpretiert wurde.

»Sie wollen sich also wirklich mit Hermann Hauff anlegen?«

Henseleit lehnte sich weit in seinem Sessel zurück. Er verschränkte die Arme vor der Brust und bedachte Löhr mit einem mitleidig-ironischen Lächeln. Löhr kannte den Ex-Politiker bisher nur von Fotografien, und es lag bestimmt mehr als zehn Jahre zurück, dass er ein Foto von ihm in der Zeitung gesehen hatte. Auf diesen alten Fotos war Henseleit ihm fett und selbstgefällig vorgekommen, außerdem hatte ihn immer ein sarkastischer Zug um seine Mundwinkel gestört. Jetzt hatte er einen Mann vor sich, der auffällig abgemagert und frühzeitig gealtert war und, was seine Kleidung betraf – Henseleit saß ihm in einem Morgenmantel gegenüber –, einen reichlich verwahrlosten Anblick bot; einen Mann jedoch, dessen Augen noch vollkommen klar und wach waren.

»Anlegen? Wieso sollte ich mich mit Hauff anlegen? Ich will nur dahinter kommen, wer warum versucht hat, seinen Tresor zu knacken.«

»Genau das meine ich. Hauff will nicht, dass Sie das herauskriegen. Sonst hätte er Ihnen den Tresorinhalt ja nicht wieder abnehmen lassen. Sie sind einem seiner Geheimnisse auf der Spur. Und damit legen Sie sich mit ihm an.«

»Na schön. Wenn's wirklich so ist, dann lege ich mich wohl mit ihm an.«

»Ich habe den Eindruck, dass Sie sich nicht darüber im Klaren sind, mit wem Sie es da zu tun kriegen. Richtig?« Wieder zuckte ein ironisches Lächeln um Henseleits Mundwinkel. Ironie hatte augenscheinlich den Sarkasmus, der ihn als Politiker auszeichnete, ersetzt.

Löhr zuckte die Schultern. »Außer, dass seit ein paar Jahren auf jedem Müllwagen und auf jeder Mülltonne sein Name steht, weiß ich nichts über den Mann.«

Henseleit nickte und griff mit seiner faltigen, von Altersflecken übersäten Hand neben sich nach einer Zigarrenkiste. Er holte eine lange, helle Zigarre heraus, hielt kurz inne und bot Löhr die Kiste an.

»Nein danke«, sagte Löhr. »Ich bin zwar auch Zigarrenraucher. Aber es ist mir noch zu früh. Später, zu Hause, rauche ich meine.«

»Wie Sie wollen«, sagte Henseleit. »Dann will ich Ihnen mal was über Hermann Hauff erzählen; damit Sie eine Vorstellung bekommen, was es bedeutet, wenn Sie weiter bohren.«

Während Henseleit seine Zigarre zwischen den Fingern drehte, sie sorgfältig anschnitt und anzündete, blickte Löhr sich im Zimmer um. Wahrscheinlich stellte es das Wohnzimmer dar, tatsächlich jedoch war es eine Bibliothek, oder besser, da es keine erkennbare Ordnung gab, ein zum Überquellen volles Büchermagazin. Alle vier Wände waren bis zur Decke mit Bücherregalen zugestellt, selbst die beiden Fenster waren von Regalen umrahmt, die Fensterbänke mit Kladden, Ordnern und Manuskripten so beladen, dass ihr Öffnen eine halbstündige Aufräumaktion vorausgesetzt hätte. Aber nicht nur in den Regalen stapelten sich neben- und übereinander Bücher; der Fußboden, die Tische, die Sessel waren ebenfalls so mit Türmen von Büchern bepflastert, dass nur sehr schmale Pfade dazwischen frei blieben. Der überwiegende Teil der Bücher bestand aus alten, vergilbten und verstaubten Exemplaren, viele davon in brüchig gewordenes Leder gebunden. Was um alles in der Welt trieb der Ex-Politiker hier? Nach einer Sammlung sah das nicht aus. Ein Sammler hätte versucht, Ordnung in dieses Chaos zu bringen. Es sah eher danach aus, als arbeite Henseleit hier: Auf einem kleinen Schreibtisch herrschte tadellose Ordnung; sorgfältig gestapelte Manuskripte lagen neben einer Reiseschreibmaschine, in die ein frischer Bogen Papier eingespannt war. Doch bevor Löhr eine entsprechende Frage an Henseleit richten konnte, begann der, sich dabei mit Zigarrenrauch einnebelnd, zu erzählen.

»Ich habe Hermann Hauff erst ganz am Ende meiner Zeit als Fraktionsvorsitzender kennen gelernt: Die Stadtverwaltung wollte ihm die Lizenz zur Betreibung seiner Mülldeponie in Wesseling entziehen, weil sie nicht mehr den Umweltstandards entsprach und eine Menge Pannen passiert waren.«

Henseleit machte eine Pause, um ausführlich an seiner Zigarre zu ziehen.

»Die Sache kam vor den Rat, und siehe da, alles war plötzlich gar nicht mehr so schlimm. Da fand sich ganz schnell eine Mehrheit, die trotz der Verwaltungsvorlage der Verlängerung der Lizenz zustimmte, obwohl die Auflagen, die Hauff aufgebrummt kriegte, lächerlich waren.«

»Und wie kam diese Mehrheit zustande?«, fragte Löhr.

In Henseleits Gesicht erschien wieder das ironische Lächeln. »Mit den Stimmen der CDU, der FDP und denen der Republikaner, die damals noch im Rat saßen. – Und natürlich auch mit einigen von unseren Leuten. Wir hatten ja schließlich damals die Mehrheit.«

»Das beantwortet meine Frage nicht«, sagte Löhr nun seinerseits mit einem ironischen Unterton. »Mit dem *Wie* habe ich nicht die Abstimmungsergebnisse gemeint.«

Henseleit grinste. »Ich weiß. Aber ich muss mich ein bisschen bedeckt halten, weil, beweisen kann ich meine Theorie nicht. Ich kann nur vermuten.«

»Und was vermuten Sie?«

»Na was schon? Hauff hatte damals schon angefangen, ausgemusterte Lokalpolitiker einzukaufen. Nicht zu bestechen, das nicht. Er beschaffte ihnen lukrative Jobs in seinen Unternehmen, mit wenig Arbeit und relativ viel Geld. So was ist bei den Ratsmitgliedern heiß begehrt. Wegen solchen Aussichten lassen sich viele überhaupt erst in den Rat wählen. Die sind doch nicht scharf darauf, sich ihr Leben lang in den Ausschüssen den Hintern blank zu wetzen, sich mit Bürgerkomitees rumzukloppen und so weiter. Die wollen an die Pfründe ran. Die wollen nach ihrem Ratsmandat gut dotierte Posten in städtischen oder halbstädtischen Unternehmen, Wohnungsbaugesellschaften, KVB, GEW und so weiter. Und weil es davon nicht endlos viele gibt, ist Hauff damals in diese Marktlücke reingestoßen. Und das hat ihn zu dem gemacht, was er heute ist.«

»Also keine direkte Bestechung?«

»Ich würde das eher kölsche Korruption nennen. Es ist ja in Köln ohnehin so, dass es etwas *Direktes* gar nicht gibt – weder im alltäglichen noch im politischen Leben. Ich selbst komme ja nicht aus Köln, deswegen musste ich das erst lernen. Und ich denke, ich hab's gut gelernt. Es gibt kein unzweideutiges ›Ja‹ und genauso wenig, eigentlich noch viel, viel weniger, gibt es ein unzweifelhaftes ›Nein‹. Da hab ich wirklich lange für gebraucht, um das rauszukriegen, dass wenn hier einer sagt: ›Dat muss ich mir noch überlegen‹, dass er damit ein ziemlich klares ›Nein‹ zum Ausdruck bringt.«

»Hm«. Löhr dachte, dass Henseleit seine kölsche Lektion gut gelernt haben musste. Sonst hätte er sich nicht so lange – waren das nicht doch fast zehn Jahre gewesen? – an der Spitze der Macht halten können. Aber *so* gut konnte er sie auch nicht gelernt haben, sonst hätte ihn der spätere Oberbürgermeisterkandidat Flaucher seinerzeit nicht mittels einer plumpen Intrige vom Thron des allmächtigen Fraktionsvorsitzenden stürzen können. Laut sagte Löhr: »Es scheint also so gewesen zu sein, dass Hauff damals durch die Vergabe von lukrativen Posten speziell an Kölner Lokalpolitiker, sagen wir mal, eine positive Stimmung für sich und seine Unternehmen im Stadtrat hergestellt hat.«

»Keiner wollte es sich mit ihm verderben, richtig. Weil es ja hätte sein können, dass er für sein Wohlverhalten Hauff gegenüber später mit einer netten Pfründe belohnt worden wäre. Und das ist der Grund, warum Hauff heute der Kölner Müllkönig ist. Ohne Ausschreibung, ohne Wettbewerb hat der sich in die Müllabfuhr eingekauft, in die komplette Kölner Abfallwirtschaft. Dem gehört der Kölner Müll heute allein. Das ist ein Riesengeschäft, vor allem, seit es das Duale System gibt. Und wem der Kölner Müll gehört, dem gehört auch Köln.«

»Und das alles ohne *direkte* Korruption?«, wiederholte Löhr seinen Vorstoß.

Henseleit hob die Schultern, die sich spitz unter dem ausgebleichten Morgenmantel abzeichneten. »Ich habe nie etwas davon mitgekriegt, ob da auch Bares geflossen ist. Als Hauff damals anfing, seine Pfründe zu verteilen, war mein Stern bereits untergegangen, wenn ich das sagen darf. Hauff hatte mehr mit Flaucher zu tun, und nach dessen Sturz mit Flauchers Nachfolger und politischem Ziehsohn Pafferoth. Aber«, Henseleit zog kräftig an seiner Zigarre und stieß, während er weitersprach, den Rauch in mehreren kleinen Stößen aus. »Aber ich glaube nicht, dass Hauff sich auf so etwas Riskantes einlässt, jemandem direkt Geld zuzuschustern.«

Für was in aller Welt anderes als Geld, dachte Löhr, als Henseleit die letzte Rauchwolke aus seinem Mund quellen ließ, sollten denn sonst die Zahlen hinter den Namen der Ratsmitglieder stehen?

»Hauff«, fuhr Henseleit fort, »ist nicht blöd. Das ist ein Bauer. Kommt aus dem Vorgebirge. Bauernschlau ist der. Angefangen hat er mit einer Schrotthandlung, die er von seinem Vater übernommen hat. Später, im Bauboom der Sechziger, hat er sich eine Kiesgrube zugelegt. Und als der Bauboom vorbei war, hat er aus der Kiesgrube eine Mülldeponie gemacht und sich gleichzeitig die Müllabfuhr von Wesseling, Godorf und Brühl unter den Nagel gerissen. Immer mit der gleichen Methode. Er hat sich immer Lokalpolitiker in seinen Betrieb geholt, und die haben durch ihre alten Beziehungen für ihren neuen Betrieb – also für Hauff, für gute Stimmung gesorgt.«

»Na gut«, meinte Löhr. Ihm schwante, dass er so nicht weiterkam. Die alten Geschichten, die Henseleit ihm erzählte, konnten ihm in seinem Fall nicht viel helfen. Dazu musste er wohl ein bisschen mehr auf den Tisch legen. Bisher hatte er Henseleit nur davon berichtet, dass er den Einbruch in eine der Firmen Hauffs aufzuklären habe. Die Namensliste hatte er noch nicht erwähnt.

»Sagt Ihnen der Name Engelberg etwas, Herr Henseleit?«

»Engelberg? Das ist ein CDU-Ratsmitglied, sitzt, glaube ich, im Hauptausschuss.«

»Gibt es zwischen Engelberg und Hauff eine Verbindung?«

Henseleit schüttelte den Kopf. »Da bin ich überfragt.«

»Und Laymann?«

»SPD-Mann. Kommt aus dem Sülzer Ortsverband, junger Mann, weiß gar nicht, was der im Rat und der Fraktion für eine Funktion hat.«

»Ressel?«

»Alter Genosse, Gewerkschafter, linker Flügel, ist unter mir und unter Flaucher nie was geworden. Ansonsten – ich bin, wie gesagt, nicht mehr so ganz auf dem Laufenden.«

Und so ging es weiter. Fast eine Stunde dauerte ihr Gespräch jetzt schon, und Löhr wurde immer klarer, dass er bei Henseleit an der falschen Adresse war. Sein politisches Wissen, die Kölner Verhaltnisse betreffend, war nicht mehr aktuell, er konnte ihm lediglich Hintergrundinformationen liefern. Und die hatte Löhr ja jetzt, zumindest, was den Abfallunternehmer Hauff betraf. Er erhob sich, doch mit einer Behändigkeit, die er Henseleit nicht zugetraut hätte, war der vor ihm aufgestanden und drückte Löhr mit sanftem Nachdruck in seinen Sessel zurück.

»Warten Sie, Herr Löhr. Eine Frage noch: Woher haben Sie diese Namen, die Sie mir eben aufgezählt haben?«

»Ooch«, Löhr suchte nach einer schlüssigen Erklärung. So viel Vertrauen durfte er Henseleit, auch wenn der in der aktuellen Politik keine Rolle mehr spielte, nicht entgegenbringen, ihm von der Liste zu erzählen.

»Lassen Sie mich raten.« Henseleit lehnte sich in seinen Sessel zurück und legte seine Zigarre – die zweite, die er an diesem Nachmittag rauchte – in den Aschenbecher neben sich. »Sie haben eine Liste.«

»Eine Liste?« Löhr brauchte sein Erstaunen nicht zu heucheln, er war tatsächlich perplex angesichts des Scharfsinns des alten Hasen.

»Eine Liste, die sie – wahrscheinlich zufällig – bei Hauff gefunden haben, richtig?«

Löhr schwieg, sah in gespannter Erwartung, was da jetzt noch kommen würde, Henseleit bloß mit halb offenem Mund an.

»Steht auf dieser Liste zufällig auch der Name Bayartz?«, fragte Henseleit.

»Hm«, machte Löhr. Er konnte sich nicht erinnern. Die Namen, die er behalten konnte, hatte er Henseleit genannt. Bayartz war nicht darunter gewesen.

»Bayartz ist bestimmt dabei«, setzte der Ex-Fraktionsvorsitzende nach. Es war richtig Leben ihn gekommen, nachdem er mit seiner Vermutung über die Existenz einer Namensliste ins Schwarze getroffen zu haben glaubte. »Bayartz, das ist ein hundertprozentiger Hauff-Mann. Der hat schon damals, als es darum ging, dass Hauff quasi als Monopolist die Müllabfuhr übernehmen sollte, für Hauff die Strippen gezogen. Der hat die CDU-Fraktion weich geklopft und anschließend auch die Mehrheit im Rat für Hauff organisiert. Also wenn es eine direkte Verbindung zwischen Hauff und der Politik gibt, dann sind Sie bei Bayartz am richtigen Mann.«

»Hm«, machte Löhr wieder und fragte dann: »Wie kommen Sie eigentlich darauf, dass es eine Liste gibt?«

»Ach«, sagte Henseleit, der sich, während er auf Löhr einredete, weit zu ihm hin gebeugt hatte und sich jetzt wieder in seinen Sessel zurücksinken ließ. »Jeder, der beispielsweise Steuern hinterzieht oder Schmiergeld zahlt oder Schmiergeld bekommt, jeder legt eine Liste an. Obwohl das sterbensdumm ist. Weil es so sicher wie das Amen in der Kirche ist, dass diese Liste eines Tages gefunden wird. Trotzdem legen sie alle Listen an. Scheint ein menschlicher Urtrieb zu sein. So wie es ein Urtrieb ist, Schätze zu horten. Die Listenschreiber horten auch, bloß begnügen sie sich damit, dass sie schwarz auf weiß die Summen, die sie hinterzogen oder sonst wie ergaunert haben, sehen, und die, die sie ausgegeben haben, verbunden mit den Namen der Personen, die sie sich mit ihren Ausgaben verpflichtet haben. Das ist ja auch so etwas wie ein Schatz.«

Löhr lachte. »Könnte was dran sein.«

Henseleit lachte nicht mit. Er fixierte Löhr. »Ich weiß, Sie dürfen mir über die Liste nichts sagen. Aber ich rate Ihnen, nehmen Sie mit Bayartz Kontakt auf, wenn Sie mehr über Hauffs Geschäfte erfahren wollen.«

Henseleit angelte mit der Rechten wieder nach der Zigarrenkiste, doch dann fiel ihm noch etwas ein, und er richtete einen nikotinbraunen Zeigefinger auf Löhr. »Und dann sage ich Ihnen noch einen Namen, der sicher nicht auf der Liste steht: Schallenberg. Schallenberg ist der Vize in der SPD-Ratsfraktion, Schallenberg war immer gegen Hauff. Das war nichts Persönliches, er hätte nur gern an Hauffs Stelle einen anderen Müllunternehmer in Köln installiert. Wahrscheinlich, weil der ihm mehr versprochen hat als Hauff. Das ist ihm damals nicht gelungen, aber er hat eine Zeit lang alle Hebel in Bewegung gesetzt, um Hauffs Monopolstellung zu verhindern. Also wird er auch alles gesammelt haben, was möglicherweise gegen Hauff verwendet werden kann. Wenn Sie das interessiert, dann gehen Sie zu Schallenberg.«

Löhr schwirrte der Kopf. So viele Namen. So viele verwirrenden Zusammenhänge. So viele Intrigen. So vieles, was ihn eigentlich gar nicht interessierte, was ihn im Gegenteil anwiderte. Er wollte nichts zu tun haben mit diesem ganzen kölschen Klüngelverein. Er war müde. Und außerdem war er jetzt hungrig. Er erhob sich.

»Ich danke Ihnen, Herr Henseleit. Hat mich sehr viel weitergebracht, was Sie mir erzählt haben.«

Auch Henseleit stand auf, richtete seinen Morgenmantel und legte plötzlich seine Hand auf Löhrs Arm. Seine Stimme wurde leise, fast zu einem Flüstern. »Was immer Sie tun, Herr Löhr, tun Sie's, wenn Sie glauben, dass Sie es müssen. – Aber seien Sie vorsichtig. Sie stechen da in ein Wespennest. Von denen lässt sich keiner was wegnehmen. Am allerwenigsten Hauff selbst.«

***

Rheinischer Sauerbraten, süßsauer, mit Rosinen und Printen in der Soße! Dazu Apfelmus und selbst gemachte Kartoffelknödel! Etwas, was nur seine Mutter konnte. Zumindest so. Löhr legte sich die Serviette über die Knie und sog dabei mit halb geschlossenen Augen den wundervollen Duft der Speise in seine, wie er meinte, jeder Köstlichkeit seit langem entwöhnte Nase.

»Jut, dat du vorher anjerufen hast«, sagte seine Mutter, die ihm in ihrem obligatorischen Haushaltskleid gegenüber am Küchentisch saß. »Sonst hätt ich dat Restchen nämlich heut Abend selbst jejessen.«

Ja, das war wirklich gut, dass er sich diesmal vorher bei ihr angemeldet hatte, dachte Löhr und tunkte die erste Knödelhälfte ausführlich in die Soße. Sonst kam er nämlich meist spontan vorbei und kriegte oft nur kleinste Restchen, demletzt lediglich ein paar Scheiben Schwarzbrot mit Schmalz, am Abendbrottisch seiner Mutter ab. Aber jetzt, wo er leckere Speisen wegen Irmgards Abwesenheit schon zu lange entbehrte, hatte er vorsichtshalber vorher angerufen. Außerdem musste er mit seiner Mutter sprechen. Wegen Tante Sylvia und Felix. Und sowieso. Er schob sich den von schwarzbrauner Soße triefenden Knödel in den Mund, und die nur noch mit einem entfernten Hauch an die Essigmarinade erinnernde Süße der Sauerbratensoße durchströmte sein Geschmacksnervenuniversum betörend wie ein Opiat.

»Hmmmm«, konnte er nur noch, die Augen jetzt ganz geschlossen, machen. Als er sie wieder öffnete, sah er, wie seine Mutter ihn anlächelte. Und er sah auch, dass vor ihr kein Teller stand. Der Knödel blieb ihm auf der Zunge liegen, und er musste ein bisschen würgen.

»Und was isst du?«, fragte er.

»Ach«, lächelte sie und machte eine vogelähnliche Bewegung mit ihrer kleinen faltigen Hand. »Ich mach mir nachher e Botterämchen – tu du erst mal essen.«

»Hast du noch keinen Hunger, Mama?« Einen Augenblick lang konnte Löhr vor schlechtem Gewissen, seiner alten armen Mutter das Abendbrot wegzuessen, den Sauerbratenteller nicht mehr anschauen.

»Nee, nee, du weißt doch, Jakob, ahl Lück brauchen nit mehr so viel. Und außerdem ...«, sie deutete auf Löhrs Teller, »ist mir dat heut Abend zu viel. Und vor allem stößt mir dat auch auf und sagt mir die halbe Nacht juten Tag.«

Löhr lachte kurz auf, war jetzt aber beruhigt und überließ sich befreit seinem Appetit. Konzentriert und schweigend aß er seinen Teller leer, bis kein einziges Fleckchen Sauerbratensoße mehr darauf zu finden war.

»Lecker, Mama!«

»Dat freut mich, Jakob, dat et dir geschmeckt hat. Du scheinst ja halb verhungert gewesen zu sein.«

Jede andere Mutter auf der Welt, ging es Löhr durch den Kopf, hätte diese letzte Bemerkung mit einer Anspielung auf die lange Abwesenheit seiner Frau verbunden. Nicht so Anita Höveler. Er liebte sie allein wegen ihrer unerschütterlichen Diskretion. Nie würde sie sich in seine oder in die Angelegenheiten seiner Geschwister einmischen. Auf der anderen Seite jedoch war sie über sämtliche Familiengeschichten, selbst die der Löhr-Seite, bestens informiert. Das stand in einem gewissen Widerspruch zu ihrer Verschwiegenheit, erklärte sich aber daraus, dass sie eine aufmerksame Zuhörerin war und über ein hervorragendes Gedächtnis verfügte. Deshalb war Löhr hier. Bevor er sich um die Geschichte mit seinem Vetter Felix und dessen Freundin kümmerte, wollte er gern etwas über die familiären Verhältnisse bei Onkel Alfred und Tante Sylvia erfahren. Er wusste lediglich, dass Felix, ein Nachkömmling und Nesthäkchen, noch bei ihnen lebte, obwohl er bestimmt inzwischen schon an die dreißig war. Und dass seine Mutter etwas über die Verhältnisse dort wusste, davon war Löhr überzeugt, denn die Familie wohnte bloß ein paar Ecken weiter, am Klingelpütz. Aber vorher musste er noch etwas anderes wissen.

»Sag mal, Mama, was heißt eigentlich ›Höppemötz‹?«

»Höppemötz? Dat es en Kinderspiel. Die Kinder malen Kästchen auf et Trottoir und höppen in der Kästchen eröm. – Aber dat weißt du doch, Jakob!«

»Ja, sicher Mama, weiß ich das. Ich wollte bloß wissen, ob man ›Höppemötz‹ auch für was anderes verwendet, zum Beispiel als Schimpfwort, also ob man sagen kann: ›Du ahl Höppemötz‹ oder ›du bess vielleicht en Höppemötz‹.«

In letzter Zeit führte Löhr des öfteren Gespräche wie dieses mit seiner Mutter. Dabei kam oft Erstaunliches und noch öfter sehr Kurioses heraus. Natürlich ging er in solche Gespräche nicht mit der Erwartung, seine Mutter würde ihn über die historische Herkunft und die Etymologie der in Frage kommenden Ausdrücke belehren. Darüber machen sich Verwender einer Sprache, das wusste Löhr, nie Gedanken. Ihn selbst interessierte das auch bloß am Rand. Was ihn interessierte, war, *wie*, in welchen Situationen, diese Begriffe verwendet werden. Zum Beispiel das Schimpfwort »ahl Mehl«. Da wusste seine Mutter zwar nicht, dass »Mehl« aus dem französischen »merle« abgeleitet ist, sie wusste aber, dass es ›Amsel‹ bedeutet, aber – und darüber waren sie in einen längeren Disput geraten – nur die *weibliche* Amsel meint. Das hatte Löhr zunächst nicht eingeleuchtet. Das Wort ›Mehl‹, meinte er, bezeichne sowohl den männlichen wie den weiblichen Vogel. Denn, so sein Argument, das französische *merle* mache ja auch nicht diesen Unterschied, heiße eben schlichtweg ›Amsel‹. Da hatte ihn seine Mutter aber eines Besseren belehrt! Denn ›ahl Mehl‹, wusste sie, sagte man nur zu weiblichen Personen, nie zu männlichen. Genauso sagte man ja auch ›du ahlen Bemm‹ nie zu Frauen, sondern nur zu Männern. Also bezeichne das Wort ›Mehl‹ nur die weibliche Amsel.

Jetzt legte sie einen Zeigefinger an die Lippen und sagte nachdenklich: »Ja, dat künnt sin. Man könnt zu den Kindern auf der Straße, wenn sie da rumspringen, ›ihr Höppemötzcher‹ sagen. Aber als Schimpfwort?«

»Wenn ein Erwachsener auf der Straße rumspringt?«

Sie wiegte den Kopf leicht hin und her. »Ja, ja. Möglich ist dat schon, glaub ich.«

»Danke, Mama«, sagte Löhr und kam dann auf sein eigentliches Anliegen zu sprechen. Er erzählte seiner Mutter vom merkwürdigen Anruf von Tante Sylvia.

»'ne schwarze Freundin?« Sie hob ihre schmalen Schultern. »Wat soll daran denn so schlimm sein?«

»Ich weiß es auch nicht«, sagte Löhr.

»Da sieht man jetzt doch eso viele von in der Stadt«, seine Mutter schüttelte den Kopf. »Dat sind doch alles nette Persönchen.«

»Vielleicht stört Tante Sylvia auch gar nicht, dass die Freundin schwarz ist«, überlegte Löhr laut, »sondern dass Felix jetzt *überhaupt* 'ne Freundin hat. Ich meine, der ist fast dreißig und lebt immer noch bei seinen Eltern.«

Ein feines Lächeln spann sich durch die Falten in ihrem kleinen runden Gesicht. »Da is wat dran. Dat Sylvia hält den Felix wie 'n Schoßhündchen. Schon immer. Da war dat schon an die vierzig, als die den gekriegt hat. Da waren die anderen Kinder fast schon aus dem Haus.«

»Also könnte es Eifersucht sein?«, fragte Löhr.

»Bestimmt könnte et dat sein«, sagte Anita Löhr. »Dat ist irgendwie komisch. Aber ich hab schon immer den Eindruck gehabt, die will der Jung janz für sich allein.«

»Dass der das mit sich machen lässt ...«

»Ach«, sagte sie. »Dat is eigentlich immer 'n liebes Kerlchen gewesen, der Felix. Aber 'n bisschen unselbständig. Und da steckt natürlich dat Sylvia hinter. Hat den immer bedient, von vorn bis hinten. Und wenn der nicht mal so wollte, wie sie sich dat vorgestellt hat, dann hat se den auch schon mal 'n bisschen jepiesackt.«

»Gepiesackt?«

»Na, nit schlimm. Aber dat hat den immer wie en klein Kind behandelt, obwohl der schon auf dem Gymnasium war. Wollte 'nen richtige Streber aus dem machen, der durfte immer nur mit Einser nach Hause kommen. Und als er dat dann leid war und der von der Schul abgehen wollt, der Felix, da hättest du dat Sylvia aber mal hören müssen. Ich war dabei. Da hat et janz spitz zu dem jesagt: ›Jut, wenn du et so willst, dann wirste eben 'ne Ritzekrätzer.‹ Und da hat der natürlich wieder mal gekuscht und ist dann doch auf der Schul jeblieben.«

»Ritzekrätzer?«

»Ja. Dat sagt man zu einem, wenn er nix lernen will. Dat er dann ene Ritzekrätzer wird.«

»Und was bedeutet das, ›Ritzekrätzer‹?«

»Da fragst du mich wat, Jakob. Dat sagt man eben so.«

Löhr erhob sich hinter dem Küchentisch, schwer von Sauerbraten und Kartoffelknödeln.

»Danke, Mama«, sagte er. »Ich muss jetzt mal los. Ich hab Tante Sylvia versprochen, spätestens um neun Uhr da zu sein.«

»Gut, Jakob«, sagte sie und reichte ihm die Hand. »Dann guck mal, wat mit dem Felix ist. Vielleicht will er ja bloß endlich mal erwachsen werden.«

»Und am Sonntag, wenn die Irmgard wieder da ist«, sagte Löhr, »laden wir dich zum Essen ein. Einverstanden?«

»Ach? Dat Irmgard ist dann wieder mal da?«, fragte seine Mutter, und zwar in einem Ton, der unüberhörbar eine kleine Spitze trug. Für eine Sekunde brach für Löhr das schöne Bild zusammen, das er eben noch von seiner Mutter hatte. Das hätte er ihr jetzt nicht zugetraut! Aber, dachte er ein wenig später, auf dem Gang die Haustreppe hinunter, auf der anderen Seite war es vielleicht auch gar nicht so schlecht, dass seine Wunschbilder ab und zu eine kleine Korrektur erfuhren. So *ganz* perfekt, wie er sie sich gewünscht hätte, *konnte* sie in Wirklichkeit ja auch nicht sein.

***

Ritzekrätzer-Ritzekrätzer-Ritzekrätzer machten Löhrs Schritte, als er durch die nächtliche Eintrachtstraße in Richtung Victoriastraße ging. Was um alles in der Welt mochte ein *Ritzekrätzer* sein? Einer, der Ritzen kratzt? Welche Ritzen? Und wieso kratzt man Ritzen? Am liebsten wäre er gleich nach Hause gelaufen und hätte im »Wrede« nachgeschaut. Aber zuerst musste er sich um das Problem kümmern, das Tante Sylvia mit ihrem Jüngsten hatte. Leider. Er hätte das gern verschoben. Aber da er nun schon einmal hier war und es Tante Sylvia versprochen hatte …

Die Eintrachtstraße kam ihm in der Nacht noch elender und heruntergekommener vor als am Tag. Wegen der unmittelbaren Nähe zum Hauptbahnhof waren sämtliche Gebäude während des Krieges den Bomben zum Opfer gefallen. Nur unten, vorm Eigelstein, gab es noch drei oder vier Altbauten. In einem davon wohnte seine Mutter. Ansonsten waren die Häuser hier nach dem Krieg schnell, billig und lieblos hochgezogen worden, und alle waren von außergewöhnlich kahler Hässlichkeit. Eine tote Straße, kein Geschäft, keine Schaufenster, schlecht beleuchtet, und gerade mal zwei Kneipen gab es auf dem Stück hinter der Eisenbahnunterführung hin zur Victoriastraße. Sie boten das gleiche leblose Bild wie die Straße. Als Löhr die Eckkneipe an der Cordulastraße passierte, sah er durch die halb offene Tür eine einzige traurige Gestalt an der Theke stehen.

Während er sich der Victoriastraße näherte, verließen seine Gedanken das Problem des Ritzekrätzers und kehrten zurück zu dem eigentlichen Problem dieses Tages. Er dachte an Henseleit. Kaum hatte er dessen Wohnung verlassen, hatte er die Liste aus seiner Jackentasche genommen, und tatsächlich, der Name Bayartz stand darauf, und hinter dem Namen war die größte aller aufgeführten Summen verzeichnet, hundertfünfzigtausend. Ganz so raus aus dem politischen Leben der Stadt, wie Löhr anfangs gedacht hatte, war Henseleit offenbar nicht. Zumindest hatte er ein gutes Gedächtnis, was die Strukturen des Filzes betraf, und die waren, wie es den Anschein hatte, über die Jahre, wahrscheinlich sogar über Jahrzehnte, äußerst stabil. Bayartz also müsste man vielleicht als Ersten unter die Lupe nehmen, wollte man mehr über die Liste und ihre Bedeutung und vor allem etwas darüber erfahren, warum sich jemand unbedingt in ihren Besitz bringen wollte. Seit seinem Gespräch mit Henseleit war sich Löhr sicher, dass der Einbrecher irgendetwas gegen Hauff in die Hand bekommen wollte, ob die Liste selbst, von der er ja nur ahnen konnte, dass Hauff sie hier aufbewahrte, oder die anderen Unterlagen. Löhr war jetzt klar, welches Kaliber dieser Hauff war, welchen ungeheuren Einfluss, welche Macht er in der Stadt hatte. Esser hatte das wahrscheinlich schon früher gewusst oder geahnt, deshalb würde er jetzt wohl am liebsten kneifen. Aber nicht Löhr. Jetzt erst recht nicht! Warmer, prickelnder Kampfesmut stieg in ihm auf, als er die Victoriastraße hin zur Kardinal-Frings-Straße überquerte, steigerte sich von Schritt zu Schritt zu wahrer Kampfeslust, und als Löhr von der Kardinal-Frings-Straße rechts in die Altengrabengasse einbog, beflügelte ihn die Vorstellung, ein heldenmütiger, unbesiegbarer Draufgänger zu sein.

An ihrem Ende stieß die Altengrabengasse auf den Klingelpütz. Und in dem Haus an jener Ecke wartete die Ernüchterung, warteten Tante Sylvia und Onkel Alfred auf ihn.

Es war schon etliche Jahre her, dass Löhr in deren Wohnung gewesen war. Er konnte sich nicht einmal mehr an den Anlass erinnern. Er wusste aber noch, dass man aus dem Fenster einen Blick in den Park des Kardinals werfen konnte, dessen Residenz gleich gegenüber lag. Und er erinnerte sich daran, dass es ihm damals vorkam, als entströme dem Park eine wohltuende Ruhe über die ihn umgebende hohe Backsteinmauer und das stille Gässchen hinweg in die Wohnung. Jetzt konnte von Ruhe keine Rede sein. Als sich die Wohnungstür öffnete und Tante Sylvia ihn hereinließ, schallte ihm in ohrenbetäubender Lautstärke die unverkennbar raue Stimme von Marcel Reif entgegen.

»Tut mir Leid, Jakob«, flüsterte ihm Tante Sylvia zu. »Aber der Alfred ist am Champions League gucken, dat ist dem sein Ein und Alles.«

»Aber wieso denn so laut?«, fragte Löhr, während ihn Tante Sylvia eilig am Wohnzimmer, in dem der Fernseher stand, vorbei in die Küche bugsierte.

»Der hört doch nix mieh, der Doof«, sagte Tante Sylvia und zog die Küchentür fest hinter sich zu.

Tante Sylvia zeichnete sich in ihrem kompletten Erscheinungsbild durch äußerste Resolutheit aus. Kinn und Nase trug sie wie ihren immer noch fülligen Busen stets vorgestreckt, ihre kleinen, eng beieinander stehenden dunklen Augen blitzten in fortwährender hellwacher Aufmerksamkeit. Vor allem diese Augen hätten ihr, wäre sie etwas schlanker gewesen, Ähnlichkeit mit einem Raubvogel verliehen, der auf der Lauer nach der nächsten Beute ist. Sie war also ein völlig anderer Typ als die meisten Mitglieder der Löhr-Familie, in die sie hineingeheiratet hatte: Die Löhrs zeichneten sich fast durchweg durch eine gewisse Behäbigkeit aus, welche sich in einzelnen Fällen bis zur völligen Indolenz und Bräsigkeit ausformen konnte. Löhr selbst dagegen hatte sich immer als Löhrsches Durchschnittsexemplar empfunden. Energisch schob Tante Sylvia ihm einen Stuhl hin.

»Setz dich, Jakob.«

»Aber wenn Onkel Alfred nicht mehr gut hört«, sagte Löhr, während er ihrer Aufforderung nachkam, »da gibt's doch Hilfsmittel. Ein Hörgerät zum Beispiel, oder wenigstens Kopfhörer für den Fernseher.«

»Ach wat.« Tante Sylvia machte eine wegwerfende Handbewegung. »Erstens will der dat ja gar nicht zugeben, dat er halb taub ist, und zweitens haben wir dann unsere Ruhe, wenn der vor dem Flimmerkasten sitzt. Und dat tut er so gut wie ununterbrochen, seitdem wir Premiere haben und er rund um die Uhr Fußball gucken kann.«

»Wir?«, fragte Löhr, um sich gleich dem Thema zu nähern, denn er konnte sich denken, wer mit dem »wir« gemeint war.

»Ich und der Felix, meine ich natürlich«, sagte sie auch prompt und völlig übergangslos: »Willste wat zu trinken, Jakob? Ich hab dir extra 'n lecker Fläschchen Kölsch kalt gestellt.«

»Ja, gern«, sagte Löhr, der tatsächlich Appetit auf ein Bier hatte, denn bei seiner Mutter hatte es, wie immer, natürlich keines gegeben.

Während Tante Sylvia zum Kühlschrank ging, eine Flasche Kölsch herausnahm und ein Glas füllte, sah sich Löhr in der Küche um. Es blitzte und blinkte, kein Topf stand ungespült in der Spüle, und auf der Anrichte schichteten sich in einer Schale Äpfel zu einer exakten Pyramidenform auf. Eine solche beinahe aseptische Küche hatte er selten zu Gesicht bekommen. Auch das ließ einen gewissen Einblick in Tante Sylvias charakterliche Verfasstheit zu.

Sie legte einen Untersetzer auf die Wachstuchdecke des Küchentischs, setzte das Kölschglas darauf und daneben, auf einen Extra-Untersetzer, die Flasche.

»Ist Felix auch zu Hause?«, fragte Löhr, nachdem er das Kölschglas mit einem Zug fast geleert hatte. »Wär doch schön, wenn wir den bei unserem Gespräch dabei hätten.«

»Um Jottes Willen!« Sylvias kleine Augen schienen sich mit einem Schlag auf das Doppelte ihrer Größe geweitet zu haben. »Nee! Dat wär *überhaupt* nit gut! Erstens geht dat den gar nix an, wat wir zwei zu bereden haben. Zweitens wollte der davon natürlich überhaupt nix wissen, der würde dat überhaupt nit verstehen wollen und drittens ist er sowieso schon wieder bei diesem Gift, dem schwarzen.«

Beim letzten Teil des Satzes war ihre sonst harsche Stimme ins

Weiche, fast Weinerliche umgekippt. Und tatsächlich stahlen sich jetzt zwei kleine silbrige Tränen aus ihren Augenwinkeln, und mit tiefer Kümmernis in der Stimme setzte sie hinzu: »Der arme Jung.«

Eigentlich war Löhr bereits völlig im Bild. Seine Mutter hatte, wie so oft, richtig gelegen. Tante Sylvia hatte ihr Nesthäkchen Felix zum Ersatzpartner auserkoren. Welche Rolle Onkel Alfred in dieser Konstellation spielte, hatte er eben mitbekommen: keine.

»Der Felix«, begann Löhr vorsichtig, »hat der denn bisher überhaupt schon mal 'ne Freundin gehabt? Der ist doch jetzt auch schon an die dreißig.«

»Und hat immer noch kein Examen! Wat soll er dann mit einer Freundin? Der soll zuerst mal gucken, dat der sein Studium endlich zum Abschluss bringt, da hängt der jetzt Jahr um Jahr und kommt nit weiter. Der soll büffeln, büffeln und noch mal büffeln und sich nit um die Weiber ... Sonst, mein Gott, wat soll aus dem Jung denn mal werden?«

Womit das, dachte Löhr, auch schon mal geklärt wäre. Und das Wort *Ritzekrätzer* kam ihm wieder in den Sinn.

»Ja gut«, meinte er, »aber das eine braucht das andere ja nicht auszuschließen. Es ist doch eigentlich ziemlich normal, dass ein junger Mann ...«

»Aber doch nit mit so einem Luder, Jakob!« Tante Sylvias Stimme überschlug sich, und in ihren Augen funkelte eine hysterische Angst.

»Wieso Luder? Bisher hast du mir nur gesagt, dass sie schwarz ist, farbig. Das ist doch kein Verbrechen, oder?«

»Ach? So denkst du also?« Tiefste Enttäuschung in Stimme und Miene von Tante Sylvia. »Ja meinst du denn *nit*, dat mir bald jenug von dem Volk im Land hätten? All die Neger und Zigeuner! Wat wollen die hier? Arbeiten etwa? Enä! Die leben auf unsere Kosten und dazu beklauen se uns noch, und die Weiber von denen ...«

»Moment mal«, unterbrach Löhr Tante Sylvia, und, in dem Augenblick froh, dass es sich lediglich um eine angeheiratete Tante handelte, verschärfte er seinen Ton: »Das ist doch im Moment nicht das Thema. Ich meine, selbst wenn du was dagegen hättest, dass Felix sich eine schwarze Freundin ausgesucht hat, ist das doch immer noch seine Entscheidung, oder?«

»Ja du weißt doch gar nit, wer dat ist, dat gefährliche Weib, Jakob! Deswegen hab ich dich doch angerufen, weil du doch bei der Polizei bist, dat du da wat unternimmst, janz dringend musst du dat, Jakob!«

»Wieso?«, fragte Löhr. »Wieso soll ich etwas unternehmen müssen, bloß weil sie schwarz ist?«

»Dat ist nit bloß schwarz, dat Biest.« Tante Sylvias Stimme wurde hohl und tonlos. »Dat ist ene schwarze Nutte. Dat geht aufm Eigelstein *anschaffen.*«

***

»Nicht an! Wozu soll ich das verdammte Ding anhaben und mit mir rumschleppen, wenn ich Feierabend habe?« Unwillig schüttelte Löhr hinter seinem Schreibtisch den Kopf.

»Weil es dazu da ist, ganz einfach! Heißt ja schließlich Handy«, entgegnete Esser, der wieder einmal auf der Fensterbank saß und rauchte.

»Nicht mit mir«, zischte Löhr, was allerdings apodiktischer klang, als er es meinte. Ein wenig hatte sich seine Einstellung gegenüber dem Gebrauch von Handys schon geändert, seit er selbst eines gebrauchte. Ab und zu gebrauchte. Es enthob einen einer Reihe von Unannehmlichkeiten, wenn man von unterwegs telefonieren musste, ersparte einem den Ärger mit zerstörten Telefonhäuschen, den Anblick schlecht gelaunter Kneipenwirte, wenn man sie bat, nur einmal kurz ihr Telefon benutzen zu dürfen, und überhaupt der hektischen Suche nach dem nächsten Telefon. Gegen einen *dosierten* Gebrauch des Handys hatte er also inzwischen nichts mehr einzuwenden, abgesehen davon, wenn es – siehe Taufe – klingelte, wenn es nicht sollte. Nichtsdestoweniger war Löhrs Verachtung gegenüber der weit verbreiteten Handy*sucht* von dieser Einsicht ungetrübt geblieben. Die Geringschätzung der Leute, denen, wo sie gehen und stehen, die Hand mit dem Handy am Ohr festgewachsen und deren Mundwerk zu einem Dauergequatsche in den Apparat verurteilt zu sein scheinen. Allerdings hatte sich in Bezug auf diese Handymanie Löhrs grundsätzliche Verachtung den von ihr Befallenen gegenüber inzwischen zu einem misstrauischen Mitleid oder, je nach Lage, zu einem mitleidigen Misstrauen gewandelt: Wer so von dem Bedürfnis nach sinnlosem Gebrabbel mit einem Apparat in Beschlag genommen ist, fehlt dem nicht auch was? Beispielsweise ein echtes, ein wirkliches Gespräch? Ist dieses Dauergequatsche nicht ein Zeichen des Mangels an echter Kommunikation, also ein Ausdruck von Einsamkeit?

»Nee, Rudi«, sagte Löhr laut, aber jetzt in etwas milderem Ton. »So haben wir nicht gewettet. Da würde ich ja komplett wahnsinnig, wenn's überall, wo ich gehe und stehe, nur noch klingelt.«

»*Überall*! Wofür soll ein Handy denn sonst gut sein, wenn nicht für einen Notfall, Mensch?«

Aufgebracht stieß Esser einen Schwall Zigarettenrauch hinaus in die feuchte Luft. In der Nacht war das Wetter umgeschlagen, die Sonne am Morgen erst gar nicht mehr aufgetaucht, eine Dunstdecke hing tief über der Stadt, es nieselte ununterbrochen. Außerdem war es wieder kalt geworden.

Löhr zog sich fröstelnd das Jackett enger um die Schultern. »*Notfall*? Was denn für ein Notfall?«

»Na ja, Notfall gerade nicht«, lenkte Esser ein. »Aber es wäre schön gewesen, wir hätten gestern Abend *zusammen* rausfahren und den Halter dieses Pkw zu zweit interviewen können.«

Essers Recherchen am vergangenen Nachmittag in Weiß hatten eine erste Spur gebracht. Bei der Rodenkirchener Polizeiwache war eine Zeugin aufgetaucht, die beobachtet hatte, wie am Sonntagmorgen ein Mann aus einem auf dem Firmenparkplatz vor dem Bürogebäude der Müllsortierungsanlage abgestellten Auto Geräte ins Innere des Gebäudes lud. Da es Sonntag und sonst weit und breit auf dem Firmengelände niemand zu sehen war, kam ihr das verdächtig vor, und sie hatte sich die Zulassungsnummer des Wagens gemerkt. Und als später der Einbruch bekannt wurde, war sie damit zur Polizeiwache in Rodenkirchen gegangen. Auf diese Spur hatte sich Esser sofort gesetzt. Er hatte die Adresse des Pkw-Halters abgefragt und versucht, Löhr zu erreichen, damit sie den Mann – der ja immerhin als Täter in Frage kam – gemeinsam aufsuchen konnten.

»Aber das war doch sowieso nicht der Richtige«, winkte Löhr ab. »Und außerdem – könntest du langsam mal wieder das Fenster zumachen, mir wird richtig kalt.«

»Nein, war er tatsächlich nicht«, sagte Esser resigniert, schnippte die Kippe hinaus und schloss das Fenster. »Aber trotzdem. Es hätte vielleicht brenzlig werden können. Und genau für solche Fälle ist das Handy gedacht.«

»Das Handy ist für echte Notfälle gedacht!«, protestierte Löhr. »Nur deswegen hab ich mich breitschlagen lassen.«

»Nur deswegen?« Esser ging mit einem sarkastisch-bittersüßen Lächeln hinter seinen Schreibtisch und setzte sich. »Wenn du dich richtig erinnerst, musste ich dir dafür eine ganze Menge versprechen. 'ne Menge.«

»Ja, ja! Schon gut!«, winkte Löhr, jetzt doch etwas unangenehm berührt, ab. In der Tat hatte er der von Esser schon seit langem geforderten Anschaffung eines Handys nach langem und teilweise auch sehr erbittertem Widerstreben erst dann zugestimmt, als Esser, ganz auf sich allein gestellt, bei einer Zeugenvernehmung in eine bedrohliche Situation geraten war. Der Zeuge, der sich später als der von ihnen gesuchte Täter herausstellte, hatte während der Vernehmung plötzlich ein Messer gezogen und war damit auf Esser losgegangen. Der konnte den Angriff zwar abwehren und den Mann schließlich festnehmen, doch wäre er gar nicht erst in diese brenzlige Lage gekommen, wäre Löhr dabei gewesen. Aber Löhr weilte währenddessen – und das wieder einmal während der Dienstzeit, auf einer Stippvisite bei seiner Mutter. Unter dem Eindruck dieses Vorfalls hatte Löhr dann schließlich der Anschaffung des Handys zugestimmt, die aber wiederum an eine ganze Reihe von Bedingungen gebunden. Allesamt liefen sie auf die Festschreibung einer bisher von Esser bloß stillschweigend geduldeten Praxis hinaus, nämlich der, dass Löhr sich seine Dienstzeiten mehr oder weniger nach eigenem Gutdünken gestalten konnte – schließlich war er ja, so sein Argument, jetzt jederzeit per Handy erreichbar, sozusagen dessen Sklave.

»Also schön«, sagte er. »Was meinst du, wie wir jetzt weiter vorgehen sollen?«

»Natürlich zuerst zu dieser Kfz-Werkstatt fahren, in der der Mann seinen Wagen übers Wochenende stehen hatte.«

»*Angeblich* stehen hatte«, ergänzte Löhr.

Der Halter des Wagens, der am Sonntag von der Zeugin gesehen worden war, hatte Esser gegenüber nämlich angegeben, er habe sein Auto mit einem Getriebeschaden am Freitag vorher in eine Werkstatt gebracht. Etwas, was Esser am Abend zuvor nicht mehr hatte überprüfen können, da in dieser Werkstatt niemand mehr ans Telefon gegangen war.

»Deswegen fahren wir raus, um das zu überprüfen«, erwiderte Esser.

»Gut. Und dann?«, fragte Löhr.

Esser hob die Schultern. »Was schlägst du vor?«

»Uns Hermann Hauff vorknöpfen, natürlich.«

»Ja gut, können wir machen«, sagte Esser gedehnt. »Aber was soll das bringen?«

»Mensch Rudi. Der hetzt uns seinen Anwalt auf den Hals, lässt uns das Beweismaterial abknöpfen, und du fragst, was das bringen soll, dem Kerl mal auf den Zahn zu fühlen?«

»Tja«, machte Esser in einem merkwürdig gequetschten Ton und schlug seinen Notizblock auf. »Ich habe heute Morgen mal in der Anwaltsrolle nachgeguckt, wer dieser Weidenstamm ist.«

»Und?«

»Drei mal darfst du raten, für wessen Kanzlei er arbeitet.«

»Keine Ahnung.«

»Für Klenk.«

»Oh!«

Klenk war einer der prominentesten Wirtschaftsanwälte der Stadt. Er führte eine große Kanzlei mit einem Dutzend Fachanwälten und war dadurch indirekt und direkt an fast allen wichtigen Unternehmen in Köln beteiligt, zumindest bestens über sie informiert. Gleichzeitig war Klenk aber auch der Fraktionsvorsitzende der im Rat regierenden CDU. Durch diese Doppelfunktion konnte man ihn mit Fug und Recht als Kölns mächtigsten Mann bezeichnen. Ohne ihn geschah nichts in dieser Stadt. Und ausgerechnet mit diesem Mann standen Löhr und Esser nicht gerade auf freundschaftlichem Fuß. Klenk hatte seinerzeit beim durch Löhr mitinitiierten Sturz Flauchers eine nicht unerhebliche Rolle gespielt und war dabei – nicht ohne Löhrs Zutun – ins öffentliche Zwielicht geraten. Das war natürlich etwas, was Klenk nicht vergaß. Und da Klenk außerdem mit Paluchowski, dem Staatsanwalt, mit dem Esser und Löhr regelmäßig zu tun hatten, ein intensives, wenn nicht sogar inniges Verhältnis pflegte, bekamen sie die Feindschaft dieses mächtigen Mannes öfter zu spüren als ihnen lieb war. Mit Klenk sich anzulegen, hieß, sich rapide auf den Abgrund eines Karriereknicks zuzubewegen. Und da Paluchowski ausgerechnet auch noch der Herr dieses, von Esser und Löhr gerade zu behandelnden Falles war, war nun Gefahr unmittelbar im Verzug.

»Siehste«, bemerkte Esser mit leicht besserwisserischem Unterton.

»Hmmm«, stöhnte Löhr und stützte seinen Kopf schwer in die Hände. »Also meinst du, wir sollten den Schwanz einziehen?«

»Das habe ich nicht gesagt«, protestierte Esser. »Ich meine nur, wir sollten uns wirklich auf das beschränken, was unser Job ist.«

»Was Paluchowski als unseren Job *definiert* hat«, flocht Löhr, ein wenig süffisant, ein.

»Und der besteht nun mal tatsächlich darin aufzuklären, wer für den Einbruch verantwortlich ist. Ja.«

»Und dabei auf das Beweismaterial, das wir im Tresor gefunden haben, verzichten«, sagte Löhr weniger im Ton einer Frage als einer Feststellung.

»Ja.«

»Also doch: den Schwanz einziehen.«

Esser sagte dazu nichts, klopfte sich eine neue Zigarette aus seiner »Stuyvesant«-Packung, erhob sich und ging Richtung Fenster.

»O nein! Nicht schon wieder!«, entfuhr es Löhr.

Erschrocken drehte sich Esser, den Fenstergriff bereits in der Hand, um. Bisher hatte Löhr noch nie etwas gegen sein Rauchen geäußert.

»Nein, nein, nein«, beeilte sich Löhr – nun ebenfalls über Essers entsetzten Blick erschrocken – zu sagen. »Gegen dein Rauchen hab ich nichts. Nur, dass dabei das Fenster immer auf sein muss – bei dem Wetter!«

Löhr zog wieder sein Jackett um die Schultern, und Esser öffnete das Fenster mit einem bedauernden Schulterzucken: »Tut mir Leid, dauert ja nur 'ne Minute.«

Löhr schickte einen zornigen Blick auf die Rauchmelder an der Decke und grummelte: »Irgendwas werd ich mir mit euch noch einfallen lassen.«

»Also«, sagte Esser nach einer Weile, »dann streichen wir Hauff von unserer Liste?«

Löhr bäumte sich auf. »Wir werden ja wohl den Inhaber der geschädigten Firma fragen dürfen, wer, aus seiner Sicht, als Täter in

Frage kommt? Das gehört zum üblichen Vorgehen in so einem Fall!«

»Und du glaubst, du schaffst das, ohne dabei das, was wir im Tresor gefunden haben, mit ins Spiel zu bringen?«

Löhr seufzte tief. »Also gut. Dann lassen wir das eben. Vorläufig jedenfalls. Stattdessen können wir die Namen auf der Liste abarbeiten, zumindest die, von denen Henseleit meint, dass sie ganz oben ständen, allen voran Bayartz.«

Löhr hatte Esser gleich nach der Frühbesprechung von seiner gestrigen Unterredung mit Henseleit berichtet.

Esser warf seine Zigarette hinaus und schloss das Fenster. Er schüttelte den Kopf und sagte in einem Ton, wie man ihn uneinsichtigen Kindern entgegenbringt: »Mensch Jakob! Wenn wir uns diesen Bayartz vorknöpfen, was glaubst du, wie lange es dauert, bis wir Paluchowski im Nacken haben?«

Ja, natürlich. Esser hatte Recht. Jeder Gebrauch, den sie von ihrem Wissen um die Liste machten, jeder Schritt, den sie daraufhin unternähmen, würde sofort der Gegenseite bekannt werden und unwiderruflich Paluchowski auf den Plan rufen. Löhr verfiel in schweres, resigniertes Nicken.

»Hrm«, röchelte er wie ein waidwunder Elefant. »Also doch: Schwanz einziehen!«

***

Die Straße, in der sich die Autowerkstatt befinden sollte, war so winzig, dass man sich wunderte, wie sie überhaupt einen Platz im Stadtplan fand. Aber Esser hatte sie gefunden. Mitten in Ehrenfeld, im Einbahnstraßengewirr südlich des Westbahnhofs. Drei, höchstens vier Häuser links, vier Häuser rechts; die Straße selbst so schmal, dass keine zwei Autos aneinander vorbeikamen. Und von einer Autowerkstatt keine Spur. Die Hausnummer, die der Wagenhalter ihnen angegeben hatte, existierte nicht. Überhaupt gab es an den Hauseingängen nur verstümmelte und unleserlich gewordene Reste von Hausnummern. Postalisch gesehen eine Geisterstraße. Esser deutete auf ein großes verschlossenes Holztor, von dem einstmals blauer, nun graubrauner Lack abblätterte.

»Wenn«, sagte er, »kann's nur da sein.«

»Ist aber kein Schild dran«, meinte Löhr.

»Und auch keine Klingel«, ergänzte Esser und klopfte gegen die ins Tor eingelassene Tür. Sie warteten ein paar Augenblicke, aber die Tür blieb verschlossen. Esser klopfte noch mal energischer. Wieder tat sich nichts.

Löhr legte das Ohr an die Tür. Dahinter war deutlich das Kreischen einer Fräse oder Schleifmaschine zu hören.

»Da ist aber jemand«, sagte er.

Esser donnerte mit der Faust mehrmals gegen die Tür. Es dauerte etliche Minuten und zwei weitere, regelrechte Klopforgien, bis sich die Tür endlich einen Spalt breit öffnete und der ölverschmierte, schweißnasse Kopf eines Mannes herauslugte, der eine Schutzbrille in die Stirn schob und Löhr und Esser misstrauisch musterte.

»Nehme nur Privatkunden«, sagte er, als hätten die beiden ihm ein Zeitschriften-Abo angeboten. Er wollte die Tür wieder zuziehen, aber Esser kam ihm zuvor, indem er blitzschnell seinen Fuß, ohne Rücksicht auf seine Gucci-Schuhe, dazwischenstellte.

»Wir müssten trotzdem kurz mal rein«, sagte er und zog seinen Ausweis aus der Jacketttasche. »Kripo Köln.«

Die Werkstatt hinter dem Holztor war gerade groß genug, um zwei völlig zugestaubte Oldtimer-Wracks, eine Werkbank, einen kleinen Verschlag, in dem sich offenbar eine Toilette befand und eine Montagegrube zu beherbergen, über der ein sich ebenfalls rapide dem Wrackzustand nähernder alter, aber immerhin noch zugelassener Golf stand. Der Monteur wischte sich mit einem schwarzen Stofflappen die schwarzen Hände ab, was an deren Farbe so gut wie nichts änderte, das Öl darauf wurde höchstens gleichmäßiger verteilt. Es waren nicht nur schwarze, sondern auch riesige Hände, wahre Schaufeln, passend zu einem dickbäuchigen, sehr imposanten Zweimeterriesen, der, auch nachdem ihm Esser seinen Dienstausweis gezeigt und erklärt hatte, worum es ging, keinen Deut freundlicher wurde.

»Und wieso kommen Sie deswegen zu mir?«

»Weil Herr Lohbauer, der Halter des fraglichen Pkws, angegeben hat, dass sich das Fahrzeug am Wochenende in Ihrer Werkstatt befand.«

Der schwarze Riese blinzelte Esser feindlich an. »Wenn Sie von der Polizei sind, dann müssten Sie doch wissen, was mit dem Corsa los ist.«

»Was müssten wir wissen?«

»Dass er gestohlen worden ist.«

Verblüfft sahen sich Esser und Löhr an. Wir sind auch zu dämlich, fuhr es Löhr durch den Kopf. Das Allernaheliegendste nicht zu überprüfen. Ein Anruf, ein Computerklick, und sie hätten sich die Odyssee durch das Gewimmel der Westbahnhofgassen sparen können.

»Moment mal«, sagte Esser. »*Wann* ist der Corsa gestohlen worden?«

»Ja, irgendwann am Wochenende wahrscheinlich«, blaffte der Riese.

»Was heißt denn ›wahrscheinlich‹?«

»Weil ich es erst am Montagmorgen gemerkt habe. Und dann natürlich sofort gestohlen gemeldet.«

»Hier aus der Werkstatt raus gestohlen?«, fragte Löhr.

»Sehen Sie hier irgendwo noch einen Platz, wo ich 'n Auto abstellen könnte?«

»Also nicht aus der Werkstatt raus?«

»Sag ich doch.«

»Sondern?«

»Von der Straße, Herr Kommissar«, sagte der Riese, als müsse er Löhr die größte Selbstverständlichkeit erklären. »Die Autos, an denen ich gerade nicht arbeite oder die schon fertig sind, die parke ich draußen auf der Straße.«

»Also auch den fraglichen Corsa?«

Der Monteur hielt es nicht für nötig, auf eine so überflüssige Frage überhaupt zu antworten.

»Hatten Sie den schon repariert, den Corsa?«

»Wann denn?« Der Monteur schüttelte den Kopf. »Der Kunde bringt mir den Freitagabend und am Wochenende arbeite ich nicht.«

»Herr Lohbauer hat aber gesagt, Sie wollten ihn am Wochenende reparieren.«

»Ja, ja, wollte ich. Ist mir aber 'ne Familienangelegenheit dazwischengekommen.«

Bei fast jedem anderen wäre diese kleine Bemerkung auf Löhrs Sympathie gestoßen oder hätte zumindest seine freundliche Aufmerksamkeit geweckt. Aber bei einem so überaus unwirschen Zeitgenossen? Sollte man sich so einen Familienmenschen vorstellen?

»Gut«, nickte Esser. »Dann nehmen wir das erst mal so zu Protokoll. Dafür bräuchten wir Ihre Personalien, Herr ...?«

»Kösters«, fauchte der Riese. »Aber wieso, ich hab doch damit überhaupt –«

Esser streckte die Hand gegen den Mann aus. »Ihren Personalausweis, bitte.« In dem Augenblick erklang die »Kleine Nachtmusik«. Das war Essers Handy. Er friemelte es aus seiner Jackentasche und nickte Löhr zu.

»Machst du weiter, Jakob?«

Unter blechernem Mozartgetön verließ Esser die Werkstatt, um draußen auf der Straße das Gespräch anzunehmen, und Löhr nahm Kösters' Personalien auf.

Er hatte schon einen Fuß über den Steg der Tür gesetzt, da fiel ihm noch etwas ein, und er drehte sich zu Kösters, der ihm finster und mit verschränkten Armen hinterherschaute, um.

»Sagen Sie mal, war dieses Auto eigentlich noch fahrtüchtig?«

»'türlich fuhr der noch.«

»Trotz Getriebeschadens?«

»Haben Sie auch schon Ahnung von Autos?«

»Danke«, nickte Löhr. Irgendwie imponierte ihm die dummdreiste Ruppigkeit dieses Kerls jetzt doch.

Esser wartete auf ihn vor dem ein paar Einbahnstraßen weiter geparkten Dienstwagen, das Handy immer noch in der Hand.

»Das war bloß Fischenich.«

»Ach? Und?«

»Wollte nur sagen, dass er sich unsere Akten angeschaut hat.«

»Weiter nichts?« Etwas an Essers Stimme irritierte Löhr. So betont beiläufig sprach der sonst nie.

»Nö. Meinte bloß, wär interessant.«

»Und deswegen ruft er dich an? Nur um dir zu sagen, dass die Akten ›interessant‹ sind?«

»Ja. Und dass er weiter dran arbeitet.«

Esser drehte ab, als wäre das Thema damit erledigt, und schloss die Beifahrertür für Löhr auf. Dieser ungewohnt höfliche Akt brachte Löhrs Misstrauen vollends zum Keimen. Er stellte sich vor Esser.

»Du sagst mir jetzt auf der Stelle, was Fischenich *wirklich* gesagt hat, Rudi!«

Esser versuchte, eine blasierte Miene aufzusetzen, und ging rückwärts. Aber Löhr trat noch einen Schritt näher auf ihn zu und das, in Kombination mit seinem entschlossenen Gesichtsausdruck, brachte Esser zum Einknicken.

»Na ja« gestand er mit gesenktem Blick. »Er hat gesagt, er findet das *sehr* interessant.«

»Ach ja. *Sehr* interessant. Und was er daran *sehr* interessant findet, hat er natürlich nicht gesagt?«

Essers Blick hob sich, jedoch nicht, um Löhr anzuschauen, sondern um einem wirklich außerordentlich interessanten Flugzeug nachzuschauen, das soeben in Porz-Wahn gestartet war und die Stadt jetzt Richtung Westen überflog.

»Jetzt sag schon!« Manchmal konnte Löhr seine Stimme tatsächlich ultimativ klingen lassen.

Esser räusperte sich. »Fischenich meinte – ich meine, er vermutet, er erwägt, er zieht in Erwägung, eventuell aus dem Aktenmaterial – na sagen wir, so etwas wie eine Anklage gegen Hauff in die Wege zu leiten.« Und danach verirrte sich Essers Blick wieder irgendwo am Himmel, obwohl das außerordentlich interessante Flugzeug längst verschwunden war.

»Eine Anklage *weswegen*?« Auch inquisitorische Schärfe, stellte Löhr nicht ohne eine gewisse Genugtuung fest, lag durchaus in der Bandbreite seines Stimmrepertoires.

Wieder räusperte sich Esser. »Betrug«, murmelte er dann, kaum vernehmbar.

Eine, vielleicht zwei Sekunden lang dachte Löhr nach, dann riss er die von Esser bereits geöffnete Wagentür ganz auf und schob sich ins Wageninnere.

»Worauf warten wir dann noch? Fahren wir zu Hauff!«

»Ich wusste es!« Esser stampfte mit dem rechten Fuß aufs Pflaster wie ein Achtjähriger bei einem akuten Trotzanfall. »Ich wusste, dass du *genauso* reagieren würdest, Jakob!«

***

Eigentlich war Löhr kein Mensch, der allzu viele Vorurteile mit sich herumschleppte. Ein paar schon, aber es hielt sich in Grenzen. Die allerdings wurden deutlich überschritten, wenn er sich einen Mann wie Hauff, den Kölner Müllkönig, leibhaftig vorzustellen versuchte. Bisher kannte er ihn ja allenfalls von Zeitungsfotos, und schon da kam er nicht gerade als Sympathieträger herüber. Nun aber stand Löhr in Hauffs Firmenzentrale und kurz vor der ersten Begegnung mit ihm, und jetzt hieß es erst mal, die Vorurteile einzugrenzen. Da gerät man nämlich immer ganz schnell ins Nachteil, ging es Löhr durch den Kopf, wenn man auf den anderen schon mit einem Packen Vorurteilen losgeht. *Musste* ja nicht unbedingt ein schmieriger Friseur-Weltmeister sein. Vielleicht war er ja viel sympathischer als auf den Fotos, und Löhr würde ihm sogar – falls er Auto fahren würde – einen Gebrauchtwagen abkaufen oder ihn – wenn er denn eine hätte – auf seine minderjährige Tochter aufpassen lassen.

Esser hatte ihn zwar zur Zentrale des Hauffschen Müllimperiums in Pesch gefahren und zugehört, wie Löhr bei Fischenich per Handy ein paar Informationen zum Inhalt der Tresor-Papiere abfragte, sich dann aber geweigert, gemeinsam mit Löhr den – natürlich unangemeldeten – Besuch zu machen. Wenn Löhr schon auf Biegen und Brechen Zoff haben wolle, bitte, aber diesmal ohne ihn. Allerdings hatte Esser daraus keine Prinzipiensache gemacht, sondern sich mit pragmatischen – und durchaus nachvollziehbaren – Gründen aus der Affäre gezogen. Immerhin galt es, den Wahrheitsgehalt der Aussage von Kösters zu überprüfen und die Spur des gestohlenen mutmaßlichen Tatfahrzeugs zu verfolgen. Und eben das hatte Esser vor, während Löhr sich dem – wie Esser meinte – »vollkommen überflüssigen« Versuch widmete, etwas Verwertbares von dem Obermüllmann zu erfahren.

Abwarten, dachte Löhr, nachdem er sich mit seinem Kripoausweis beim Pförtner vorgestellt und der ihn bei Hauff angemeldet hatte. Jetzt stand er im Aufzug und war unterwegs zum fünften und obersten Stockwerk der Hauffschen Firmenzentrale. Abwarten, ob das wirklich so überflüssig ist. Der Mann weiß, dass wir etwas für ihn ziemlich Unangenehmes in seinem Tresor gefunden haben. Er hat es uns zwar gleich wegnehmen lassen, aber für so blöd wird er uns nicht halten, dass wir nicht vorher einen Blick hineingeworfen hätten. Bin mal gespannt, wie er reagiert. Ist immer gut, seinen Gegner kennen zu lernen, bevor es losgeht. Und dass Hauff und nicht irgendein lausig dilettantischer Tresorknacker ihr eigentlicher Gegner in diesem Fall war, davon war Löhr überzeugt, nachdem ihm Henseleit einen Einblick in die möglichen Hintergründe der Liste verschafft hatte.

Ein Angeber, ein Protzheini schien dieser Hauff jedenfalls nicht zu sein. Kein Hauch von Luxus weit und breit. Das Bürohaus selbst, mit ebenso liebloser Sichtbeton-Ästhetik auf eine Vorort-Wiese gepflanzt wie die Müllsortierungsanlage, ließ eher ein Arbeitsamt dahinter vermuten als eine Firmenzentrale. Kein Carrara-Marmor in den Fluren, keine getönten Spiegel, kein poliertes Messing im Aufzug, ohne Flor die Teppichböden, bestenfalls durchschnittliche Dauerbelastungs-Qualität, was man übrigens auch von der Vorzimmerdame im Entree vor Hauffs Büro sagen konnte. Nicht die erwartete aufgedonnerte Blondine, von deren Blitzen der schwarzgerahmten Brille man schon Netzhautablösung bekommt, sondern solides, zuverlässiges, nahezu biederes Hausfrauenformat. Und richtig freundlich!

»Guten Tag, Herr Hauptkommissar. – Herr Hauff erwartet Sie schon.«

Aber dann Hauff selbst! In Löhr reaktivierte sich für einen Augenblick nicht nur die Liste der vorhin verworfenen Vorurteile gegen jemanden, den man den »Müllkönig« nennt, es kam sogar noch ein neues hinzu. Aber Löhr versuchte wacker, auch dieses zu bekämpfen. Warum soll nicht auch jemand mit einem feisten Gesicht irgendwie sympathisch sein? Meine Güte, dem schmeckt es eben, und er legt sich das dann ein bisschen im Gesicht an. Tu ich ja auch. Und zwar nicht nur im Gesicht. Aber interessanterweise: besonders fett war das Gesicht von Hauff nicht. Nur besonders feist. Feist, ging es Löhr durch den Kopf, feist wird ein Gesicht nicht vom Essen, davon wird es nur fett. Feist wird ein Gesicht nur vom feisten Grinsen. Und da war es natürlich aus mit Löhrs Versuch, dem Mann erst mal vorbehaltlos entgegenzutreten. Denn das, was sich ihm da präsentierte, das war kein Gesicht, das war ein einziges feistes Grinsen. So feist, dass es Löhr vom ersten Augenblick an ein bisschen mulmig wurde.

Wenn ein Mensch so feist grinst, überhaupt die Feistigkeit in Person ist, dann fühlt er sich unangreifbar. Bei jedem anderen hätte Löhr das für ein Symptom krasser Selbstüberschätzung gehalten, aber bei Hauff stand zu vermuten, dass seine Selbsteinschätzung eine durchaus reale Basis hatte.

»Schön, dass wir uns mal persönlich kennen lernen, Herr Hauptkommissar. Soll ich Ihnen etwas zu trinken kommen lassen?«

Allein schon das! »Kommen lassen« statt »Möchten Sie etwas trinken«! Aber da war er an den Falschen geraten. Herablassung reizte Löhr nur, statt ihn zu demütigen.

»Nein, danke«, sagte er und versuchte, dem feisten ein feinsinnig-wissendes Lächeln entgegenzusetzen. Auch die von Hauff angebotene Zigarre schlug er aus. Stattdessen ließ er sich unaufgefordert in einem der Ledersessel nieder.

»Tja, leider sind die Spuren, die wir bisher verfolgen, noch ziemlich vage. Deswegen dachte ich, ich frage Sie, ob Sie nicht vielleicht einen Verdacht haben, wer in Ihrem Büro eingebrochen und sich an Ihren Tresor herangemacht haben könnte?«

»Ich könnte Ihnen eine Liste der Mitarbeiter anfertigen lassen, die wir – sagen wir mal im letzten Jahr – in Weiß entlassen mussten, und die dementsprechend vielleicht ein Motiv –«

Schon wieder dieses »lassen«. Was erledigt ein Müllkönig heute eigentlich noch selbst?

»Das wäre wirklich freundlich von Ihnen.« Löhr blieb trotz allem bei einem unverbindlichen Plauderton. »Aber interessanter wäre es meiner Meinung nach im Augenblick, was der oder die Täter im Tresor vermutet haben.«

»Was schon? Bargeld natürlich.«

»Ja natürlich. Aber es war kein Bargeld drin.«

Das hätte Hauff jetzt eigentlich daran erinnern müssen, dass Löhr und Esser aus Hauffs – und übrigens auch aus Essers – Sicht gesetzwidrig, den Inhalt des Tresors beschlagnahmt und gesichtet hatten, und diese Erinnerung hätte eigentlich für ein oder zwei Sekunden die selbstsichere Feistigkeit aus seinem Gesicht vertreiben müssen. Aber nichts dergleichen geschah. Im Gegenteil. Hauffs Grinsen wurde noch ein wenig feister.

»Das wissen *Sie. Jetzt.* Das konnten die oder der Täter aber nicht wissen.«

»Hätten der oder die Täter einen Grund gehabt anzunehmen, dass im Tresor Bargeld lagert? Ich meine, ist dort in der Vergangenheit Bargeld aufbewahrt worden?«

Das war eine Frage, die, wenn auch nur für den Bruchteil einer Sekunde, die Feistigkeit aus Hauffs Gesicht verschwinden ließ. Ein kleines hilfloses Lächeln begleitete die wegwerfende Handbewegung des Müllbarons: »Da bin ich überfragt. Sie müssten den Geschäftsführer der Anlage fragen. Ich kümmere mich nicht um jede Niederlassung selbst. Aber ich gehe einmal davon aus, dass da Bargeld drin –«

»Wozu?«, hakte Löhr sofort nach. »Wozu sollte man in einer Müllsortierungsanlage Bargeld benötigen, ich meine Bargeld in einer Höhe, die den Aufwand des Einbruchs rechtfertigen würde.«

»Es sind schon Einbrüche verübt worden wegen drei Mark fünfzig.« Das feiste Grinsen hatte sich wieder in Hauffs Gesicht eingenistet, als wäre es nie daraus entwichen. In Löhr wuchs ein sportlicher Ehrgeiz, noch einmal zu versuchen, dieses Grinsen zum Verschwinden zu bringen.

»Nun«, sagte er gedehnt, »das wäre dann das erste Mal in der Kriminalgeschichte, dass einer mit einem Schweißgerät und stundenlanger Arbeit an drei Mark fünfzig heranwill.« Und ohne Hauff die Chance zu einem Einwand zu geben, fuhr er gleich im Ton einer nüchternen Tatsachenfeststellung fort: »Also müssen wir davon ausgehen, dass der Einbrecher kein Geld im Tresor vermutet hat. Und das ist der Punkt, warum ich bei Ihnen bin, Herr Hauff. Was könnte der Täter aus Ihrer Sicht sonst gesucht haben? Wenn wir das wissen, haben wir ein mögliches Motiv, und dann engt sich der Kreis der in Frage kommenden Täter doch sehr schnell ein, oder nicht?«

Fehlanzeige. Löhr hatte den Eindruck, dass seine Frage Hauffs Grinsen noch eine Spur feister gemacht hatte. »Das müssten Sie doch selbst wissen, Herr Hauptkommissar. Sie haben den Inhalt doch beschlagnahmt.«

»Aber leider keine Zeit gehabt, ihn zu sichten«, log Löhr im Tonfall aufrichtigen Bedauerns.

»Oh, das tut mir schrecklich Leid.« Triefende Häme umrankte jedes Wort Hauffs wie eine giftige Schlingpflanze. »Aber ich kann Ihnen versichern, dass es sich nur um interne Geschäftsvorgänge der Müllsortierungsanlage handelte, nichts von großer Bedeutung.«

»Dann frage ich mich«, Löhr lehnte sich zurück, blickte zur Decke und versuchte, seiner Stimme einen verträumten Klang zu geben, »warum Sie es so eilig hatten, uns den Inhalt des Tresors entziehen zu lassen?«

Hauff beugte sich weit zu Löhr und schenkte ihm eine bedauernd-treuherzige Variante seines Grinsens. »Aus rechtsstaatlichen Gründen, Herr Hauptkommissar. Schlicht und einfach aus rechtsstaatlichen Gründen. Sie sind doch auch ein Anhänger des Rechtsstaates, oder, Herr Hauptkommissar? Sogar ein beamteter Vertreter des Rechtsstaates. Und in dieser Eigenschaft müssten Sie doch wissen, dass …«

»Schon gut.« Löhr winkte mit dem müden Lächeln des Geschlagenen ab. »Geschenkt. Aber ich hatte schließlich auch einen *Grund* für dieses nicht ganz legale Vorgehen.«

»Ach wirklich?« Hauffs demonstratives Interesse war nicht nur geheuchelt. »Und welchen?«

»Ich frage mich« sagte Löhr, und das, was er Hauff nun mitteilte, war keineswegs bloß eine taktische Finte, sondern entsprang tatsächlich seinen bisher über den Tresor-Inhalt angestellten Überlegungen, »ob Sie erpresst werden, oder im Begriff stehen, erpresst zu werden, oder, noch anders ausgedrückt, ob der oder die Täter etwas suchten, womit sie sie erpressen könnten?«

Eigentlich konnte es gar nicht anders sein. Derjenige, der sich in den Besitz des Tresor-Inhalts bringen wollte, wollte etwas gegen Hauff in der Hand haben. Wenn Fischenich Recht hatte und sich mit dem Aktenmaterial tatsächlich gravierende Unregelmäßigkeiten und Betrügereien nachweisen ließen, war der Tresor genau der richtige Ort gewesen, um nach solchem Beweismaterial zu suchen. Und Hauff hatte gut daran getan, sich gleich wieder in den Besitz dieses Materials zu bringen. Andererseits gab es da noch die Namensliste. Warum hatte Hauff die Liste in einer so abgelegenen Niederlassung seines Imperiums deponiert und nicht hier, wie es eigentlich logisch gewesen wäre, in der Zentrale? Darauf gab es keine Antwort. Wenn der Täter an die Liste herangewollt hätte, dann wäre er jedenfalls hier, in der Zentrale, eingebrochen. Er konnte nicht davon ausgehen, sie ausgerechnet in Weiß zu finden. Aber was hätte er mit der Liste gewollt? Konnte er überhaupt wissen, dass sie existierte? Nein, die Liste – was immer sie zu bedeuten hatte – war ein purer Zufallstreffer. Um die konnte es dem Einbrecher eigentlich gar nicht gegangen sein. Dem war es ausschließlich um die Abrechnungen gegangen.

»Erpresst? *Ich*?« Hauff lehnte sich zurück und brach in ein wieherndes Gelächter aus. »*Wer*, bitte schön, Herr Löhr, sollte *mich* erpressen?«

»Ein Mann in Ihrer Position hat mit Sicherheit viele Feinde.«

»Aber auch genügend Mittel, sich ihrer zu erwehren, Herr Kommissar. Da kann ich Sie beruhigen.«

»Davon bin ich überzeugt, Herr Hauff«, sagte Löhr und dachte an Paluchowski.

»Und überhaupt«, fuhr Hauff fort, wobei sich ein Zug gemeiner Listigkeit in das Feiste seiner Gesichtszüge mischte, »*womit* sollte mich *irgendjemand* erpressen wollen?«

»Das wüsste ich auch gern«, murmelte Löhr, der gerade überlegte, in welchem Verwandtschaftsverhältnis Listigkeit und Feistigkeit stünden. Er kam zu dem Ergebnis, dass es Geschwister, wenn nicht Zwillinge, sein mussten.

»Und sehen Sie, Herr Kommissar, wenn nicht einmal *Sie* dahinter kommen können – wen sonst soll es denn in der Stadt geben, der mir *irgendetwas* am Zeug flicken kann?«

***

»Das wollen wir doch mal sehen. Das wollen wir doch mal sehen. Das wollen wir doch mal …«

Wie eine Litanei murmelte Löhr den immer gleichen, zorngeschwängerten Satz auf dem Weg von Pesch zurück in die Innenstadt vor sich hin. Ein langer Weg, zumal, wenn man auf öffentliche Verkehrsmittel angewiesen war. Sein Budget für Taxifahrten sah er schon seit längerem als erschöpft an. Deshalb nahm er den Bus. Außerdem brauchte er Zeit, um nachzudenken. Über Hauff, ihr Gespräch, seine Erpressungs-Theorie, die Liste nachzudenken.

Konnte die Liste ihnen einen Hinweis auf den Einbrecher geben? Was war das überhaupt für eine Liste? Esser hatte sich damit einige Mühe gegeben. Als Erstes hatte er herausgefunden, dass die Namen darauf ausschließlich zu Mitgliedern des Stadtrats gehörten. Danach hatte er jeden Namen mit einer Parteizugehörigkeit, einer Funktionsbeschreibung und einer dienstlichen Telefonnummer versehen, und es hatte sich herausgestellt, dass sämtliche im Rat vertretenen Parteien und – bis hin zu den Bürgermeistern und dem Oberbürgermeister – sämtliche wichtigen politischen Funktionen der Stadt vertreten waren. Wenn es sich bei den hinter den Namen eingetragenen Zahlen um Geldsummen handeln sollte – um was in Gottes Namen sonst? – dann lag eigentlich auf der Hand, dass es sich um von Hauff gezahlte Bestechungsgelder handelte. Eine für Löhr völlig absurde Vorstellung. Es war fast undenkbar, dass ein windiger, feister und möglicherweise auch wirklich listiger Müllunternehmer – selbst wenn ihm fast die ganze Müllentsorgung der Stadt gehörte – die komplette politische Kaste schmierte. Allenfalls Parteispenden, dem in dieser Republik üblichen Schmiergeld. Aber in dieser Höhe? Esser war auf eine Gesamtsumme von fast drei Millionen Euro gekommen. Und die säuberlich proportional verteilt über sämtliche Parteien? Obwohl die SPD und die Grünen zurzeit politisch weitgehend außen vor waren? Das entbehrte jeder Logik. Wenn man schmiert, dann die politischen Entscheidungsträger und nicht irgendwelche hoffnungslosen Oppositionellen.

Am Ebertplatz stieg Löhr aus. Ein feiner Regen setzte ein und überzog in Sekundenschnelle den Bürgersteig mit einem Netz kleiner schwarzer Flecken. Löhr, der am Morgen auf einen Mantel verzichtet hatte, weil kein Wölkchen am Himmel zu sehen gewesen war, rettete sich in den Eingang eines Möbelgeschäfts auf der Neusser Straße. Er zog eine Kopie der von Esser bearbeiteten Liste aus seinem Jackett, suchte die Telefonnummer des CDU-Ratsmitglieds und stellvertretenden Vorsitzenden des Hochbauausschusses, Jochen Bayartz, heraus, friemelte sein Handy aus der Jacketttasche und tippte die Nummer ein.

»Bayartz.«

»Löhr. Kriminalpolizei Köln. Spreche ich mit dem Abgeordneten Jochen Bayartz?«

»Ja bitte?« Die Stimme des anderen klang gehetzt. Was nichts mit Löhrs Anruf zu tun haben brauchte. Wahrscheinlich war er im ganz normalen Bürostress.

»Ich untersuche den Einbruch in der Weißer Müllsortierungsanlage der Firma Hauff und da –«

»Wie kann *ich* Ihnen weiterhelfen, Herr, Herr …«

»Löhr«, schrie Löhr ins Handy, denn gerade fuhr ein Wagen mit offenen Seitenfenstern vorbei, aus denen laute türkische Musik schallte. Hatte er es nicht immer gesagt? Nur Nachteile, Hektik, Stress, die Telefoniererei mit dem verfluchten Handy. Wenn er jetzt aus einer Telefonzelle … Aber die gab es ja nun auch nicht mehr. Nur noch diese lächerlichen Freiluftsäulen. Genauso schlecht wie

Handys, mit dem Vorteil allerdings, das sie nicht in der Lage waren, einen während einer *Taufe* zu stören, weil man sie nicht in der Jackentasche tragen konnte.

»Ja gut, Herr *Löhr*«, kam Bayartz' Stimme jetzt noch eine Tonlage gequetschter und hektischer aus dem Handy. »Und wieso rufen Sie *mich* deswegen an?«

»Weil wir am Tatort einen Hinweis auf Sie gefunden haben, Herr Bayartz«, ließ Löhr seine Antwort notgedrungen im Vagen.

»Ach! *Das* müssten Sie mir aber mal genauer erklären!«

»Genau deswegen rufe ich Sie an. Ich bin gerade bei Ihnen in der Nähe. Könnten wir uns nicht –«

»Nein, nein, nein, Herr Löhr. Die CDU-Fraktionsräume sind im Augenblick kein guter Treffpunkt. Wegen der Sicherheitsmaßnahmen, verstehen Sie?«

»Sicherheitsmaßnahmen?«

»Vor ein paar Tagen ist doch abends eine Ratsfrau in den Fraktionsräumen der Grünen an der Bürgerstraße vergewaltigt worden.«

»Ja, ja, ich erinnere mich jetzt!«, schrie Löhr.

»Deswegen werden im Augenblick überall die Räume der anderen Fraktionen mit Sicherheitsvorkehrungen aufgerüstet, ein heilloses Tohuwabohu.«

»Verstehe«, schrie Löhr. »Was schlagen Sie vor?«

»Warten Sie – es ist jetzt kurz nach eins. Was halten Sie vom Campi am Wallrafplatz, ist ganz in der Nähe.«

»Einverstanden. In einer Viertelstunde«.

Natürlich ist das mit den Sicherheitsvorkehrungen nur eine Ausrede. Bayartz will nicht mit mir in seinem eigenen Stall gesehen werden, sagte sich Löhr, während er auf der Rolltreppe zur U-Bahn-Haltestelle Ebertplatz hinunterfuhr. Schade eigentlich. Ein bisschen Aufruhr und Verunsicherung in der Fraktion hätte seinem Vorhaben vielleicht gar nicht so schädlich sein können.

Auf dem Bahnsteig steuerte er einen Fahrkartenautomaten an, um sich ein Kurzstreckenticket zum Hauptbahnhof zu ziehen. Mit einem Zwei-Euro-Stück in der Hand stand er vor dem Automaten und musste zweimal hinsehen, um zu begreifen, dass er hier keine Fahrkarte bekam. Der für Geldstücke vorgesehene Schlitz war mit einem Kaugummi zugeklebt, und zwar so dicht und so fest, dass selbst wenn Löhr die klebrige Masse abgekratzt hätte, noch genug davon im Innern des Schachtes übrig geblieben wäre, um ein Durchrutschen des Geldstücks unmöglich zu machen. Löhr pochte nachdenklich mit der Münze gegen den Automaten und fing gerade an, sich über Großstadtvandalismus im Allgemeinen und U-Bahn-Vandalismus im Besonderen aufzuregen, da kam ihm eine Idee. Er drehte sich um, verließ den Bahnsteig, fuhr mit der Rolltreppe eine Etage höher und kaufte sich am nächsten Kiosk eine Packung Kaugummis, etwas, das er seit seiner Kindheit nicht mehr getan hatte. Denn eigentlich hasste er Kaugummis.

Als er die Packung in seiner Jackentasche verstaute, stieß er dort auf sein Handy, und gleichzeitig fiel ihm der Auftrag Tante Sylvias ein, sich um ihr Nesthäkchen Felix und dessen schwarze Freundin zu kümmern, die angeblich auf dem Eigelstein »anschaffen« ging. Warum sollte er es nicht einmal auch so machen wie all die anderen? Einfach dann telefonieren, wenn es einem in den Sinn kam? Er tippte die Nummer ein, die Tante Sylvia ihm gestern Abend gegeben hatte.

»Ja?«, meldete sich eine junge männliche Stimme.

Da haben wir's wieder, dachte Löhr. Noch nicht mal mit Namen melden sich diese Handy-Menschen. Es ist der Untergang jeglicher Kommunikationskultur!

»Ja, ja«, stotterte Löhr in sein Handy. »Hier ist Jakob, Jakob Löhr. Spreche ich mit Felix Höttges?«

»Ja«, kam es knapp zurück. Dann Schweigen.

»Felix?«, schrie Löhr gegen das Rauschen des Autoverkehrs auf dem Ebertplatz an. »Felix?«

»Ja, was ist? Ich hör dich.«

»Ich hab gestern Abend mit deiner Mutter gesprochen ...«

»Ich weiß.« Dann wieder Schweigen. Hätte er vielleicht besser doch nicht sagen sollen, das mit der Mutter. Aber wie anders sollte er das Gespräch einfädeln?

»Und ich wollte fragen, ob wir uns vielleicht mal sehen können, Felix.«

»Warum?«

»Du – du weißt schon«, Löhr geriet angesichts der ihm fast physisch entgegenschlagenden Abweisung wieder ins Stottern. »Deine Mutter macht sich da 'n bisschen Sorgen und da dachte ich ...«

»Ich wüsste nicht, was dich das angeht, Jakob.«

»Gar nichts, gar nichts, Felix. Weiß ich auch. Deine Mutter hat mich nur gebeten ...«

»Ich komm schon allein klar, danke.«

»Das glaub ich, Felix, das weiß ich. Ich hab mir nur gedacht, dass *du* vielleicht 'n bisschen Hilfe brauchen könntest.«

»Ich hab dir doch gesagt, ich komm allein klar.«

»Ich meine so 'ne Art Hilfestellung deiner *Mutter* gegenüber, verstehst du?«

Keine Antwort. Könnte ein gutes Zeichen sein, ein Zeichen dafür, dass er die richtige Kurve eingeschlagen, den richtigen Punkt berührt hatte.

»Also, dass ich versuche, deiner Mutter klarzumachen, dass das alles nicht so schlimm ist, wie sie sich das vorstellt, dass sie sich vielleicht da was ganz Falsches vorstellt. Also da würd ich gern vermitteln, wenn du nichts dagegen hast. Dazu müsste ich aber 'n bisschen mehr wissen, verstehst du? Vielleicht könnten wir uns ja mal kurz sehen.«

Keine Antwort. Schweigen.

»Felix?«

»Na schön. Aber nur, weil du es bist, Jakob.«

»Wann?«

»Heute Abend? So gegen acht im Spitz am Eigelstein?«

»Einverstanden, Felix. Und bring doch vielleicht bitte ...« Aber da war die Leitung bereits tot.

Halbwegs befriedigt stopfte Löhr das Handy tief in seine Jackentasche. Immerhin hatte er es mittels seiner familiären Autorität geschafft, den Vetter zu einer Verabredung zu bewegen. Andererseits sah er der mit recht gemischten Gefühlen entgegen. Felix hatte vielleicht Recht: Was ging Löhr eigentlich dessen Liebesleben an? Nichts. So gesehen. Aber anders gesehen: Felix war sein Vetter, dessen Mutter seine Tante, die Schwester seines Vaters. Also *musste* ihn das etwas angehen, wenn dieses Liebesleben zu Konflikten innerhalb der Familie führte, denn schließlich war es ja auch *seine,* Löhrs Familie.

***

Licketi-katt, licketi-katt, licketi-katt machte die U-Bahn auf der geraden Strecke zwischen Ebert- und Friesenplatz, und zwischen Friesenplatz und Hauptbahnhof machte sie *klipperti-lik, klipperti-lik, klipperti-lik*, und im gleichen Rhythmus ertönte in Löhrs Kopf *Liste, Liste, Liste*. Wenn es sich tatsächlich um eine Liste von Bestechungsgeldempfängern handeln sollte, dann trug er in seiner Jackentasche den größten politischen Skandal seit den verschwiegenen Spendenmillionen Helmut Kohls. Aber noch einmal, *klipperti-lik,* erhob sich die Frage, in welchem Zusammenhang der Einbruch mit der Liste stehen konnte, und ob die Aufklärung des Einbruchs ein Schritt zur Lösung dieses Rätsels bedeuten konnte. Nach allem, was er inzwischen von Fischenich erfahren hatte, konnte es keinen Zusammenhang geben. Danach hätte der Einbruch ausschließlich den Müll-Abrechnungen gelten müssen. Aber wenn nicht? Wenn beispielsweise, *klipperti-lik,* nicht einer der auf der Liste Aufgeführten Hauff zu erpressen versuchte, sondern umgekehrt Hauff jemanden damit erpresste, dass er Geld von ihm angenommen hatte? Beispielsweise, weil er aus der Reihe tanzte, nicht so wollte, wie Hauff es wollte? Und dieser Jemand hatte versucht, *klipperti-lik,* sich in den Besitz dieses Beweisstücks – der Liste eben – zu bringen? Unsinn! Das war kein Beweisstück! Es gab wahrscheinlich Dutzende von Exemplaren davon, und Hauff hatte eines davon eher zufälligerweise im Weißer Tresor deponiert. Aber warum, *klipperti-lik*? – Nein, nein, nein! So kam er nicht weiter! Unwillig schüttelte Löhr, sich vom einschläfernden *klipperti-lik* der U-Bahn und seinen sich im Kreis drehenden Fragen befreiend, den Kopf. Spekulieren brachte nichts. Er brauchte endlich etwas Handfestes. Und zwar schnell.

Als er am Wallrafplatz ankam, hatte der Regen aufgehört, die Wolken waren aus dem Himmel gefegt und die Straßen und Bürgersteige unter einer rasch enorme Frühlingskraft entwickelnden Sonne wieder getrocknet. Aprilwetter! Zwei Kellner trugen Stühle und Tische aus dem Campi heraus auf den Platz beziehungsweise auf das, was davon übrig geblieben war. Denn mindestens die Hälfte davon hatte sich im Lauf der letzten Wochen in eine Baustelle verwandelt: Der Platz wurde neu bepflastert. Nicht, weil eine neue Bepflasterung nötig gewesen wäre, sondern um den Reichen und Einflussreichen und allen übrigen, die sich für wichtig hielten, Reklameflächen zu bieten. Gigi Campi, der Inhaber des Funkhaus-Restaurants, hatte die Idee durchgesetzt, dass jeder der Wichtigen der Stadt sich einen Quadratmeter Wallrafplatz kaufen konnte. Mit ein paar Tausend Euro finanzierte der jeweilige Sponsor den Quadratmeter neues Pflaster nebst einem in der Mitte des Quadratmeters eingelassenen Gedenkstein mit seinem Namen. Löhr war sicher, dass auch Hauff sich hier verewigen ließ. Aber er schaute nicht nach, sondern betrat das Campi mit dem Gedanken, dass sich die Bürger eigentlich über die Sponsoring-Bepflasterungs-Idee freuen sollten. Weniger, weil der Wallrafplatz dadurch schöner würde, sondern weil sie diese städtischen Wichtigkeiten, wenn sie sie schon nicht abwählen oder sonst wie abschaffen, so doch mit Füßen treten konnten. Zumindest symbolisch.

Löhr erkannte Bayartz, der im rückwärtigen Teil des Lokals versteckt hinter dem Buffet saß, an der schwarz gepunkteten gelben Krawatte. Das war das Erkennungszeichen, das der Politiker ihm gegeben hatte. Denn Löhr hatte keine Ahnung gehabt, wie der Mann, dessen Bild er noch nie in der Zeitung gesehen hatte, aussah. Löhr war ein wenig vom Anblick des Stadtverordneten enttäuscht. Wenn der wirklich, wie Henseleit behauptet hatte, der allmächtige Strippenzieher des Müllbarons Hauff sein sollte – *so* hatte Löhr sich keinesfalls einen mit allen Wassern gewaschenen, korrupten Lobbyisten vorgestellt. Er schüttelte die weiche Hand eines sehr sanften, freundlichen Mannes. Bayartz hatte riesige, wasserblaue Kulleraugen, die wirkten, als wollten sie gleich auslaufen; diese Augen blickten aufs Freundlichste in vollkommen verschiedene Richtungen. Das Schielen, stellte Löhr fest, wirkt nur dann befremdend, wenn es nach außen geht, geht es nach innen, wie bei Bayartz, dann hat es etwas Verträumt-Weltabgewandtes, etwas Liebenswürdiges, das einen gleich für den anderen einnimmt. Sei auf der Hut, sagte sich Löhr, als er sich Bayartz gegenüber nieder ließ, es ist bloß das Schielen!

»Also das erstaunt mich ja sehr, Herr Kommissar, dass Sie bei diesem Einbruch in Weiß auf meinen Namen gestoßen sein wollen«, sagte Bayartz mit sanfter, ein wenig beleidigt klingender Stimme, und während er das sagte, wurde seine bekümmerte Oberlippe unter der spitzen Nase noch ein wenig länger.

»Tja«, sagte Löhr mit einer Geste des Bedauerns, »es ist aber leider so. In dem Tresor, dem der Einbruch galt, haben wir eine Aktennotiz mit Ihrem Namen gefunden.«

»Hatten Sie denn das Recht, Herr Kommissar, Sie müssen diese

Frage schon entschuldigen«, die Stimme des Verordneten klang nach wie vor sanft, doch der beleidigte Unterton nahm deutlich an Quengeligkeit zu, »hatten Sie überhaupt das Recht, den Inhalt des fraglichen Tresors zu sichten?«

Siehste, dachte Löhr, Esser hat Recht: die Drähte Paluchowskis sind kurz! Laut sagte er: »Tja, das ist so eine Frage. Wir lassen das gerade juristisch prüfen. Andererseits gilt aber nach wie vor die Offizialmaxime, das heißt, wenn wir auf den Anhaltspunkt für einen Verstoß gegen das Strafgesetz stoßen, sofern es ein Offizialdelikt ist, *müssen* wir ihm nachgehen, gleichgültig, *wie* wir an diesen Anhaltspunkt gekommen sind.« Das war ihm gerade erst eingefallen. Und er hatte auch Recht damit, oder etwa nicht? Unbedingt merken! Für Esser!

»Ach ja«, lächelte Bayartz nachsichtig, so, als wenn er einen Grund für Nachsicht hätte. »Wenn der zuständige Staatsanwalt das auch so sieht.«

»Sogar der Oberstaatsanwalt!«, log Löhr dreist. Der Kerl war wirklich mit allen Wassern gewaschen.

»Oberstaats*anwältin*!«, korrigierte ihn Bayartz, immer noch voll falscher Nachsicht.

»...*tin*, natürlich«, antwortete Löhr schnell. Er hatte persönlich noch nie etwas mit der neuen Oberstaatsanwältin zu tun gehabt, so dass es ihm überhaupt nicht präsent war, dass es sich seit kurzem um eine Frau handelte.

»Nun«, Bayartz faltete seine weichen, rosigen Hände vor sich auf dem Tisch, »welchen Inhalt hatte denn nun diese Aktennotiz, wenn ich einfach so fragen darf, die Sie dort – ähm – gefunden haben.«

Natürlich war Löhr auf diese Frage vorbereitet, und er hatte sich, noch bevor er Bayartz traf, vorgenommen, keinesfalls die Liste zu erwähnen. Und an diesem Entschluss musste er nun, da er wusste, dass Bayartz über alles genauestens informiert war, eisern festhalten.

»Ach, eigentlich nichts von großer Bedeutung. Deswegen machen wir auch keinen großen Umstand daraus, versuchen das auf der rein informellen Ebene zu klären.«

»Was denn nun eigentlich, Herr Löhr?«

»Tja, diese Aktennotiz ...«, sagte Löhr gedehnt und hob unschuldig die Hände. »Ein kleiner Vermerk, mit Ihrem Namen. Und dahinter eine Zahl. Eine ziemlich große Zahl allerdings. 150.000.«

So wenig wie er es vermocht hatte, aus dem Gesicht des Müllkönigs die Feistigkeit zu vertreiben, so wenig war er mit dieser Bemerkung imstande, dem Silberblick Bayartz' die Sanftheit zu nehmen. Wenn er sich nicht täuschte, wurde die Miene des Stadtverordneten sogar noch eine Spur milder.

»Ach wissen Sie, Herr Kommissar«, lächelte Bayartz, als habe Löhr ihm gerade ein Kompliment gemacht, »ich kenne all diese Gerüchte, die über meine Beziehung zu Herrn Hauff in die Welt gesetzt wurden. Da kann mich eigentlich nichts mehr erschüttern. Da ist vorn und hinten nichts dran. Alle Beschlüsse, die Privatisierung des Kölner Müllwesens betreffend, sind von eindeutigen Ratsmehrheiten gefasst worden. Da gab es kein Gemauschel und kein Geschiebe, und erst recht kein Schmiergeld. Das waren alles samt und sonders öffentliche und demokratische Entscheidungen.«

Eine weiß geschürzte Kellnerin erschien an ihrem Tisch und unterbrach Bayartz' gerade in Fluss kommende Rede. »Haben Sie schon gewählt?«

»Ja natürlich.« Bayartz schob eine der auf dem Tisch liegenden Speisekarten zu Löhr hinüber. »Sie sind natürlich mein Gast, Herr Kommissar.« Und zur Kellnerin gewandt sagte er: »Für mich erst einmal ein Mineralwasser, bitte.«

»Für mich auch«, sagte Löhr und schob die Speisekarte zurück. »Aber essen möchte ich nichts, vielen Dank, Herr Bayartz. Ich bin nicht hungrig.« Das stimmte natürlich nicht. Aber lieber Hungers sterben, als sich von diesem Sanftgesicht auf die Schmierspur ziehen zu lassen!

»Wie Sie möchten«, gurrte Bayartz leichthin, und, als die Kellnerin verschwunden war, beugte er sich, eine bekümmerte Falte über seine Augenbrauen produzierend, vertraulich zu Löhr hinüber: »Ich versichere Ihnen, Herr Löhr, Sie sind auf einem Holzweg. Das waren nicht nur korrekte, sondern auch sehr kluge Entscheidungen, das Kölner Müllsystem betreffend – bis hin zur damals sehr umstrittenen Verbrennungsanlage, und auch was jetzt ansteht, ganz im Vertrauen, das wird genauso umstritten sein, aber es wird sich in Zukunft als ein sehr, sehr kluger Schritt ins 21. Jahrhundert erweisen …«

»Jetzt?«, fragte Löhr, »was steht denn jetzt an?«

»Vorüberlegungen, bloße Planungen«, Bayartz wedelte mit einer Hand. »Aber dabei wird die ultramodernste Sortieranlage Europas herauskommen. Aber, wie gesagt, ganz im Vertrauen, das ist alles noch im Stadium von Vorüberlegungen.«

»Verstehe«, sagte Löhr leichthin, notierte sich aber im Geist das Stichwort »ultramodernste Sortieranlage«. Vielleicht war das ein weiterer Anhaltspunkt?

»Aber wie erklären Sie sich, Herr Bayartz, um darauf zurückzukommen, diese Zahl hinter Ihrem Namen?«

»Da habe ich keine Erklärung für, Herr Kommissar«, lächelte Bayartz, weiter voll sanfter Nachsicht. »In welcher Form war denn diese Aktennotiz abgefasst? Und stand vielleicht etwas hinter der Zahl?«

»Sie meinen ›DM‹ oder ›EURO‹?«

»Zum Beispiel.«

»Nein. Nur die Zahl.«

»Sehen Sie, Herr Kommissar!« Bayartz lehnte sich zurück und schenkte Löhr ein Lächeln der vollkommenen Unschuld. »Eine Zahl. Eine nackte Zahl. Was kann die nicht alles bedeuten? Eine Chiffre für irgendwas. Eine Uhrzeit, eine Verabredung, was weiß ich. Es ist ja nun auch keineswegs ein Geheimnis, dass wir vom Rat und von der Fraktion in engem Kontakt zu Herrn Hauff stehen. Schließlich ist er Teilhaber an diversen wichtigen Gesellschaften, an denen auch die Stadt beteiligt ist.«

»Verstehe«, murmelte Löhr wieder. Warte Freundchen, dachte er aber dabei, so wirst du mir nicht davonkommen! Lass mich nur ein bisschen mehr wissen, dann krieg ich dich und die ganze Bande an den Hammelbeinen! Chiffre für irgendwas!

Bayartz schien aus Löhrs Miene dessen Gedanken erraten zu haben. Er beugte sich wieder über den Tisch, kam Löhr ganz nah. »Geben Sie's auf, Herr Kommissar. Es kommt nichts dabei heraus. Ruinieren Sie Ihre Gesundheit nicht mit aussichtslosen Nachforschungen.«

»Meine Gesundheit?«, fragte Löhr erstaunt.

»Nun«, lächelte Bayartz. »Sie essen ja nichts! Das ist ungesund! Sie fallen vom Fleisch!«

Das war, obwohl im sanften Ton eines gutmütigen Ratschlags geäußert, triefender Hohn. Löhr wusste, dass er seit Monaten ein deutlich sichtbares Paket Übergewicht durch Kölns Straßen schleppte. Auch dafür würde Bayartz bezahlen, das schwor er sich.

»Ich geb Ihnen einen Tipp«, sagte Bayartz plötzlich und begleitete das mit einer überaus freizügigen Geste seiner rechten Hand. »Wenn Sie schon meinen, Sie müssten gegen die städtische Korruption zu Feld ziehen, schauen Sie doch mal hinter die Versicherungsgeschäfte des Herrn Abgeordneten Schallenberg!«

»Schallenberg?«, fragte Löhr.

»Ja, der Fraktionsvize von den Sozis, das ist der …«

Die Kellnerin kam mit den beiden blauen Pellegrino-Fläschchen und goss Wasser in ihre Gläser. Sobald sein Glas halb voll war, griff Löhr danach und stürzte den Inhalt hinunter. Dabei erhob er sich, legte einen Fünf-Euro-Schein auf den Tisch und verabschiedete sich hastig von Bayartz. Keine Sekunde länger hätte er es ertragen, vom schleimigen Faden dieser tödlich-sanften Spinne eingesponnen zu werden.

***

Fischenich saß ruhig am Besuchertisch in Löhrs und Essers Büro, vor sich den Stapel Kopien, die Esser von den im Weißer Tresor gefundenen Akten gefertigt hatte. Er ging den Stapel Blatt für Blatt durch und zog sein erstes Resümee. Löhr saß an seinem Schreibtisch und hörte ihm aufmerksam zu; Esser tigerte nervös durchs Büro, mal nickte er beifällig, mal schüttelte er den Kopf zu Fischenichs Ausführungen. Schließlich kramte er seine Stuyvesant heraus, zog eine Zigarette aus der Packung, steckte sie in den Mund und ging damit zum Fenster. Nachdem er es geöffnet hatte, fegte ein kalter, feuchter Wind in den Raum und zwang Fischenich, eine Hand auf den Aktenstapel zu legen, damit die Blätter nicht davongeweht wurden. Das Wetter war innerhalb der letzten Stunde wieder umgeschlagen, die Sonne verschwunden, eine Front tief und schnell segelnder, dunkler Wolken wurde von einem kräftigen Wind über die Stadt getrieben, und jeden Augenblick konnte es wieder zu regnen anfangen.

Als Esser seine Zigarette ansteckte, fiel Löhr das Päckchen Kaugummi wieder ein. Er nahm es aus seiner Jackentasche, riss es auf und steckte sich mit enormem Widerwillen einen Kaugummi in den Mund.

»Ich schätze also«, kam Fischenich zum Endergebnis seiner Recherchen, »dass das hier der größte Müllskandal wird, den Nordrhein-Westfalen je gesehen hat. Jedenfalls ist das Duale System durch falsche Abrechnungen gleich mehrfach und, wie ich schätze, um Millionenbeträge geprellt worden.«

Selbst als Kind war Löhr kein Fan von Kaugummis gewesen. Er hatte sich durch sie immer regelrecht betrogen gefühlt. Zuerst dieser köstliche frische Geschmack, aber dann, nach vier, fünf Minuten Kauen blieb nur noch das langweilige Gemalme auf einer widerständig zähen Masse, aus der jeglicher Geschmack völlig entschwunden war. Worin, hatte er sich damals schon gefragt, soll der Sinn liegen, stundenlang auf etwas herumzukauen, das nach absolut nichts schmeckt?

»Was im *Einzelnen* wäre?«, fragte Esser unwillig und scharf vom Fenster her.

»Da sind ganz offensichtlich ein und dieselben Müllwagen mitsamt ihrer Ladung an einem Tag mehrfach über die Waage gefahren worden, zum Beispiel«, antwortete Fischenich.

»Und das ist alles?«, raunzte Esser.

»Nein. Dann sind Fahrzeuge mit minderwertigem Müll als Altglas-Transporter umdeklariert worden, auch ein massiver Betrug.«

»Hm«, machte Esser verächtlich und blies einen Schwall Zigarettenqualm in die feuchtigkeitsgeschwängerte, milchig werdende Luft nach draußen.

Löhr kaute emsig und mit nicht nachlassendem Widerwillen weiter am ersten Kaugummi und schob sich jetzt, als er merkte, dass der Geschmack nachließ, den zweiten in den Mund. Später, zwischen zwanzig und dreißig, hatte er es ab und zu noch einmal mit dem Kaugummikauen probiert. Aber da waren schon ein oder zwei Kronen im Gebiss, und die Kaugummis blieben merkwürdigerweise immer an den Kronen kleben, hinterließen daran nur ganz schwer zu entfernende kleine klebrig-zähe Reste, was ihm endgültig die Lust am Kaugummikauen verleidet hatte. Jetzt, mit neuen Kronen, hatte er dieses Problem nicht mehr, aber Spaß – und mit diesem Gedanken schob er sich das dritte Kaugummi in den Mund – Spaß machte es trotzdem immer noch nicht.

»Und außerdem«, fuhr Fischenich fort, »und dabei kann man von einer *gewaltigen* Portion krimineller Energie ausgehen, weil dafür wirklich eine sehr langfristige, bewusste Planung nötig ist, hat die

Weißer Müllsortierungsanlage ganz minderwertigen Verpackungsmüll aus dem Ausland – natürlich falsch deklariert – eingeführt, hat den dem Abfall aus dem Grünen-Punkt-Müll beigemischt und dafür beträchtliche Summen aus dem Dualen System kassiert!«

»Hm«, machte Esser, immer noch nicht begeistert, und zog an seiner Zigarette. »Schön und gut. Betrug also. Aber wie wollen Sie den nachweisen? Mit den Akten da wird das schwer. Ich glaube nicht, dass die gerichtsverwertbar sind.«

Löhrs durch Kronen bedingte Abneigung gegen das Kaugummikauen hatte sich im Lauf der Zeit noch weiter ins Prinzipielle gekehrt, wie das oft so ist, dass man das, was man selbst nicht kann oder will, auch allen anderen nicht gönnt. Er verabscheute das Kaugummikauen im Allgemeinen und bemitleidete jeden Kaugummikauer im Besonderen, schon allein aus ästhetischen Gründen: Wie entstellt werden beispielsweise Frauengesichter durch dieses Kauen! Welch abweisend-gelangweilter, ja geradezu dummer Ausdruck gerät durch dieses monotone Auf und Ab des Unterkiefers selbst ins Gesicht des schönsten Mädchens!

»Die Akten?«, sagte Fischenich listig lächelnd. »Die Akten hier brauch ich überhaupt nicht.« Er schob den Aktenberg demonstrativ ein Stück von sich.

»Waaas?« Esser schnippte überrascht seine Kippe aus dem Fenster und schloss es, mit einem kurzen Blick auf Löhr.

»Ich hab mir gestern einen der Müllfahrer rausgepickt, der für die Weißer Anlage fährt. Der Junge hat 'ne Menge Dreck am Stecken. Säumige Unterhaltszahlungen, und zwar in der Höhe, dass ihm Erzwingungshaft droht. Und mit dem hab ich heute Morgen einen Deal gemacht.«

»Ist nicht wahr!«, sagte Esser.

»Dafür, dass wir ihm für die Unterhaltszahlungen Aufschub gewähren, will er über die Betrugsmanöver auspacken. Dabei hat er nämlich selbst mitgemacht beziehungsweise behauptet er, dazu genötigt worden zu sein. Mit seiner Aussage können wir einen Anfangsverdacht konstruieren und dann mit allen Mitteln gegen Hauff vorgehen, ohne dass wir das hier brauchen!« Fischenich klopfte triumphierend mit dem Knöchel auf den Aktenstapel.

»Wahnsinn«, sagte Esser und ließ sich in den Sessel hinter seinem Schreibtisch plumpsen.

»Sehr gut, Kollege«, sagte Löhr. Er kam hinter seinem Schreibtisch hervor und packte sich einen der Besucherstühle. Den schob er genau unter einen der drei im Raum unter der Decke angebrachten Rauchmelder. Während er auf den Stuhl kletterte, nahm er den dicken Kaugummiklumpen aus dem Mund, riss ungefähr ein Drittel ab, schob den Klumpen zurück in den Mund und knetete die klebrige Masse in seiner Rechten, bis es ein einigermaßen flaches, straßenbahnfahrkartengroßes Stück war. Dieses flache Stück legte er nun behutsam über das Gitterrost des Rauchmelders, verbreiterte es da, wo es nötig war, so lange, bis schließlich der komplette Rauchmelder bedeckt war. Dann presste er es an den Enden so fest gegen den das Gitterrost umgebenden Metallring, dass er davon ausgehen konnte, dass es die nächsten zwei oder drei Monate kleben bleiben würde.

»Was – was machst du da?« Esser sah zu ihm hoch und sperrte den Mund auf.

»Ich möchte ganz einfach«, antwortete Löhr, während er die Ränder seines Kaugummipflasters noch einmal anpresste und dann vom Stuhl herunterstieg, »dass du im Büro rauchen kannst.«

Fischenich kicherte, und Esser schüttelte, den Mund immer noch offen, fassungslos den Kopf. Löhr schob den Stuhl unter den nächsten Rauchmelder, stieg hinauf und riss ein weiteres Drittel vom Kaugummi in seinem Mund ab.

»Und du meinst, das geht?« Esser hatte endlich die Sprache wieder gefunden.

Löhr zuckte die Schultern und legte ein Kaugummipflaster über den zweiten Rauchmelder. »Das werden wir sehen. Wenn ich mit dem Dritten fertig bin, kannst du dir gleich eine anstecken und qualmen, was das Rohr hält.« Jetzt musste er, in der Vorfreude über das Gelingen seines Streiches, selbst kichern.

»Ich, ich meine«, stotterte Esser, »merkt das denn keiner?«

»Wie denn? Solange kein Rauch durchkommt, kann der Rauchmelder auch keinen Rauch melden, oder?«, sagte Löhr und begann sein Werk beim dritten und letzten Gerät.

Grienend stand Fischenich auf und schob die Akten zurück in seine Tasche. »Schade, dass ich nicht rauche.«

Das lenkte Essers Aufmerksamkeit zurück auf Fischenich. »Was ist mit den Akten? Wollen Sie die etwa wieder mitnehmen?«

»Wenn ich darf«, antwortete Fischenich. »Wir brauchen sie zwar nicht für unsere Anklage, aber als Gedächtnisstütze und sozusagen stilles Rückgrat der Anklage sind sie sicher nützlich.«

»Aber …« Esser hob ein wenig hilflos die Arme.

»Sie können doch froh sein, dass sie sie aus den Füßen haben. Die Sache haben wir euch doch jetzt abgenommen, darum braucht ihr euch jetzt nicht mehr zu kümmern. Da kann euch keiner mehr in die Quere kommen. Das ist jetzt unser Fall.«

Esser schickte einen fragenden Blick zu Löhr, der soeben sein Rauchmelder-Neutralisierungs-Werk vollendet hatte, den Stuhl wieder auf seinen alten Platz bugsierte und froh war, den Kaugummi nicht mehr im Mund zu haben. Löhr hob lässig die Schultern und kehrte zu seinem Schreibtisch zurück: »Er hat Recht, Rudi. Lass uns froh sein, dass wir das vom Hals haben und dass das KK41 endlich mal was gegen Hauff in der Hand hat.«

»Danke«, sagte Fischenich, ohne auf Essers Reaktion zu warten. Er hob die Hand zum Gruß und verließ ihr Büro.

»So«, sagte Löhr, nachdem sich die Tür hinter Fischenich geschlossen hatte. »Jetzt steck dir mal einen von deinen Glimmstängeln an und stell dich unter ‘nen Feuerlöscher. Bin gespannt, was dann passiert.«

Widerwillig drehte Esser sich ab. »Hab doch gerade erst eine ausgemacht.«

»Bitte, Rudi«, sagte Löhr. »Wir wollen doch sehen, ob's funktioniert.«

»Und wenn's *nicht* funktioniert?«

»Was soll schon passieren? Da geht höchstens der Sprenkler an, und du stehst im Regen.« Löhr lachte.

»Ha ha«, machte Esser.

»Rudi. Sei doch vernünftig. Das kann doch gar nicht sein. Da sind doch die Kaugummis vor. Da kommt weder was rein noch was raus. Probier's aus!«

Noch immer zierte Esser sich, spielte allerdings bereits mit der Zigarettenpackung in seiner Tasche. »Bin ich ‘n Versuchskaninchen oder was?«

»Ich hab's doch für *dich* gemacht«, bettelte Löhr, der tatsächlich neugierig war, ob seine Erfindung funktionierte. »Damit du hier drin rauchen kannst. Damit du's gemütlich hast, nicht dauernd zum Fenster musst. So wie früher.«

Sich windend, als würde er zu einer obszönen Handlung genötigt, holte Esser jetzt schließlich doch seine Zigaretten heraus, entzündete eine und beobachtete misstrauisch den sich zum verklebten Rauchmelder empor kräuselnden Rauch. Eilfertig hechtete Löhr durch den Raum, holte einen von Essers Aschenbechern aus dessen Schreibtisch und stellte sich damit dicht neben Esser, den Blick zur Decke gerichtet. Der Rauch drehte gemächliche Pirouetten um den Rauchmelder, kleine Schwaden zogen nach links, kleine nach rechts, dann löste er sich auf. Nichts geschah. Löhr sah auf Essers Zigarette. Sie war erst halb aufgeraucht.

»Zieh noch mal kräftig dran, und dann volle Kanne nach oben blasen«, gab er Anweisung. Esser befolgte sie, nachdem er die Asche sorgfältig abgestreift hatte. Es sah ganz danach aus, als sei er jetzt auch neugierig auf das Funktionieren von Löhrs Erfindung und als freundete er sich gerade mit der Vorstellung an, wieder ungehindert im eigenen Büro rauchen zu können. Trotz des enormen Schwalls, den er zur Decke geblasen hatte, rührte sich immer noch nichts. Weder Gaszischen noch Wassergesprenkel noch irgendwelche Sirenen.

»Na bitte«, sagte Löhr. »Dann können wir jetzt endlich wieder vernünftig arbeiten!« Er drückte Esser den Aschenbecher in die Hand und ging zu seinem Schreibtisch. Nachdem er sich gesetzt hatte, berichtete er Esser von seinen Begegnungen mit Hauff und Bayartz.

Esser hörte ihm aufmerksam zu, dabei schickte er ab und an immer noch misstrauische Blicke zu den Rauchmeldern hinauf. Schließlich steckte er sich eine weitere Zigarette an und sagte, als Löhr geendet hatte: »Na bitte. Hätte ich dir auch vorher sagen können. Nichts. Kein Ergebnis.«

»Das würde ich so nicht sagen«, gab Löhr gedehnt zurück. »Vielleicht kein sehr großer Erkenntnisgewinn. Davon bin ich auch gar nicht ausgegangen. Aber bewirkt haben meine kleinen Interviews vielleicht doch etwas.«

»Ach?« Esser schnippte spöttisch Asche von seiner Zigarette in den wieder zu Ehren gekommenen Aschenbecher.

»Wir haben sie aufgescheucht«, sagte Löhr unverdrossen. »Die wissen, dass was im Busch ist, dass wir was in der Hand gegen sie haben, und das macht sie nervös. Und wer nervös ist, der neigt zu übertriebenem Aktionismus, und der macht auch Fehler.«

»Ja, ja.« Eine verdrießliche Querfalte erschien auf Essers Stirn. »Irgendwann machen sie mal einen Fehler. Dann sind wir wahrscheinlich aber schon längst pensioniert. Lass es gut sein, Jakob. Du hast doch jetzt, was du willst. Fischenich zieht gegen Hauff zu Feld und nagelt ihn wegen Betrugs, und was weiß ich noch alles. Das reicht doch, oder?«

»Du vergisst die Liste, Rudi. Das ist ‘ne andere Baustelle als dieser Müllbetrug. Und ich will wissen, was dahinter steckt.«

»Unser Job ist es rauszufinden, wer in den Tresor eingebrochen hat.«

»Sagt Paluchowski«, entgegnete Löhr mit sanfter Häme.

Esser verdrehte prompt die Augen. »Jetzt tu nicht so, als wäre ich Paluchowskis Erfüllungsgehilfe. Du weißt so gut wie ich, dass uns die Liste in Teufels Küche bringt. Also wozu da weiterbohren? Außerdem ist das tatsächlich nicht unser Job.«

»Es ist unsere Pflicht«, sagte Löhr, jedes Wort betonend, »solchen Dingen nachzugehen. Außerdem hat Hauff versucht, mich vorzuführen.«

»Rache ist noch nie ein guter Ratgeber gewesen.«

»Ich will keine Rache, sondern Genugtuung. Und Gerechtigkeit!« Löhr erhob seine Stimme zu einer leicht pathetischen Tonlage. »Und im Übrigen bin ich neugierig. Neugierig, was die Brüder zu verstecken haben. Und ich hab auch schon ‘ne Idee, wie wir da weiterkommen.«

Esser schwieg. Sein Blick wurde eisig.

Ungerührt zählte Löhr an den Fingern die Punkte ab, die er abzuarbeiten gedachte: »Erstens«, sagte er, »hat Bayartz mich auf ein neues Müllprojekt gebracht, irgendeine hypermoderne Sortieranlage, die angeschafft werden soll. Da könnte was dahinter stecken. Das müssen wir rauskriegen. Zweitens hab ich jetzt glaub ich ‘ne Idee, *wer* uns da und natürlich auch von wegen der Liste weiterhelfen könnte.«

»Ach«, machte Esser, keine Spur interessiert.

Löhr ließ sich dadurch nicht aus dem Konzept bringen und fuhr fort: »Schallenberg. Der Fraktionsvize von der SPD. Der ist der ausgemachte Feind des ganzen Hauff-Clans im Rat. Der wird sich die Lippen lecken, wenn er uns mit Munition gegen diese Leute versorgen kann.«

Er sah Esser an und hoffte, nun endlich Interesse bei ihm geweckt zu haben. Davon konnte überhaupt keine Rede sein. Essers Blick blieb eisig und, statt auf Löhr einzugehen, sagte er: »Und ich, ich bin, was die Aufklärung des Tresor-Einbruchs angeht, vielleicht einen halben oder auch einen ganzen Schritt weitergekommen.«

»Ach ja?«, sagte Löhr, ebenfalls mit kaum verhohlenem Desinteresse. Der versuchte Tresor-Einbruch war für ihn bloß mehr ein Randphänomen, interessant allenfalls noch dann, wenn seine Aufklärung gleichzeitig ein Schritt zur Enthüllung des Listen-Geheimnisses bedeutete. Die Namensliste war das Einzige, was Löhrs kriminalistischen Instinkt im Augenblick ganz und gar in Beschlag nahm.

»Erstens«, begann Esser: »Der Corsa, den der Halter am Freitagabend zu Kösters gebracht hat, war zu dem Zeitpunkt *nicht* mehr fahrtüchtig. Das hat der Mann mir bestätigt. Er hat ihn zu der Werkstatt abschleppen lassen.«

»Und was heißt das?« Löhr konnte sich ein Leiern in der Stimme nicht ganz verkneifen.

»Das heißt, dass Kösters uns belogen hat. Und weiter heißt das, dass Kösters den Corsa übers Wochenende wieder flott gemacht haben muss, um ihn für den Einbruch in Weiß zu benutzen. Die Diebstahlsmeldung war bloß 'ne billige Tarnung.«

»Versteh ich nicht«, sagte Löhr. »Du meinst, Kösters hat die Karre repariert, um damit nach Weiß zum Einbruch zu fahren?«

»Entweder Kösters selbst oder jemand, dem er den Wagen zur Verfügung gestellt hat.«

»Aber das ergibt doch keinen Sinn! Warum solche Umwege? Normalerweise benutzt man für so einen Bruch doch einfach 'nen geklauten Wagen, oder nicht?«

»Keine Ahnung«, sagte Esser. »Aber das wird sich alles rausfinden lassen. Auf jeden Fall ist Kösters eine ganz heiße Spur. Den sollten wir uns als allernächstes mal richtig vorknöpfen.«

»Wir?«, wollte Löhr gerade fragen, da klopfte es kurz und heftig an die Tür, und im gleichen Augenblick stand Schuhmacher abgehetzt und verschwitzt in ihrem Büro.

»Also Leute, als wenn ich nicht genug um die Ohren hätte! Was ist den jetzt schon wieder los? Paluchowski hat gerade angerufen und mich dringend gebeten, euch von dem Weißer Fall abzuziehen! Was läuft denn da?«

Händeringend und mit flatterndem linken Augenlid, das typische Zeichen dafür, dass er unter ganz enormem Druck stand, sah der Dienststellenleiter des KK11 von Löhr zu Esser und von Esser zu Löhr. Die tauschten einen knappen Blick. Paluchowskis Drähte mussten kurz sein. Sehr kurz. Wahrscheinlich wusste er über Löhrs Besuch bei Hauff und Bayartz bereits genauestens Bescheid.

»Nichts läuft da«, sagte Löhr und lehnte sich lässig in seinem Schreibtischsessel zurück. »Ganz normale Ermittlungen. Und nicht ganz erfolglos, dank Rudis Spürnase.«

»Und was erzählt mir Paluchowski da von rechtswidriger Beschlagnahmung, Unterschlagung von Beweisen und so weiter?« Schuhmacher wischte sich den Schweiß aus den tiefen Falten, die sich wie Gräben um seine geschwollenen Tränensäcke zogen.

»Alles Pillepalle«, entgegnete Löhr, immer noch mit Bierruhe. »Wir haben den Tresorinhalt mitgenommen und dann wieder zurückgegeben, das ist alles.«

»Und was soll ich jetzt machen, eurer Meinung nach?« Schuhmachers Stimme war zu einem erbarmungswürdig hilflosen Kreischen geworden.

»Nichts«, sagte Löhr. »Wenn Paluchowski sich noch mal meldet, sag ihm, er könnte uns den Buckel runterrutschen. Wir machen weiter.«

»O Gott, o Gott, o Gott«, Schuhmachers Stimme versagte vollends. »Das jetzt auch noch! Und ich weiß sowieso nicht, wo mir der Kopf steht.«

Mit fast irrem Blick, der das Weiße in seinen Augäpfeln aufblitzen ließ, und mit den unkoordinierten Bewegungen eines Epileptikers stürzte Schuhmacher so hektisch wieder aus dem Büro, wie er hereingekommen war.

Esser kreuzigte Löhr mit seinem Blick. »Was hab ich gesagt? Teufels Küche! – Und ich, Jakob, ich mach da nicht mehr mit!«

***

Warum musste Löhr jedes Mal, wenn er beim »Spitz« am Eigelstein vorbeikam oder, wie jetzt, hineinging, daran denken, dass dies früher einmal das »Weinhaus Esser« gewesen war? Wo er doch bei allen anderen Läden, Kneipen und Geschäften in der Stadt schon im gleichen Augenblick, wo sie ihr Äußeres, ihren Besitzer, ihr Metier wechselten, vergaß, was früher einmal darin war! Vielleicht lag es daran, dass die Zeiten des »Weinhaus Esser« schon so lange vorbei waren, an die zwanzig Jahre, und auch daran, dass er damals – schließlich war auch er zwanzig Jahre jünger gewesen und noch nicht verheiratet – beim »Esser« doch einiges erlebt hatte. Bevor er Irmgard, seine Frau, kennen gelernt hatte. Und – wie hatte er das vergessen können? – wo hatte er sie kennen gelernt? Genau hier, im früheren Weinhaus Esser! An einem ebenso lauen und leicht vernieselten Frühlingsabend wie heute ...

Felix stand gleich gegenüber dem Eingang an der langen Theke und schaute, als er Löhr sah, mit strafendem Blick auf die Uhr. In der Tat war Löhr fast eine Viertelstunde zu spät, weil ihm eine Bahn vor der Nase weggefahren war.

»'n Abend, Felix!« Löhr reichte seinem Vetter die Hand. »Entschuldige, dass ich 'n bisschen später dran bin.«

Felix antwortete nicht. Er nickte Löhr nur kurz zu und zog seine Hand – eine sehr schmale und sehr trockene Hand, gleich wieder zurück.

»Na, was trinken wir denn?«, versuchte Löhr mit gemütlich-jovialem Ton die Stimmung ein wenig aufzulockern.

»Wasser.« Felix deutete auf das Glas vor sich.

»Nur Wasser?«

Löhr versuchte Blickkontakt mit einem der beiden blau beschürzten Barkeeper aufzunehmen, aber beide waren in eine intensiv auf Italienisch geführte Diskussion am anderen Ende des Tresens vertieft.

»Ich habe nicht viel Zeit« sagte Felix und schaute noch einmal auf die Uhr. »Ich muss in zwanzig Minuten wieder weg.«

»Ach so.« Löhr wusste nicht so recht, wie er beginnen sollte. Die Stimmung, die Felix um sich verbreitete, wäre mit »eisig« zu beschreiben noch eine Beschönigung gewesen. Abwartend lächelnd musterte Löhr sein Gesicht. Felix sah jünger aus, als er tatsächlich war, hatte eigentlich noch das Gesicht eines gerade der Pubertät entwachsenen Jungen, wozu nicht nur die Pickel auf der Stirn und neben der Nase beitrugen, sondern vor allem eine unsichere Verstocktheit seines Gesichtsausdrucks. Das und auch eine deutliche, frische Narbe neben der Nase fiel Löhr auf. Er deutete auf die Narbe und meinte scherzhaft: »Mit wem hast du dich da denn angelegt? Ich hoffe, der andere sieht schlimmer aus.«

»War bloß ein Fahrradunfall«, entgegnete Felix abweisend. »Ich dachte, du wolltest mit mir über meine Mutter reden?«

»Ach ja, natürlich, deine Mutter. – Tja, wie gesagt, die macht sich ziemliche Sorgen und hat mich gebeten ...«

»Die soll sich aus meinen Angelegenheiten endlich raushalten!«

»Sicher, Felix, sicher. Ich bin ja hier auch nicht als Unterhändler deiner Mutter, sondern bloß weil sie mich gebeten hat, mit dir mal zu sprechen. Vielleicht, dass du irgendwie in der Klemme steckst und ich dir helfen kann?«

»Wüsste nicht, dass ich irgendwelche Hilfe bräuchte. Ich bin alt genug, mich um mich selbst zu kümmern.«

»Sicher, Felix, sicher. Nur gibt es manchmal Situationen, wo einem vielleicht bloß der Rat von Außenstehenden helfen könnte.«

Felix schwieg und drehte sein immer noch volles Wasserglas in der Hand.

»Es geht da um ein Mädchen, deine Freundin ...«

Felix' Blick wandte sich von Löhr ab und wanderte zu den beiden Barkeepern hinüber, deren immer noch andauernde Diskussion sie davon abhielt, sich um die Gäste zu kümmern.

»Ist sie nett?«, fragte Löhr.

Felix' Blick kam zu Löhr zurück. »Interessiert dich das wirklich?«

»Ja, natürlich!«, sagte Löhr. »Wenn sie nett ist und ihr euch liebt, Gott!, da wüsste ich nicht, was deine Mutter dagegen haben sollte, obwohl ...«

»Obwohl was?«, unterbrach ihn Felix. Er schien auf dieses »obwohl« gelauert zu haben.

»Nun ja«, quälte sich Löhr und sah sich gezwungen, doch noch Tante Sylvia ins Spiel zu bringen, obwohl ihm klar war, dass schon ihre bloße Erwähnung Felix auf die Palme bringen würde. »Deine Mutter meint, sie käme nicht gerade – nun sagen wir mal, nicht aus dem allerbesten Milieu.«

»Meine Mutter hat überhaupt keine Ahnung. Die soll sich da raushalten.«

»Solange du und das Mädchen glücklich miteinander seid und es da keine Probleme gibt, seh ich eigentlich auch keinen Grund, weshalb sie sich Sorgen machen sollte.«

»Was soll's denn für Probleme geben?«

»Ich weiß nicht. Sag du es mir.«

»Es gibt keine Probleme. Und wenn, hab ich schon mal gesagt, komm ich allein damit klar.«

»Wirklich?«, fragte Löhr gedehnt und deutete auf Felix' Narbe.

»Ich komm klar!«, sagte Felix kurz und in einem abschließenden, beinahe drohenden Ton.

»Hab verstanden«, sagte Löhr. Er hatte Durst und das Bedürfnis nach einem Kölsch. Doch die Diskussion der beiden Barkeeper dauerte an, und sie hatten immer noch keinen Blick, geschweige ein Kölsch für Löhr. Er wandte sich wieder Felix zu. »Du kommst also klar. Aber mit deiner Mutter, da kommst du offenbar nicht so ganz klar, oder?«

»Ich würd sagen, sie kommt mit *mir* nicht klar«, entgegnete Felix.

»Und wo liegt das Problem?«

Felix schwieg, drehte sein Glas, nahm es schließlich auf, um einen kleinen Verlegenheitsschluck daraus zu trinken.

»Warum ziehst du nicht einfach bei den Eltern aus, Felix, wenn sie – ich meine, deine Mutter, mit dir nicht mehr klarkommt?«

Felix trank länger aus dem Wasserglas, als er ursprünglich wahrscheinlich vorgehabt hatte. Offensichtlich war ihm die Frage peinlich.

»Das ist auch eins der Probleme, mit denen ich in Zukunft klarkomme«, sagte er schließlich, als er das Glas wieder abgestellt hatte, aber nicht aufhörte, es in der Hand zu drehen. Löhr verstand.

»Finanziell? Du bist noch im Studium und kannst nicht das Geld verdienen, dir 'ne eigene Wohnung zu nehmen?«

Statt zu antworten, blickte Felix wieder auf die Uhr. »Das ist der Grund, weshalb ich jetzt weg muss. Muss mich um 'nen Job kümmern.«

Felix zog ein verschlissenes Portemonnaie aus der Gesäßtasche und riss den Klettverschluss auf. Löhr legte seine Hand darauf. »Lass mal, ich mach das. – Falls der Kellner noch mal kommt.«

»Danke«, sagte Felix. »Und danke auch für deine – deine Bemühung. Aber, wie gesagt, ich komm schon allein klar.« Damit wandte er sich zum Gehen. Löhr hielt ihn sanft am Arm fest.

»Verrat mir doch bitte den Namen von deiner Freundin.«

»Wieso?«

»Nur so. Vielleicht, weil ich sie mir einfach mal vorstellen möchte. Und da wär ein Name ...«

»Vorstellen?«, fragte Felix misstrauisch und machte sich von Löhrs Hand frei.

»Hast Recht«, sagte Löhr. »War 'ne blöde Idee.«

Felix ging einen Schritt rückwärts auf die Tür zu. Dann – zum ersten Mal – geriet ein schwaches Lächeln um seine Lippen wie der Abglanz eines fernen Glücks. »Aisha«, sagte er leise, kaum hörbar. Dann drehte er sich um und ging.

Löhr wandte sich der Theke zu und begann nun selbst, in Ermangelung eines Kölsch, Felix' halb leeres Wasserglas in der Hand zu drehen.

»Aisha«, wiederholte er leise murmelnd. Obwohl Felix so gut wie nichts gesagt hatte, war Löhr einiges und, wie er meinte, fast alles klar geworden.

Ein bisschen kindisch und hilflos, vor allem aber unsäglich verklemmt, wie sein Vetter wohl augenscheinlich war, hatte Felix es bisher weder geschafft, sich aus den bevormundenden Fängen seiner Mutter zu befreien, noch, sein Studium zügig zu beenden und einen Job zu finden, noch, sich eine Freundin an Land zu ziehen. Wahrscheinlich, so wie der aussah und sich benahm, hatte der noch gar keine ernst zu nehmenden Kontakte zum anderen Geschlecht aufgenommen. Und dann hatte er – die räumliche Nähe zwischen seiner Wohnung und dem Eigelstein legte das nah – Kontakt zu einer der Kneipenprostituierten dort aufgenommen und sich in sie verliebt. Nicht weiter schlimm, wenn die Mutter, Tante Sylvia, nicht dahinter gekommen wäre, größten Skandal vermutet und dem armen Felix die Hölle heiß gemacht hätte und verlangen würde, daß er sich von der Frau trennt. Dies jedoch hatte Felix' Trotz provoziert, und deshalb kämpfte er so verbissen für seine »Aisha«, obwohl es da – von deren Seite aus betrachtet – wahrscheinlich gar nichts zu kämpfen gab. Die nutzte dessen verklemmte Verliebtheit höchstens ein bisschen aus und würde ihm bei passender Gelegenheit einen Tritt geben. Schmerzlich für Felix, aber insofern letztendlich für ihn doch von Nutzen, weil die Affäre ihm geholfen hatte, sich von seiner Mutter zu emanzipieren. Also hatte Felix wohl Recht gehabt: was ging es ihn, Löhr, an?

Da die beiden Barkeeper immer noch keine Zeit hatten, sich um ihre Arbeit zu kümmern, legte Löhr ein paar Münzen neben Felix' Wasserglas und wandte sich zum Gehen. Da fiel ihm wieder die frische Narbe neben Felix' Nase ein. Und wenn es doch kein Fahrradunfall gewesen war? Wenn er beispielsweise an den Zuhälter des Mädchens geraten war und sich auf ein von ihm nicht zu gewinnendes Spiel einließ? Um Himmels Willen! Da wurde wohl doch nichts aus dem gemütlichen Abend zu Hause! Eilig verließ Löhr das »Spitz«.

***

Der Eigelstein, das wurde erst in der Nacht, wenn die Geschäfte geschlossen und die Bürgersteige leer waren, so richtig deutlich, hatte seine große Zeit, so wie Löhr sie in seiner Kindheit und Jugend erlebt hatte, nun endgültig hinter sich. Sowohl als lebendige Einkaufsmeile – die »gutbürgerlichen« Geschäfte waren billigen Ramschläden gewichen, als auch als Eldorado der Unterwelt, wie Löhr den Eigelstein noch aus den sechziger Jahren kannte. Die Schauplätze dieser vormaligen Vergnügungszeile waren einfach verschwunden. Keine Kinos, keine Bars, keine Cafés mehr. Tot.

Und während Löhr die nunmehr tote Vergnügungsmeile seiner Jugend hinunter zum Hauptbahnhof ging, kam ihm wieder sein Konflikt mit Esser in den Sinn. Vielleicht waren Löhrs Recherchen bezüglich der Liste tatsächlich eine Kamikaze-Idee. Es hatte sich ja bereits jetzt gezeigt, dass man bloß ein bisschen an der Sache klopfen musste, und schon tat sich ein Fass lokalpolitischer Jauche auf, das schon bei ihrem nächsten Schritt überlaufen und dessen stinkender Inhalt sie weggeschwemmt haben würde, bevor sie bis drei zählen konnten. Da waren zu viele Interessen tangiert, als dass die Pfründen-Kamarilla um Hauff es sich würde bieten lassen, dass ein paar kleine Kriminalkommissare in dem Fass herumrührten. Esser schreckte das ab. Ihn reizte es.

Löhr versuchte es einmal von den unterschiedlichen Mentalitäten her zu begreifen. Er, der Kölner, wie überhaupt der Kölner an sich, neigte eigentlich nicht dazu, stur auf einem Standpunkt zu beharren und, einer abstrakten Idee wegen – zumal nicht einer so diffusen wie der »Gerechtigkeit« – Kopf und Kragen zu riskieren. Er, wie der Kölner an sich, suchte immer lieber einen Kompromiss, eine weiche, allen zuträgliche Lösung, einen Mittelweg eben. Esser dagegen, aus dem Oberbergischen, einem Städtchen namens Hückeswagen gebürtig, neigte, wie der bergische Charakter an sich, eher zum Gegenteil. Zu Sturheit, Rechthaberei und Prinzipienreiterei. War also eher ein bisschen preußisch und hatte außerdem noch einen kleinen Schuss von der sektiererischen Engstirnigkeit des Bergischen mitbekommen. Obwohl Hückeswagen, das hatte Esser ihm einmal erzählt, eine katholische Enklave im protestantisch-sektiererischen Oberbergischen war. Vielleicht lag es daran, am katholischen Einschlag im an sich protestantisch-bergischen Charakter Essers, dass in diesem Fall ihr eigenes Naturell sich gleichsam verleugnete und ins Gegenteil verkehrte: Löhr ritt auf dem Prinzip des Rechts und der Gerechtigkeit herum und wollte die Liste zu einem wirklichen Fall machen, Esser dagegen wich aus, wollte die Geschichte auf sich beruhen lassen und die Augen vor deren Brisanz verschließen.

Obwohl, das musste sich Löhr eingestehen, das mit dem Einstehen für Recht und der Gerechtigkeit, das traf auf ihn nun beileibe nicht zu. Damit hatte er bloß, ein bisschen rabulistisch, Esser gegenüber argumentiert. Aber es kam keineswegs aus der Tiefe seiner Überzeugungen. Wusste er doch genau, dass Begriffe wie Recht und Gerechtigkeit in Bezug auf die Kölsche Klüngel-Mafia sich in etwa so verhielten wie ein bellender Hund zum Mond. Selbst wenn er wirklich eines Tages hinter das Geheimnis der Liste kommen würde, es würde nichts, aber auch gar nichts verändern. Vielleicht, wenn es zu einem Korruptionsprozess kommen würde. Wenn das auch sehr unwahrscheinlich war: Vielleicht würden sogar zwei oder drei Köpfe rollen. Aber natürlich würden sie nicht wirklich rollen. Die Betroffenen würden zwar aus dem politischen Rampenlicht verschwinden, sich dabei aber die Hände reiben, weil sie darauf, vom Stress des politischen Alltags befreit, frohgemut ihre reich dotierten und kaum mit wirklicher Arbeit belasteten Vorruhestand-Jobs in irgendwelchen halbstädtischen Unternehmen antreten würden. Mit den Pensionen aus ihren politischen Ämtern konnten sie sich zusätzlich noch ein Häuschen im Tessin oder eine Yacht am Ijsselmeer leisten. Nein, an die Pfeiler dieser gierigen und zynischen Oligarchie, ohne einen Hauch von Interesse für die Anliegen der Bürger und für soziale Gerechtigkeit, würde er, Löhr, allenfalls einmal pinkeln, sie aber niemals auch nur einen Millimeter ins Wanken bringen können.

Nicht aus irgendeinem Prinzip heraus wollte Löhr die Liste zu einem, seinem Fall machen. Sondern, dessen wurde er sich jetzt erst vollends klar, aus gekränktem Stolz. Wie dieser fette, froschmäulige Anwalt in ihr Büro stolziert war und sich die Akten einfach unter den Nagel gerissen hatte, das konnte er nicht einfach schlucken und auf sich beruhen lassen. Esser, ja Esser schien da anders zu sein. Kleinmütiger. Um nicht zu sagen, ein bisschen feige. Das konnte man nicht mehr von der regionalen Mentalität her ableiten. Das war schlicht und einfach eine Frage des persönlichen Charakters. Wenn es um so was geht – und bei diesem Gedanken sog Löhr die Lungen voll mit der nächtlichen Aprilluft –, wenn es darum geht, dass mir einer so auf die Pelle rückt, dann werd ich eben zum Draufgänger. Und Esser – nun, der kneift dann eben den Schwanz ein. Soll er doch. Will mit dem Listenfall überhaupt nichts mehr zu tun haben. Nur noch Dienst nach Vorschrift. Jedem das seine. Würde er die Listen-Geschichte eben allein aufklären! Ohne Esser.

Am Anfang des Eigelsteins, hinter der Torburg, hatte es noch zwei halbwegs bürgerliche, halbwegs gut besuchte Kneipen gegeben – den »Kölsche Boor« und das »Weinhaus Vogel«, dann lange nichts mehr, erst hinter der Ecke zur Weidengasse und zur Eintrachtstraße gab es wieder eine Reihe von kleinen Kneipen, in denen die heruntergekommenen Reste der einst so berüchtigten Halbwelt des Eigelsteins zusammengespült waren. Kneipen, in denen, das wusste jeder Kölner Polizist, seit einiger Zeit die Kneipenprostitution mit schwarzen Frauen florierte. Wenn »Aisha«, wie Tante Sylvia behauptete, eine dieser Frauen war, konnte Löhr sie nur hier finden.

Hoffentlich, dachte Löhr, als er die erstbeste dieser Kneipen, betrat, gibt es hier wenigstens ein einigermaßen anständiges Kölsch zu trinken.

Das »Pözje« war ein kurzer, enger Schlauch, auf der linken Seite eine lange Theke, auf der rechten ein paar Stehtische. Weder der mit Messingläufen, Spiegeln und Kandelabern aufgemotzte Tresen noch die ganz ähnlich aufgemotzte Blondine dahinter oder der aus der Musikbox dröhnende Soul vermochten über die die Kneipe beherrschende depressive Atmosphäre hinwegzutäuschen. Eine Mischung aus Apathie und gestauter Geilheit, eine Stimmung wie kurz vor der Einfahrt in die Hölle lastete auf allen Besucher, und die meisten von ihnen schienen sich dieser Stimmung in stummem Nippen an ihrem abgestandenen Kölsch ergeben zu haben. Vor allem taten das die drei Gestalten, die am Kopf des Tresens, gleich neben der Tür, saßen, drei Männer, alle deutlich älter als Löhr, zwischen fünfzig und sechzig, Durchschnittstypen mit glatt rasierten, grauen und regungslosen Gesichtern, in denen nur die Augen in Bewegung waren. Und die stierten auf die fünf oder sechs schwarzen Frauen, die, nebeneinander aufgereiht, an der Längsseite der Theke auf Barhockern saßen und gelangweilt ihre Spiegelbilder gegenüber in den messinggerahmten Spiegeln hinterm Tresen betrachteten. Am Ende des Tresens hockte ein in ein auffällig gelbes Jackett gezwängter Greis mit fast ebenso gelbem, schütterem Haar zwischen zwei korpulenten schwarzen Frauen, goss ihnen aus einem Pikkolofläschchen Sekt in die Gläser und schien sich dabei prächtig zu unterhalten. Was die drei redeten, konnte Löhr wegen der Musik, aber auch wegen eines vor ihm an der Theke kurz aufflammenden und lautstark geführten Streits nicht hören. Zwischen der dritten und vierten Frau am vorderen Teil des Tresens pöbelte ein angetrunkener Typ mit Föhnfrisur und dreiviertellanger Lederjacke die Frau rechts von sich an, eine dunkle Schönheit in einem hochgeschlossenen schwarzen Wollkleid mit auffällig asiatischen Gesichtszügen und einer hübschen, vielleicht ein wenig zu kurzen Stupsnase, offenbar eine afroasiatische Mischung.

»*Geld* willste?«, grunzte der Typ gehässig. »Wofür dann Geld?«

Die Afroasiatin schwieg und sah den Mann nur verächtlich an. Die Föhnfrisur grub in seiner Hosentasche und beförderte ein paar Cent-Münzen heraus, warf sie vor die Frau auf den Tresen.

»Dä! Da häste Geld! Hä! Hä!«, und mit diesem hasslichen Lachen drehte er sich um und ging schwankend, an Löhr vorbei, dem Ausgang zu.

Löhr hatte die in der Kneipe versammelten Frauen eine nach der anderen betrachtet. Eine ausgesprochene Schönheit war, mit Ausnahme der Afroasiatin, nicht dabei; jung waren sie alle nicht mehr, die meisten von ihnen weit über dreißig und ziemlich fett, und gesund sahen sie auch nicht aus. Löhr konnte sich nicht vorstellen, dass eine von ihnen jene Aisha sein könnte, die das Herz seines Vetters Felix erobert hatte. – Abgesehen von der Afroasiatin, die jetzt mit frustrierter Miene an einer Cola trank. Die könnte es vielleicht sein. Das Erlebnis mit dem angetrunkenen Freier schien ihr gründlich die Laune verdorben zu haben. Das traf auf Löhr allerdings auch zu. Ihm war bereits nach wenigen Augenblicken in diesem jammervoll depressiven Schuppen die Lust auf ein Kölsch vergangen. Er fühlte sich unwohl, deplatziert und angewidert, und es ging ihm nur noch darum, seine Mission so schnell wie möglich zu erfüllen. Er trat neben die Afroasiatin und sprach sie an.

»Guten Abend. Entschuldigen Sie, aber ...«

Mit einem Schlag hellte sich die Miene der Frau auf, alles Missvergnügen war wie weggewischt, und sie strahlte Löhr mit einem Lächeln an, als habe sie gerade einen alten Bekannten wieder getroffen.

»Brauchst dich nicht zu entschuldigen, Schätzchen«, sagte sie, fast akzentfrei, mit einer zu einem dunklen Gurren heruntergedimmten Stimme und legte ihre Hand auf Löhrs Arm. »Willst du mich nicht zu ‘nem Pikkolöchen ...«

Schnell zog Löhr seinen Arm zurück. Um Gottes Willen! In was für ein Minenfeld hatte er sich denn hier bloß begeben!

»Nein, nein«, stotterte er. »Ich, ich bin kein Schätzchen, ich meine ich bin kein ...«

»Ein Pikkolöchen!«, gurrte die Frau, nun eine halbe Tonlage höher, bettelnd.

Die aufgedonnerte Bedienung war hinterm Tresen erschienen, lächelte Löhr nun ebenfalls an, dass ihm ganz schummrig wurde, und fragte flötend: »Für Sie schon mal ‘n Kölsch?«

Löhr nickte kurz, wandte sich dann wieder der Afroasiatin zu, kam immer noch nicht ganz aus dem Stottern heraus: »Damit keine Missverständnisse aufkommen, ich meine, ich bin nicht ... Sie verstehen schon, ich suche nur jemanden ...«

»Sicher suchst du jemanden, ist doch klar, sieht man dir doch an«, sagte die Frau sanft und legte wieder ihre Hand auf Löhrs Arm. Und wieder zog Löhr ruckartig seinen Arm zurück.

»Nein, nein, nein, ich suche jemand ganz *Bestimmtes!«*

»Mich!«, wusste die Frau prompt und zeigte Löhr mit einem breiten Lächeln ein Stück ihrer erstaunlich hellrosafarbenen Zunge zwischen zwei Reihen makelloser, weißer Zähne.

»Nein, nein«, stotterte Löhr weiter. »Ich suche – ich suche – Aisha!«

Das breite Lächeln verschwand augenblicklich aus dem Gesicht der Frau. Ihre Miene versteinerte, die Lippen schlossen, ihre Augen verengten sich.

»Oh«, sagte Löhr. »Sie kennen Sie?«

Einen Augenblick noch starrte ihn die Frau verschlossen und fast feindselig an, dann aber breitete sich wieder ihr professionell verführerisches Lächeln über ihrem Gesicht aus.

»Sicher kenn ich Aisha. – *Ich* bin deine Aisha. Und jetzt komm – was ist mit meinem Pikkolo?«

Löhr trat einen Schritt zurück. Fixierte die Frau. Er brauchte nicht lange nachzudenken, um zu wissen, dass sie gelogen hatte. Sie hatte in seiner Frage ihre Chance, heute Abend noch an einen Kunden zu kommen, erkannt – und gleich zugegriffen. Nein, sie war auf keinen Fall Aisha. Aber, das wusste Löhr auch, sie *kannte* Aisha. Nur – von ihr würde er nichts über Aisha erfahren, zumindest nicht jetzt. Panisch kramte Löhr sein Portemonnaie aus dem Jackett, suchte einen Zehn-Euro-Schein, fand keinen, nur einen Zwanziger, zupfte den aus dem Portemonnaie, legte ihn hastig neben das frisch gezapfte Kölsch, das die Blondine ihm auf den Tresen gestellt hatte, sagte »Danke« und verließ fluchtartig das Lokal.

***

Zumindest ist sie also kein Hirngespinst von Felix, dachte Löhr, als er, gleichsam nach Luft schnappend und schnellen Schrittes, den Eigelstein wieder hinaufging – hätte ja auch sein können –, dass der sich das bloß einbildete. In dem Augenblick, in dem er die schwarzen Frauen im »Pözje« zum ersten Mal in all ihrer Jämmerlichkeit sah, hatte Löhr diese Möglichkeit erwogen. Jetzt aber war er sicher: Es gab Aisha. Das hat die Reaktion der Frau ganz klar gezeigt. Und *irgendetwas* stimmte nicht mit Aisha. Sonst wäre nicht dieser feindselige Ausdruck in das Gesicht der Afroasiatin geraten. Und wenn mit Aisha irgendwas nicht stimmte, wenn sie ein Problem hatte, dann hatte auch Felix eins. Und so, wie der sich vorhin verhalten hatte, deutete vieles darauf hin. Nicht zuletzt die zerbeulte Nase. Also, schloss Löhr, war nun immer noch nichts mit nach Hause gehen. Er musste weitersuchen. Nur wo? Noch einmal in eine dieser furchtbaren Kaschemmen dort unten vor der Unterführung zu gehen, war ihm die Lust vergangen. So weit brauchte auch das verantwortungsvollste Familiengefühl nicht zu gehen, dass ihm bei seinen Recherchen die Lust auf Kölsch verging! Nein, er musste jemanden treffen, der sich in diesem Milieu auskannte! Und in dem Augenblick, in dem er diese Überlegung anstellte, wusste er auch schon, wo.

Mit wieder erwachter Frische – er spürte, wie die Lust auf ein Kölsch allmählich wiederkehrte – lenkte er seine Schritte vom Eigelstein in die Eintrachtstraße. Dort gab es ganz zu Anfang, gegenüber dem Haus, in dem seine Mutter wohnte, eine Kneipe, in der sich alles traf, was noch Rang und Namen auf dem Eigelstein hatte.

Die Stimmung im »Germaniatreff« war das völlige Gegenteil dessen, was er vorhin im »Pözje« erlebt hatte. Die Kneipe war berstend voll; voll Menschen und voll von einem wahrhaft babylonischen Stimmengewirr. Als Löhr sich zur Theke durchwühlte, hörte er italienische, serbische, türkische Gesprächsfetzen, stieß mit kleinwüchsigen Sizilianern, schnauzbärtigen Griechen und albanischen Finsterlingen zusammen. Sie alle standen oder saßen in kleinen Gruppen zusammen und schienen wahrhaft weltbewegende Themen zu diskutieren, denn sie redeten laut und wild gestikulierend aufeinander ein, als ginge es mindestens um Leben oder Tod.

Vom Tresen aus und mit einem frischen Kölsch in der Hand verschaffte Löhr sich einen Überblick über die Kneipe. Auch hier gab es Afrikanerinnen, und von ihrer Aufmachung her handelte es sich auch bei ihnen um Prostituierte. Doch entweder lief die Anmache hier anders ab als im »Pözje« oder die Frauen waren gerade außer Dienst, denn sie saßen oder standen mit den heiß diskutierenden Männern zusammen, redeten und lachten mit, als gehörten sie dazu wie Familienangehörige. Was irgendwie auch gepasst hätte, denn diese Kneipengesellschaft war ganz augenscheinlich alles andere als ein nettes gutbürgerliches Feierabendkränzchen. Neben den obligatorischen Freiern – die allerdings isoliert, stumm und mit unsteten Blicken die schwarzen Frauen verfolgend in einer Ecke saßen, konnte Löhr im Gewühl der Gäste ein paar Geschäftsleute aus dem Viertel, aber auch eine ganze Reihe von Dunkelmännern ausmachen, Physiognomien jedenfalls, die einem guten alten Verbrecheralbum jede Ehre gemacht hätten. Und endlich, am Kopf des Tresens stehend und in ein Gespräch mit dem Wirt vertieft, erkannte er den Mann, dessentwegen er hier war. Ostendorf, der Alträucher von der Weidengasse.

Ostendorf kannte er noch von seiner Jugend her, aus der Zeit, als sein Vater noch Hausmeister des Dreikönigsgymnasiums gewesen war, die Schule sich noch auf dem Thürmchenswall befunden und er noch bei seinen Eltern in der Dagobertstraße gewohnt hatte. Schon damals hatte Ostendorf seinen Gebrauchtwarenladen auf der Weidengasse gehabt, und Löhr, fasziniert von dem Wirrwarr an »Kuriositäten«, die Ostendorf im Innern anhäufte, hatte sich damals schon mit dem untersetzten, schnauzbärtigen Alträucher angefreundet. Da er immer mal wieder – familienbedingt – über die Weidengasse gemusst hatte, war die Beziehung über die Jahre hin nie abgerissen, und Löhr hatte mitverfolgen können, wie Ostendorf nach und nach einen wahren Alträucher-Konzern in der Weidengasse aufgebaut hatte.

Gereonswall und Weidengasse waren seit alters her eine Domäne der Alträucher gewesen. Zahlreiche Hinterhof- und Garagenläden hatten hier alles vom gebrauchten Radio bis zur durchgelegenen Matratze feilgeboten. Doch seitdem die Stadtteilsanierung aus dem Gereonswall eine keimfreie und tote Straße gemacht und entsprechend auch die Gebrauchtwarenhändler vertrieben hatte, konzentrierte sich das nach wie vor florierende Geschäft auf die Weidengasse, das heißt: auf Ostendorf. Der machte dort im Lauf der Zeit gegenüber seinem Stammgeschäft zuerst eine, dann noch eine Filiale auf und passte die unterschiedlichen Angebote dieser Läden einem unterschiedlichen Publikum an – alte Möbel und Fernseher für die Türken, »Kuriosa« für die Antiquitäten-Schnäppchenjäger, alte Klamotten für Jugendliche, für die Pfeffer-und-Salz-Mäntel aus den 70ern inzwischen zu einem modischen Muss geworden waren. Auf diese Weise hatte es Ostendorf nicht nur zu einigem Wohlstand, sondern auch zu großem Ansehen im Viertel gebracht. Er war sozusagen der heimliche König des Eigelsteins – und in dieser Eigenschaft brauchte Löhr ihn jetzt.

Beim zweiten Kölsch winkte er von seinem Tresenplatz zum stämmigen Alträucher hinüber, der erkannte ihn sofort, ein staunendes Grinsen ging über sein Gesicht, er klopfte dem Wirt auf die Schulter und zwängte sich durch das Gewühl der Gäste zu Löhr durch.

»Jakob! Dat ist dat erste Mal, dat ich dich hier sehe!«

Löhr ging unter dem massiven Händedruck des Alträuchers fast in die Knie. Das Alter schien Ostendorf völlig verschont zu haben, sah man einmal von seinem früher schwarzen, jetzt eisgrauen Schnurrbart ab. Er besaß immer noch die Statur und die Kraft des Vierzigjährigen, als den Löhr ihn kennen gelernt hatte.

Nachdem sie sich eine Weile über den Gang der Geschäfte, den Niedergang des Eigelsteinviertels und das Leben an sich ausgetauscht hatten, kam Löhr auf sein Anliegen zu sprechen und berichtete Ostendorf von seinem verkorksten Vetter Felix, seiner eigenen, vergeblichen Suche nach Aisha und von seinem Aisha betreffenden Verdacht.

»Oh, oh, die schwarzen Nutten ...«, sagte Ostendorf bloß, als Löhr seinen Bericht mit der Frage, ob er vielleicht jene Aisha kenne, beendete, aber *wie* Ostendorf das sagte, klang das sehr bekümmert.

»Also kennst du sie?«, setzte Löhr nach.

»Wen?« Ostendorfs Blick streifte Löhr bloß kurz, schwenkte dann aber wieder ab, verlor sich in der Kneipe.

»Diese Aisha«, sagte Löhr ungeduldig. »Dieses schwarze Mädchen.« Löhr kannte Ostendorfs Angewohnheit, einem nicht in die Augen zu schauen. Das tat er allerdings immer nur dann, wenn er einem nichts erzählen *wollte*.

»Muss ich mich erst erkundigen«, antwortete Ostendorf ausweichend. »Hab ich keine Ahnung von, von den schwarzen Nutten. Ist nicht meine Baustelle. Kümmer ich mich nicht drum.«

»Erkundigen«, murmelte Löhr enttäuscht.

»Ja, ja, kein Problem, Jakob. Ich hab da einen, der sich damit auskennt. Verlass dich drauf. Komm morgen Abend zu mir in den Laden, dann ist der Mann da, und der erzählt dir alles, was du wissen willst.« Jetzt sah Ostendorf Löhr wieder an und legte dabei seine Pranke auf seine Brust. »*Ich* kann dir da beim besten Willen nichts zu sagen.«

»Ist schon in Ordnung«, sagte Löhr. Er kannte Ostendorf. Wenn der nicht reden wollte, half kein Bitten und kein Flehen. Und augenscheinlich *wollte* er nicht reden, obwohl er wahrscheinlich genauestens über die schwarzen Prostituierten im Viertel Bescheid wusste, vielleicht sogar diese Aisha kannte. Aber aus irgendeinem Grund wollte er sich nicht den Mund verbrennen, möglicherweise aus Furcht vor der Nachrede im Viertel, einem Polizisten etwas verraten zu haben.

»Also morgen Abend?«, fragte Löhr.

»Morgen Abend! Dann weißte alles«, bestätigte Ostendorf und klopfte Löhr auf die Schulter. »Und weil mir zwei nie mehr so jung zusammenkommen, geb ich uns jetzt 'nen Rachenputzer aus.« Er drehte sich zum Wirt um, zeigte ihm zwei Finger und rief: »Rachenputzer!«

»Rachenputzer?«, fragte Löhr.

»Dat ist so 'n selbst gebrannter Schnaps von da unten in Jugoslawien. Lecker, aber höllisch scharf!«

»Rachenputzer«, murmelte Löhr und beobachtete, wie der Wirt zwei mit einer gelblichen Flüssigkeit gefüllte Schnapsgläser vor sie hin stellte. Und da fiel ihm der »Ritzekrätzer« wieder ein. Klang ganz ähnlich wie »Rachenputzer«. Vielleicht wusste Ostendorf, der Ur-Kölner, Bescheid? Nachdem sie sich zugeprostet und den tatsächlich immens feurigen Schnaps gekippt hatten, fragte Löhr Ostendorf, ob er vielleicht die Bedeutung des Wortes kenne.

»Ritzekrätzer?«, wiederholte Ostendorf gedehnt und schüttelte dann den Kopf. »Enä, Jakob. Da fragste mich zu viel!«

»Schade«, sagte Löhr.

»Aber pass auf! Ich hab da so 'nen Kölsch-Experten. So 'n Unikum, verstehste, der kennt sich damit aus. Der weiß dat bestimmt! Ich bestell den morgen Abend auch zu mir in der Laden. Dann weißt du da auch Bescheid!«

Löhr grinste Ostendorf an. Der schien für jede Aufgabe einen Spezialisten an der Hand zu haben. Ähnlich wie Hauff, der nichts mehr selbst machte, sondern alles machen ließ. Und als er an Hauff dachte, sagte er zu Ostendorf: »So, jetzt schnell noch die letzte Runde. Ich hab morgen 'nen harten Tag.« Denn morgen, das fiel ihm jetzt glühend heiß wieder ein, morgen früh würde sich zeigen, ob er den Hauff-Fall endlich knacken könnte oder nicht.

Obwohl es spät war, als er schließlich nach Hause kam, und obwohl er wusste, dass morgen ein anstrengender Tag auf ihn wartete, setzte er sich noch einmal an seinen Sekretär und blätterte im »Wrede«, wozu er die ganze Zeit seit dem Besuch bei seiner Mutter nicht gekommen war. Im dritten Band seiner Ausgabe von 1958 schlug er unter »R« nach, fand »risele, riselte, jeriselt« und »rispele, rispelte, jerispelt« – und dann kam schon »Röb« für hochdeutsch »Rübe«. *Kein* »Ritzekrätzer«! Das konnte doch nicht sein! Was war denn bloß mit dem »Wrede« los? – Oder hatte sich seine Mutter vertan? Führte sie ein Wort in ihrem Sprachschatz, das es in der Kölschen Sprache überhaupt nicht gab? Völlig unmöglich! Da würde er in jedem Fall tausendmal mehr auf seine Mutter vertrauen als auf diesen komisch altbackenen »Wrede«! Das würde er doch mal sehen! Da würde er noch dahinter kommen! Vielleicht schon morgen Abend, wenn er Ostendorfs Kölsch-»Experten« treffen würde.

***

Warum Schuhmacher gestern Nachmittag so fertig mit den Nerven gewesen war, erfuhr Löhr während der morgendlichen U-Bahnfahrt zum Präsidium zuerst durch die Lektüre des Express, und dann noch einmal, und in aller Ausführlichkeit, bei der Frühbesprechung des 11. Kommissariats: Der Vorfall in der Polizeiwache am Eigelstein, über den er bereits am Montag einen Bericht gelesen hatte, und wonach ein Randalierer sich gegen vier Polizisten so zur Wehr gesetzt hatte, dass er gefesselt und bäuchlings in die Wache geschleift werden musste, stellte sich allmählich als die größte Katastrophe heraus, in die die Kölner Polizei seit Jahr und Tag hineingeschlittert war. Der Mann, den die Streifenpolizisten in die Wache geschleppt hatten, war nämlich gestorben. Und zwar, wie nach einem vorläufigen gerichtsmedizinischen Gutachten jetzt feststand, an den Schlägen, die die Polizisten ihm in der Wache verpasst hatten. »prügelpolizisten« hatte der Express heute Morgen getitelt. Kollegen der Prügler, die den Vorfall beobachtet hatten, hatten den Mund aufgemacht und die Geschichte dienstlich gemeldet. Von sinnlosen und willkürlichen Faustschlägen und Fußtritten war dabei die Rede gewesen und dass die Schläger ihren ganzen Frust an dem gefesselten, wehrlosen und dazu offenbar verwirrten Opfer ausgelassen hätten. Weiter hieß es, dass es in der Eigelsteinwache schon öfter ähnliche Vorkommnisse gegeben habe und dass gegen den Hauptprügler bereits eine Menge von einschlägigen Disziplinarverfahren anhängig seien. Dies alles sei aber bisher durch den Dienststellenleiter der Eigelsteinwache, den die Kollegen alle liebevoll »Papa« nannten, gedeckt worden.

Das war schlecht für den Ruf der Kölner Polizei. Schlecht auch für das 11. KK. Denn weil das geprügelte Opfer gestorben und der Fall dadurch zu einem Offizialdelikt geworden war, musste eine

Mordkommission eingesetzt werden, die den Fall untersuchte, und das hieß, Schuhmacher musste seine Leute gegen Kollegen ermitteln lassen. Eine äußerst heikle Angelegenheit, die das öffentliche Interesse auf das KK11 lenkte. Erschwerend kam hinzu, dass sämtliche Kommissare des 11. KK bereits mit Arbeit eingedeckt waren. Da man in einem so brisanten Fall nicht auf Fremdkräfte zurückgreifen konnte, sondern die eigenen, und zwar die besten Leute einsetzen musste, stand Schuhmacher gewaltig unter Strom. Die Frühbesprechung dehnte sich über anderthalb Stunden aus. Danach hatte Schuhmacher seine besten Leute aus ihren Fällen abgezogen und für den Fall Eigelsteinwache eingeteilt. Löhr und Esser waren nicht darunter. Der Dienststellenleiter hatte während der ganzen Zeit jeden Blickkontakt mit Löhr vermieden. Und jetzt, wo die Frühbesprechung vorbei war und alle sich von ihren Stühlen erhoben, glaubte Löhr erleichtert, dass nicht nur dieser, sondern auch der Paluchowski-Kelch glücklich an ihm vorübergegangen sei. Er hatte sich getäuscht. Kaum war er an der Tür des Besprechungszimmers, hörte er hinter sich Schuhmachers Stimme: »Jakob! Einen Moment noch!«

Schwerfällig drehte sich Löhr um. Schuhmacher rief auch Esser, der ebenfalls der Tür zustrebte, nach: »Und du bleibst bitte auch noch einen Augenblick, Rudi!«

Schuhmacher wartete, bis alle anderen den Besprechungsraum verlassen hatten, dann erst sah er mit flatterndem linken Augenlid zuerst Esser, dann Löhr an.

»Also Folgendes. Tut mir Leid, dass ich euch bei dem Eigelstein-Fall nicht berücksichtigen konnte. Aber wie die Sache mit Paluchowski im Augenblick steht ...«

»Wie steht sie denn?«, erkundigte sich Löhr beiläufig.

»Jakob!« Schuhmachers Stimme erhob sich wieder zu jenem Kreischton, den er bereits gestern in ihrem Büro angeschlagen hatte. Dann atmete er tief ein, um sich zu beruhigen. »Also Folgendes«, sagte er wieder, zu Löhr gewandt. »Ich habe deine Weigerung, den Weißer Fall abzugeben, gestern Nachmittag an Paluchowski und an die Oberstaatsanwältin weitergeleitet. Das ist der korrekte Dienstweg. Das geht jetzt seinen Gang. Rein theoretisch könntet ihr jetzt so lange weiterermitteln, bis die reagieren. Aber ich denke, es ist besser, ihr macht so lange 'ne Pause und was anderes.«

Schuhmacher holte einen dünnen Aktenordner von seinem Tisch.

»Hier, ein kleiner Fall. Wurst-Willi. Da habt ihr bestimmt von gehört, oder?«

»Der soll abgehauen sein, wegen Steuerschulden. Stand im Express«, sagte Esser.

»Genau. Ist vor anderthalb Wochen verschwunden, dann vermisst gemeldet worden. Und jetzt hat die Polizei von Daun im Wald in der Eifel eine männliche Leiche gefunden, das könnte unser Wurst-Willi sein. Jedenfalls spricht da einiges für. Der ist nämlich Mitte April zu einer Eifelwanderung aufgebrochen und zuletzt in der Gegend von Daun gesehen worden. Also wenn ihr das vor Ort überprüfen und dann gegebenenfalls den Fall abschließen –«

»Wurst *Willi*?«, unterbrach ihn Esser, die Stimme überschwappend vor Empörung. »Wir sollen uns um *Wurst* …«

Löhr stieß ihn kurz in die Seite und nickte ihm beschwichtigend zu.

»Geht in Ordnung, Heribert«, sagte Löhr und nahm Schuhmacher die Akte aus der Hand. »Wir machen das.«

»Bist du denn von *allen* guten Geistern verlassen«, japste Esser und sah Löhr fassungslos an, sobald sie auf dem Flur außer Schuhmachers Hörweite waren.

»Es ist besser so, Rudi«, sagte Löhr. »Glaub mir. Ich hab mir das alles mal durch den Kopf gehen lassen.«

In der Tat hatte Löhr am Abend zuvor, nach seinem Besuch auf dem Eigelstein, sich nicht nur mit dem »Wrede« und dem Begriff »Ritzekrätzer« beschäftigt, sondern auch über sein Verhältnis zu seinem Kollegen und Freund Esser nachgedacht. Dabei war er zu dem Ergebnis gekommen, dass es alles daran zu setzen galt, die Beziehung zu seinem Freund Rudi nicht zu gefährden, das gestern zwischen ihnen ausgegrabene Kriegsbeil so schnell wie möglich wieder zu versenken.

»Du hast Recht gehabt, Rudi«, fuhr Löhr fort. »Wir sollten mal in Ruhe miteinander reden. Bei ‘nem ordentlichen Kaffee. Komm! Ich lad dich ein. Kenn da ‘n nettes Café bei mir in der Nähe.«

Löhr schlug den Weg zum Fahrstuhl ein. Esser blieb stehen.

»Und was ist mit unserem neuen Fall?«

»Ach Rudi«, seufzte Löhr. »Tote können doch wohl mal ‘n bisschen warten, oder?«

Das nette Café, von dem Löhr gesprochen hatte, hieß Feynsinn und war eigentlich kein Café, sondern ein Bistro am Rathenauplatz. Eines oder zwei besonderer Gerichte wegen, vor allem aber wegen der unaufgeregten und von einem unaufdringlichen, etwas altbackenen Schick des Interieurs bestimmten Atmosphäre hatte es Löhr in der letzten Zeit zu seinem Lieblingslokal erkoren. Vom Interieur allerdings bekam Esser nichts zu sehen, denn die Sonne war wieder hervorgekommen, und Löhr und Esser setzten sich an einen der Tische unter der weit ausladenden Markise an der Außenfront des Lokals. Beide bestellten Milchkaffee.

»Ich habe mir überlegt«, begann Löhr, »dass es keinen Sinn hat, sich wegen so einer popeligen Korruptionsaffäre, oder was auch immer hinter der verdammten Liste steckt, in die Haare zu kriegen.«

Esser schwieg und senkte die Nase in seinen Milchkaffee.

»Die machen ihre Geschäfte so oder so, und wir können sie nicht daran hindern«, fuhr Löhr fort.

»Wie kommst du denn plötzlich zu solch weisen Einsichten?«, fragte Esser mit kaum verhohlener Ironie.

»Aus Freundschaft«, sagte Löhr schlicht. »Aus Freundschaft zu dir. Ich will wegen so einer Scheiße keinen Streit mit dir.«

Der ironische Ausdruck verschwand nicht aus Essers Gesicht. Schweigend blickte er den Rathenauplatz hinunter zur Roonstraße. Statt auf Löhrs emphatisch vorgetragene Erklärung einzugehen, wies er plötzlich in die Richtung, in die er geblickt hatte.

»Sag mal, dieser rote amerikanische Schlitten, der da in der zweiten Reihe parkt …«

Löhr drehte sich um.

»Ja und?«

»Das ist eine Corvette, glaube ich«, sagte Esser.

»Ja und?«, wiederholte Löhr enttäuscht und beleidigt, weil Esser noch mit keinem Wort auf sein großzügiges Versöhnungsangebot eingegangen war.

»Ich meine, den hätte ich schon von Kalk an im Rückspiegel gehabt, den Wagen.«

»Ja und?«, sagte Löhr zum dritten Mal, noch unwilliger als bei den ersten Malen.

Esser zuckte die Schultern und wandte sich wieder Löhr zu. »Du willst also deine Recherchen wegen der Liste tatsächlich einstellen?«

»Ja«, antwortete Löhr schlicht.

»Dich nur noch um den Einbruch in Weiß kümmern?« Essers Ton war anzumerken, dass er Löhr kein Wort glaubte.

»Ja«, sagte Löhr, weiterhin um Schlichtheit bemüht. »Falls sie uns weitermachen lassen.«

Esser sah Löhr misstrauisch an. »Das glaub ich dir nicht, Jakob«, sagte er schließlich.

»Das *musst* du mir glauben, Rudi. Wirklich. Ich arbeite nur noch streng nach Auftrag und Vorschrift.«

Wieder sah Esser Löhr misstrauisch lauernd an. Dann erhellte sich sein Gesicht für einen kurzen Moment, und mit einem schiefen Grinsen sagte er: »Streng nach Auftrag und Vorschrift – *während* der Dienstzeit! Aber *privat* willst du weiterschnüffeln? Richtig?«

Löhr öffnete seinen Mund und vergaß ihn zu schließen. Es dauerte ein paar Sekunden, bis er sich gefasst hatte. »Woher weißt du das?«

Esser lächelte mit milder Nachsicht. »Weil ich dich kenne, Jakob. Ganz einfach. Und ganz einfach sag ich dazu: Nein.«

»Wie? Wie nein?« Löhr geriet ins Stottern.

»Weil ich das nicht mitmache, Jakob. Ich lass dich nicht auf eigene Faust in so 'ner heiklen Geschichte ermitteln. Das ist viel zu gefährlich. Das weißt du. Wenn du dir so einen wie Hauff zum Feind machst, kommst du in Teufels Küche.«

»Ja und?« Löhr gewann ein wenig die Fassung wieder. »Was geht dich das an, wenn ich's auf eigene Faust mache und dich dabei rauslasse?«

Esser antwortete nicht gleich, sondern steckte sich zuerst eine Stuyvesant an. Er atmete den Rauch in einer langen Fahne aus und sagte dann: »Du hast es eben selbst gesagt: Weil wir Freunde sind. Und wenn du dir das mit der Liste einmal in den Kopf gesetzt hast, dann hast du auch Gründe dafür, und dann wird dich auch keiner davon abbringen können. Also mach ich mit.«

Löhr schwieg und sah zum inzwischen wieder hellblau leuchtenden Himmel empor, um seine Ergriffenheit zu verbergen. Hätte er jetzt etwas gesagt, hätte seine Stimme äußerst belegt geklungen. Also schwieg er eine Weile. Dann sagte er: »Und was machen wir mit Wurst-Willi?«

»Was schon?«, gab Esser obenhin zurück. »Das ist eine Angelegenheit von 'nem halben Tag. Wir fahren nach Daun und wieder zurück; dann ist der Fall geklärt oder auch nicht.«

Löhr verurteilte sich wieder zum Schweigen. So viel Größe, so viel Gelassenheit – bei Esser? Wenn er jetzt etwas sagen würde, wäre ihm ein Schwall rührseliger Freundschafts- und Treuebekenntnisse herausgequollen, und er hätte nicht verhindern können, dass er sich dabei zum größten Kitsch seines Lebens verstiegen hätte. Aber nicht nur, um das zu vermeiden, sondern auch, weil er dem Braten noch nicht so ganz traute, sagte er möglichst trocken: »Gut, Rudi. Wenn das so ist. Dann kann ich dir auch sagen, weshalb ich ausgerechnet hierhin zum Rathenauplatz wollte.«

»So was hatte ich mir schon gedacht«, sagte Esser und schnippte seine Kippe in den Rinnstein.

»Ich hab gestern Abend mit Schallenberg telefoniert, du erinnerst dich?«

»Der Fraktionsvize von der SPD, Intimfeind von Hauff.«

»Genau der. Der hat sein Büro, 'ne Versicherungsagentur, hier gleich um die Ecke, in der Görresstraße. Er hat heute keinen Termin im Rat und hat sich für mich frei genommen.«

»Ach? Du hast gedacht, *ich* fahr jetzt allein in die Eifel und kümmere mich um Wurst-Willi, und du nimmst dir sozusagen zwei Stündchen frei und interviewst in der Zeit Schallenberg?«

Löhr räusperte sich, fühlte sich durchschaut. »Hm, ja. So ähnlich hatte ich mir das vorgestellt«, murmelte er.

»Nichts da!« Esser lachte und erhob sich von seinem Stuhl. »So läuft das nicht! Wir gehen da jetzt *zusammen* hin, und heute Nachmittag fahren wir *zusammen* nach Daun und beerdigen den Wurst-Willi-Fall!«

Sie schlenderten einmal halb um den Rathenauplatz herum. Die den Platz umstehenden Bäume, an deren Zweigen gerade frische Blätter aus ihren Knospen platzten, überragten mit ihren Kronen die Straße, und sie gingen, da keine Autos fuhren, mitten auf dem Fahrstreifen unter einem hellgrünen Baldachin, durch den die Aprilsonne weißgelbe Kringel aufs Pflaster warf.

»Ich habe übrigens gestern Nachmittag auch ein bisschen recherchiert«, sagte Esser leichthin.

»Ach ja? In *unserem* Fall?«, grinste Löhr.

Esser grinste zurück, wurde dann aber wieder sachlich: »Also ich hab mal den Kösters, diesen KfZ-Mechaniker, ein bisschen unter die Lupe genommen.«

»Von wegen des angeblich fahrtüchtigen Corsa?«

»Nein. Da hat Kösters sich ja schon in Widersprüche verwickelt. Ich habe Kösters selbst mal gecheckt, und das ist jetzt wieder interessant.«

»Ist bestimmt 'n alter Knacki«, meinte Löhr.

»Eben nicht. Strafrechtlich ist der bisher noch nicht auffällig geworden. Aber ich hab mal seine Daten beim Arbeitsamt angezapft.«

»Beim Arbeitsamt? Wie kommst du denn an die Daten vom Arbeitsamt?«

Esser grinste schief. »Natürlich nicht so ganz legal, also zumindest nicht datenschutzmäßig.«

Missbilligend schüttelte Löhr den Kopf. »Hab ja schon immer gesagt, Computer, das ist Teufelswerk.«

»Musst du gerade sagen, der du keinen Trick auslässt – solange er dir nützt.«

»Manchmal heiligt der Zweck eben die Mittel.« Fromm schloss Löhr die Augen. »Also, was hast du rausgekriegt?«

»Erstens, dass der Typ arbeitslos gemeldet ist. Und zweitens darfst du raten, wen der als seine letzten beiden Arbeitgeber angegeben hat?«

»Wen denn?«, fragte Löhr, jedoch mit plötzlich erheblich verringerter Aufmerksamkeit. Die war nämlich im Augenblick durch ganz etwas anderes in Anspruch genommen. Er war vor einem Kiosk stehen geblieben und zwang jetzt auch Esser, neben ihm Halt zu machen und in die gleiche Richtung zu schauen wie er. Löhr sah nach oben, zum zweiten Stock über dem Kiosk, wo eine alte, weißhaarige Frau bei geöffnetem Fenster vorsichtig ein Körbchen an einer Leine hinabließ. Unten vor dem Kiosk wartete ein junger dunkelhaariger Mann, wahrscheinlich ein Türke, auf die Niederkunft des Körbchens. Als es auf seiner Höhe angekommen war, hielt er es an und legte eine Tüte Milch, eine Packung Toast, ein paar Konserven und eine Flasche Bier hinein.

»Ist alles drin?«, rief die Frau herunter.

»Ja, kanns huhtrekke, Käth«, antwortete der Türke in einwandfreiem Kölsch.

Und gemächlich zog die Frau ihre Lebensmittelration nach oben.

Fasziniert verfolgte Löhr die ruckelnde Fahrt des Körbchens nach oben und sagte, plötzlich von einer überwältigenden Idee heimgesucht: »Genau das ist es, was …«

Weiter kam er nicht. Er hörte nur noch das Aufdonnern eines schweren Motors hinter sich, spürte, wie er von Esser am Ärmel gepackt und Richtung Bürgersteig geschleudert wurde, sah das Pflaster, den Bürgersteig rasend auf sich zukommen, spürte den Sturz, spürte, wie Esser auf ihn draufstürzte, sah im selben Augenblick aus den Augenwinkeln etwas großes, rotes, laut Röhrendes und Fauchendes genau über die Stelle auf der Straße rasen, an der sie vor einer halben Sekunde noch gestanden hatten.

***

Löhr rappelte sich hoch. Der rechte Ellbogen tat höllisch weh. Er hob den Arm und sah, dass sein Jackett an der Stelle durchgescheuert war. Ein einwandfreies Loch. Durch das Loch hindurch betastete er seinen Ellbogen und besah sich dann seine Finger. Kein Blut. Der Preis für das Verhindern einer Schürfwunde war das schöne Jackett. Sein Lieblingsjackett. Mindestens acht Jahre alt. Irmgard würde sich freuen und gleich nach ihrer Rückkehr mit ihm in die Stadt wollen, um endlich ein neues Jackett zu kaufen. Diese Vorstellung schmerzte ihn mehr als der Ellbogen. Er verabscheute neue Kleidung fast ebenso sehr wie deren Kauf.

»Bist du in Ordnung, Jakob?«

Löhr blickte von seinem zerstörten Jackett auf, in das käsebleiche Gesicht von Esser, der mit schlotternden Knien neben ihm stand.

»Ja, ja, alles in Ordnung«, sagte Löhr, dem erst beim Anblick des zitternden Kollegen allmählich klar wurde, was soeben geschehen war.

»Hey Mann!« Der junge Türke vom Kiosk kam auf sie zu. »Der Typ in der Corvette wollte euch platt machen! Echt krass! Hab ich noch nie gesehen. Wie im Kino, Mann!«

Löhr sah den Jungen an. »Haben Sie den Fahrer gesehen?«

»Klar Mann. Kann ich hundert Prozent exakt beschreiben.«

»Machen Sie's!«

»Also: schwarze, fettige Haare, Riesenschädel, überhaupt war der Typ ziemlich riesig.«

»Das konnten Sie sehen, trotz des Tempos?«

»Der kam mit dem Kopf glatt an die Decke von dem Schlitten, Mann! Also wenn der nicht riesig war.«

»Würden Sie ihn wieder erkennen?«

»Klar, hundert Prozent, Mann. – War übrigens echt cool, wie ihr da gehechtet seid! Hab ich bisher nur in ‘nem Kung-Fu-Film gesehen. Absolut cool. Seid ihr Privatschnüffler oder was?«

Beim Wort »gehechtet« fiel Löhr ein, dass *er* nicht gehechtet, sondern eher gehechtet worden war. Von Esser. Esser, seinem Lebensretter. Er sah zu ihm hinüber. Der Lebensretter stand am Rand des Bürgersteigs, stierte auf die Stelle, wo er und Löhr noch vor ein paar Minuten gestanden hatten und, hätte er nicht aufgepasst, jetzt beide mit gebrochenen Knochen und Schädeln liegen würden. Er klopfte sich mit mechanischen Bewegungen den Dreck von der Hose und vom Jackett und zitterte immer noch am ganzen Leib.

»Und was ist mit dem Kennzeichen?«, wandte Löhr sich wieder dem Jungen zu.

Der tippte sich mit dem Zeigefinger an die Stirn und grinste. »Ist hier drin! Bin doch nicht von gestern, Mann.«

»Sehr gut!«, sagte Löhr.

»Jakob«, Essers Stimme klang dumpf. »Jakob, ich brauch ‘nen Schnaps!«

Die Kellnerin auf der Terrasse des Feynsinn schenkte Essers Cognac-Schwenker zum dritten Mal nach. Kaum war der Eichstrich überschritten, griff Esser nach dem Glas und kippte dessen Inhalt hinunter. Farbe war trotzdem noch nicht in sein Gesicht zurückgekehrt.

»Mensch Jakob, war das knapp.« Das sagte Esser jetzt schon zum siebten oder achten Mal mit nicht nachlassendem Zittern in der Stimme.

»Ja, Rudi«, antwortete Löhr. »Das war verdammt knapp. Und wenn du nicht aufgepasst hättest, lägen wir jetzt im Krankenhaus.«

»Oder im Leichenschauhaus!« Esser schüttelte den Kopf, als wollte er einen bösen Traum verscheuchen, und steckte sich die zehnte oder elfte Stuyvesant seit dem Attentat an.

Dass es sich tatsächlich um ein Attentat und nicht etwa um einen Unfall gehandelt hatte, war Löhr erst klar geworden, nachdem er mit dem Türken vom Kiosk gesprochen hatte. Auf dem Rückweg ins Café hatte er in der Geschäftsstelle des KK11 angerufen; manchmal war ein Handy tatsächlich sehr nützlich. Er schilderte Engstfeld den Tathergang und gab ihm die nötigen Daten, Automarke und -kennzeichen sowie die Täterbeschreibung und die Personalien des türkischen Jungen durch. Engstfeld wollte die Sache gleich der Fahndung übergeben.

»Du hättest eine *Großfahndung* verlangen müssen, Jakob«, sagte Esser und schlürfte den letzten Rest aus seinem Cognacglas. »Sämtliche Streifenwagen müssten diesen Scheiß-Kerl in seiner Scheiß-Corvette jagen!«

»Tut Engstfeld bestimmt auch«, beruhigte ihn Löhr.

»Engstfeld! Wenn du dem nicht alles ausdrücklich sagst, macht der gar nichts.«

»Vielleicht denkt er diesmal mit.«

»Vielleicht, vielleicht«, nörgelte Esser.

»Und im Übrigen glaubst du doch wohl selbst nicht, dass der Typ jetzt noch stundenlang mit diesem Auto unterwegs ist! Der hat das doch längst vier Blocks weiter irgendwo abgestellt.« Löhr zuckte die Schultern und nippte an seinem Milchkaffee.

»Also manchmal, Jakob«, Esser schüttelte wieder den Kopf, diesmal aber war es eine Geste der Fassungslosigkeit. »Manchmal versteh ich dich echt nicht. Es ist gerade 'ne Viertelstunde her, dass du dem Tod von der Schippe gesprungen bist, und dann tust du, als wenn das irgend 'ne Kleinigkeit wär.«

»'ne Kleinigkeit bestimmt nicht«, sagte Löhr und zeigte Esser das Loch in seinem rechten Jackenärmel. »Das war mein *Lieblingsjackett*! Und dass wir dem Tod von der Schippe gesprungen sind, das glaub ich nicht.«

»Ach nee? Und wonach hat das deiner Meinung nach ausgesehen, wenn nicht nach 'nem Mordanschlag?«

»Wenn der uns hätte umbringen wollen, hätte der das anders angestellt, dann hätte der uns nicht von Kalk bis hierher mit so einem auffälligen Wagen verfolgt, und dann hätte er auch nicht mit laufendem Motor da an der Ecke auf uns gewartet, so dass wir ihn die ganze Zeit sehen konnten.«

»Ach ja? Und was hatte er *anderes* vor, als uns umzubringen, als er mit hundertachtzig Sachen auf uns zugerast ist?«

»Rudi! Das waren keine hundertachtzig! Der hat quasi aus dem Stand beschleunigt; aus höchstens hundert Metern Entfernung.«

»Du hast keine Ahnung, Jakob! So eine Corvette beschleunigt von null auf hundert in weniger als sieben Sekunden!«

»Ach Gott, Rudi. Jetzt reg dich doch nicht so auf. Der hat uns Zeit gelassen, zur Seite zu springen. Wenn er uns hätte umbringen wollen, hätte er uns die Zeit nicht gelassen.«

»Pfff!«, machte Esser abfällig. »*Uns* Zeit gelassen? Wenn ich dich nicht mitgezogen hätte, lägst du jetzt in der Gerichtsmedizin im Kühlfach!«

»Ich war gerade abgelenkt, Rudi«, entgegnete Löhr und musste wieder an die Geschichte mit dem Körbchen denken. Hervorragende Idee! Die musste er unbedingt Onkel Heinz erzählen. Dann konzentrierte er sich aber wieder auf Esser, der ihn zornig anfunkelte. »Ich bin dir ewig dankbar, dass du mich gerettet hast, Rudi. Trotzdem: das war kein Mordanschlag, das war bloß eine Warnung.«

»Eine Warnung?«

»Ist doch klar, Rudi. Diese Mülleimer-Clique will uns loswerden. Weil die wissen, dass wir was gegen sie in der Hand haben. Und deshalb haben die ihre Drähte kurzgeschlossen und Paluchowski vorgeschickt, damit er uns den Fall abnimmt. Aber wir haben uns geweigert, haben weitergemacht.«

»*Du* hast dich geweigert«, sagte Esser spitz.

»Ach?«, machte Löhr. »Und ich dachte, ich hätte vor 'ner halben Stunde noch aus deinem Mund gehört, dass du wieder mit im Boot bist?«

»Ja, ja, bin ich ja auch«, sagte Esser schnell. »Vor allem nach dem, was gerade passiert ist.«

Löhr nickte. »Also gut. Das war, wie gesagt, eine Warnung, meiner Ansicht nach. Eine Warnung, dass wir endgültig die Finger von dieser Müllgeschichte und Hauff lassen sollen.«

»An *Polizisten*? Das ist doch wohl nicht zu fassen!«

»Woran du siehst«, entgegnete Löhr ruhig, »mit wem wir es hier zu tun haben. Die meinen, sie hätten hier die Macht. Haben sie vielleicht auch.«

»Aber das sind doch *Mafia-Methoden*!«

»Was denkst du, was das sonst ist als 'ne Mafia?«

»Und der halbe Stadtrat steckt mit drin?«

»Mafia«, nickte Löhr.

Eine Weile schwiegen sie. Löhr betastete zum x-ten Mal das Loch in seinem Ärmel und dachte mit Grauen daran, zu welchem neuen Jackett Irmgard ihn wohl zu überreden versuchen würde. Esser stierte in sein leeres Glas und schien zu überlegen, ob er sich noch einen vierten Cognac bestellen sollte. Seine Gesichtsfarbe allerdings hatte sich inzwischen wieder normalisiert, und er zitterte auch nicht mehr.

»Die Personenbeschreibung von dem Corvette-Fahrer«, begann Esser, »hat die dich nicht an jemanden erinnert?«

»Groß? Breiter Schädel? Schwarze, fettige Haare?«

»Genau«, sagte Esser. »Weißt du, an wen die *mich* erinnert hat? – An Kösters ...«

»Könnte schon sein. – Wolltest du mir über den vorhin nicht was erzählen?«, sagte Löhr.

»Ja. Und das *kann* alles einfach kein Zufall sein, Jakob. Kösters hat jahrelang für Hauff gearbeitet. Und zwar in der Müllsortierungsanlage in Weiß. Als Wartungsmonteur, der für die Fließbänder zuständig war.«

»Ach?« Löhr war wirklich überrascht.

»Vor drei Jahren hat der bei Hauff gekündigt, 'ne Zeit lang Arbeitslosengeld gekriegt und sich dann mit dieser Miniwerkstatt selbständig gemacht.«

»Und weshalb er gekündigt hat, konntest du nicht herausfinden?«, fragte Löhr.

»Beim *Arbeitsamt*?« Esser grinste. »Woher sollen die das wissen?«

»Hm«, machte Löhr nachdenklich. »Ist ja interessant. Ob Kösters weiterhin Kontakt zu Hauff hat?«

»Wenn das wirklich Kösters war, der die Corvette gefahren hat, könnte da was dran sein. Da könnte es schon sein, dass Hauff uns den geschickt hat«, antwortete Esser und fingerte nervös eine neue Zigarette aus der Packung. »Aber andererseits ist Kösters im Moment noch unser Haupttatverdächtiger, was den Einbruch in der Müllsortierungsanlage angeht. Das wäre dann schon ein ziemlicher Widerspruch.«

»Das wär tatsächlich seltsam, wenn Hauff jemanden beauftragen würde, in seine eigene Firma einzubrechen«, sagte Löhr nachdenklich.

Esser aber war inzwischen aufgestanden und winkte hektisch nach der Kellnerin. Er zückte sein Portemonnaie.

»Was hast du vor?«, fragte Löhr.

»Was denn schon, Jakob? Uns Kösters zur Brust nehmen. Der Mann ist der Schlüssel zu allem!«

Die Kellnerin kam, Esser bezahlte, doch Löhr blieb stumm und nachdenklich sitzen.

»Was ist, Jakob? Wieso sitzt du noch? Komm! Lass uns fahren!«

»Nein.« Löhr schüttelte den Kopf. »Ich halt das nicht für so 'ne gute Idee, jetzt dem Kösters hinterherzujagen.«

»Waas?«

»Ich bin dafür, wir machen da weiter, wo wir aufgehört haben. Wir gehen zu Schallenberg.«

»Das ist doch wohl nicht wahr, Jakob! Doch nicht nach dem, was gerade passiert ist? Willst du das dem Kösters einfach so durchgehen lassen? Das kann doch nicht dein Ernst sein!«

»Natürlich will ich das nicht durchgehen lassen. Ich will's dem *Hauff* nicht durchgehen lassen. Oder dem, der hinter dem Anschlag eben steckt. Und um an *den* ranzukommen, müssen wir jetzt zu Schallenberg. Schallenberg und nicht Kösters ist der Schlüssel. Kösters, das ist bloß 'n Handlanger.«

Esser stöhnte auf und setzte sich wieder, allerdings nur auf die Kante seines Stuhls. »Ist vielleicht was dran. – Aber ich – ich kann das nicht.« Er sprang wieder auf. »Ich muss mir Kösters schnappen, Jakob! Ich muss! Der Typ hat mich gerade fast umgebracht. Ich muss mir den schnappen!«

»Gut. Warum nicht? Warum sind wir zu zweit? Ich geh zu Schallenberg, und du schnappst dir Kösters.«

Die Ruhe, mit der Löhr das sagte, ließ Esser entgeistert wieder zurück auf seine Stuhlkante sinken. »Du willst mich da wirklich allein lassen, Jakob?«

»Allein! Das brauchst du nicht allein zu machen, Rudi! Ruf die Fahndung an und lass dir ein, zwei Mann mitgeben.«

»Ja. Mal sehen.« Esser stand wieder auf. »Also marschieren wir getrennt.«

»Solange wir an einem Strang ziehen ...«, grinste Löhr.

***

Schallenbergs Büro befand sich im ersten Stock eines prächtig renovierten Gründerzeit-Altbaus auf der Görresstraße. Ein mindestens drei Quadratmeter großes und hochglanzpoliertes Messingschild wies den Weg: »Kontinental-Versicherung. Generalvertretung Hans-Jürgen Schallenberg«. Löhr drückte auf die Klingel, nannte der weiblichen Stimme aus der Gegensprechanlage seinen Namen, und mit einem leisen Summton öffnete sich die Haustur.

Der Klotzigkeit des Messingschilds an der Haustür entsprach das Interieur von Schallenbergs Büro-Suite. Obwohl: es war keineswegs ein aufdringlich überladener Prunk, den Löhr in der Empfangshalle des Bürotraktes wahrnahm, eher eine vornehme Zurückhaltung der Einrichtung, so, wie es die Japaner lieben. Denn durchweg japanisch war hier alles. Und unverkennbar ungeheuer wertvoll und teuer. Von den Grastapeten über die kostbaren Seidenteppiche, die mattpolierten Tropenholzmöbel und die in Glasvitrinen ausgestellten jahrhundertealten Samuraischwerter, bis hin zur Empfangsdame, die allerdings nicht japanisch war, aber die man eher auf dem Laufsteg einer Haute-Couture-Show vermutet hätte als hinter dem Empfangsschreibtisch einer Versicherungsagentur.

Doch noch bevor das Empfangsmodel sein Zahnpastareklamelächeln in eine Begrüßungsformel umwandeln konnte, öffnete sich lautlos eine Tür, und ein kleiner, rundlicher Mann mit einem freundlichen Gesicht unter einer Halbglatze kam auf Löhr zu. Statt der rechten reichte er ihm die linke Hand.

»Herr Löhr! – Schallenberg. Freut mich, dass Sie gekommen sind. Ich kann Ihnen leider nur die Linke geben. Aber die kommt ja bekanntlich von Herzen. Ha-ha.« Löhr sah, dass Schallenberg um die rechte Hand einen Verband trug und sie napoleonmäßig zwischen das Revers seines dunkelblauen Anzugsjacketts eingehakt hielt. »Kleiner Rheuma-Anfall«, erklärte Schallenberg. »Nichts von großer Bedeutung. – Kommen Sie.«

Er führte Löhr in sein Büro, das die gleiche edle Ausstattung hatte wie die Empfangshalle, zusätzlich aber mit zwei großformatigen Gemälden bestückt war, welche Löhr, von Irmgard ein wenig auf dem Laufenden gehalten, sofort als zwei original Baselitz-Stücke identifizieren konnte. Schallenberg musste Millionen mit seiner Versicherung verdienen.

»Sie versprechen sich also ein paar Informationen über Hauff von mir«, begann Schallenberg das Gespräch, nachdem er Löhr genötigt hatte, die Schuhe abzustreifen und mit gekreuzten Beinen auf einem harten, futonähnlichen Sitzkissen Platz zu nehmen.

»Nun, wir haben einen Einbruch in eine von Hauffs Firmen aufzuklären«, antwortete Löhr und quälte sich mit knackenden Gelenken in eine einigermaßen erträgliche Sitzposition.

»Ich habe davon gehört«, sagte Schallenberg, tätschelte dabei mit seiner linken die verbundene rechte Hand, die er – Löhr ebenfalls im Schneidersitz gegenübersitzend – auf sein Knie gelegt hatte. »Aber Sie kommen doch sicher nicht nur wegen eines Einbruchs zu mir?«

»Wir kommen da nicht weiter«, antwortete Löhr, vorsichtig die Worte wählend, denn es wäre dumm gewesen, Schallenberg, auch wenn er ein Gegner der Hauff-Clique war, etwas über den Inhalt des Tresors zu verraten. »Man legt uns bei der Aufklärung eine Menge Steine in den Weg, so dass wir vermuten müssen, es gibt da gewisse politische Hintergründe ...«

»›Gewisse politische Hintergründe‹.« Ein feines Lächeln ging über Schallenbergs freundlich-fülliges Gesicht. »Das haben Sie aber nett ausgedrückt, Herr Kommissar.« Dann verschwand das Lächeln aus seinem Gesicht und machte einem sehr harten und, wie Löhr zu erkennen glaubte, sogar ziemlich gemeinen Ausdruck Platz. »*Natürlich* hat das politische Hintergründe, Herr Kommissar! *Alles*, was Hauff macht oder machen lässt, hat politische Hintergründe! Der Mann *lebt* von der Politik! Ohne die Politik, ohne dass der die Fäden zieht und die Puppen spielen lässt, würde der heute noch mit dem Handwagen rumfahren und Alteisen einsammeln wie sein Vater!«

»Deshalb bin ich zu Ihnen gekommen«, sagte Löhr. »Bisher hatten wir es – neben Hauff selbst – offenbar nur mit dessen politischen Partnern oder Freunden zu tun. Und bei denen sind wir nicht weitergekommen, laufen ständig vor eine Wand. Da Sie aber den Ruf haben, ein politischer Gegner von Hauff zu sein, und als gut informiert über dessen Geschäfte gelten, dachte ich mir ...«

»Ich sage Ihnen eins, Herr Kommissar: Seitdem ich mit dessen Kamarilla und dessen Vasallen im Rat zu tun habe, habe ich mir geschworen: den Mann, den bring ich auf zwei Zimmer.«

Löhr verstand nicht. »Zwei Zimmer?«, fragte er.

»Das sagt man so im Kölner Geschäftsleben«, antwortete Schallenberg etwas unwirsch und fuhr dann, sich weiter ereifernd, fort: »Weil das, was der macht …«

»Entschuldigen Sie«, unterbrach ihn Löhr. »Was bedeutet das: jemanden auf ›zwei Zimmer bringen‹?«

»Kennen Sie das nicht?«, gab Schallenberg unwillig zurück. »Das sagt man, wenn man 'nen anderen klein, kaputtmachen, aus dem Rennen werfen will.«

»Ist ja interessant«, murmelte Löhr, der diesen Ausdruck zum ersten Mal gehört hatte.

»Was?«, fragte Schallenberg etwas ungnädig.

»Nichts, nichts«, antwortete Löhr. »Fahren Sie fort, bitte.«

Aber Schallenberg konnte nicht fortfahren, weil das Empfangsmodel hereinkam, elegant ein Lacktablett mit einem japanischen Teeservice auf nur einer Hand jonglierend.

»Ach, natürlich, der Tee«, sagte Schallenberg und sah, verärgert über die Ablenkung, der Empfangsdame dabei zu, wie sie aus einer schweren gusseisernen Kanne hellgrünen Tee in hauchdünne Schälchen goss. Dann winkte er sie mit einer knappen Bewegung weg.

»Was ich also sagen wollte, ist …«, Schallenbergs Stimme wurde jetzt laut und ungeduldig, »dass ich die Methoden, die Hauff von Anfang an in die Kölner Ratspolitik eingeführt und mit denen er inzwischen auch noch Erfolg hat, dass ich die zutiefst verabscheue und den Mann – obwohl viele in meiner eigenen Fraktion da ganz anders denken – für ein Krebsgeschwür in der Kölner Politik halte, eine Seuche …«

»Und deshalb eine Menge von Informationen über ihn und sein Geschäftsgebaren gesammelt haben …«, ergänzte Löhr, um endlich zur Hauptsache zu kommen.

»Davon können Sie ausgehen, Herr Kommissar«, antwortete Schallenberg knapp und bissig.

»Gut«, sagte Löhr. »Um jetzt zum Punkt zu kommen: Wir haben keine Ahnung, welches Motiv dahinter stecken könnte, dass jemand in das Bürogebäude der Müllsortierungsanlage einbricht und versucht, den Tresor zu knacken, und dabei die halbe Anlage in Brand steckt.«

»*Motiv*, Herr Löhr? Sie suchen nach einem *Motiv*?« Schallenbergs Stimme wurde heiser und überschlug sich. »Haben Sie denn keine Ahnung, was Hauff zurzeit vor hat, was der für Pläne hat?«

»Ich habe gehört, er will eine neue, ultramoderne Müllsortierungsanlage bauen«, sagte Löhr.

»Genau das.« Schallenbergs ausgestreckter linker Zeigefinger stocherte in Richtung Löhr. »Das ist das Motiv. Da müssen Sie bohren. Weil der nämlich sein neues Projekt nicht durchgesetzt kriegt, zumindest nicht mit den Methoden, mit denen er bisher erfolgreich war.«

»Versteh ich nicht«, sagte Löhr und nahm einen kleinen Schluck des lindgrünen Tees. Er schmeckte merkwürdig, wie Algen.

»Es ist doch Folgendes ...« Schallenbergs weiche, pummelige linke Hand beschrieb einen erklärenden Kreis durch die Luft. »Wenn Hauff die neue Sortier- und Verwertungsanlage durchsetzen würde, dann wäre die Müllverbrennungsanlage in Longerich vollkommen überflüssig, das wäre die reinste Kapital- und Vermögensvernichtung. Und deswegen kriegt der auch nicht so ohne weiteres 'ne Mehrheit für seine neue Anlage.«

»Versteh ich immer noch nicht«, beharrte Löhr. »Wieso soll eine Müllsortieranlage die Müllverbrennungsanlage überflüssig machen? Da wird der Müll doch bloß sortiert?«

»Eben nicht. Auf dem neuesten technischen Stand können Sie heute den Müll so effizient trennen, dass sie einmal sämtliche wiederverwertbaren Stoffe herausziehen und anschließend recyclen, zum anderen fast den ganzen Rest durch Verrottungs- oder Vergärungsanlagen in thermische Energie umwandeln können. Was dann noch für den Ofen zum Verbrennen übrig bleibt, das können Sie vergessen. Die Verbrennungsanlage in Longerich, die sowieso schon Überkapazitäten hat, die wäre dann komplett überflüssig. 'n paar hundert Millionen in den Sand gesetzt.«

»Aha«, machte Löhr. »Und eine solche neue Anlage will Hauff bauen? Und wo?«

»Das ist doch der Punkt, Herr Kommissar! In Weiß, da, wo jetzt die alte Sortieranlage steht. Verstehen Sie? Dem Hauff wär doch nichts lieber, als dass das alte Ding abgefackelt würde. Damit wäre doch schon mal 'ne Tatsache geschaffen!«

»Interessant«, sagte Löhr. Wenn das wirklich so wäre, könnte das erklären, warum Hauff eventuell Kösters beauftragt hatte, in Weiß einen Brand zu legen. Vielleicht war der Tresor-Einbruch nur vorgetäuscht? Aber dagegen sprach, dass Kösters – wenn er denn der Täter war – nur das Bürogebäude angezündet hatte, nicht die Anlage selbst. Und er hatte es nicht wirklich angezündet, sondern wahrscheinlich war es eher ein Unfall, eine Unachtsamkeit gewesen, als er an den Tresor heranwollte. Andererseits ergab der bloße Einbruch, der Versuch, den Tresor zu knacken, immer noch keinen Sinn! Wenn Kösters – oder welcher Täter auch immer – im Auftrag Hauffs gehandelt hatte, warum sollte er dann den Tresor knacken, wenn Hauff da jederzeit selber dran konnte?

»Aber«, fuhr Löhr laut fort, »wieso sollte Hauff so etwas tun? Mal angenommen, es wäre eine Brandstiftung, und er steckt selbst dahinter. Bisher hat er doch im Rat immer all das durchgekriegt, was er haben wollte. Ohne solche Sperenzchen.«

»*Bisher*, Herr Kommissar! Bisher! Aber *das* Ding kriegt der, ich hab's schon mal gesagt, mit seinen bisherigen Methoden nicht durch. Da zieht keiner mehr mit. Das ist in der Öffentlichkeit so nicht durchsetzbar.«

»Also verwendet er neue? Lässt in seine eigene Firma einbrechen, vielleicht sogar einen Brand legen? Das wären ziemlich lächerliche Methoden, oder?«

Schallenberg antwortete nicht sofort. Löhr beobachtete, wie sich seine Augen verengten.

»Bestechung«, zischte Schallenberg schließlich. »Ich habe 'ne Menge von Hinweisen, dass der im Moment schmiert, was das Zeug hält.«

»Bestechung, Bestechung«, Löhr winkte ab. »Das hat der doch bisher auch schon gemacht.«

»Bisher hat er durch *Parteispenden* geschmiert«, entgegnete Schallenberg. »Das kennen Sie ja – die ganzen Geschichten um die Müllverbrennungsanlage. Und er hat damit geschmiert – das hat den ja überhaupt groß gemacht –, dass er sich die abgehalfterten Lokalpolitiker und Ratsmitglieder mit irgendwelchen Alibijobs in seinen Unternehmen gekauft hat. *Jetzt* stellt sich das anders dar. Jetzt schmiert er wirklich. Cash in die Täsch, wie man auf Kölsch sagt.«

»Und dafür haben Sie konkrete Anhaltspunkte?«, fragte Löhr.

»*Hinweise*, Herr Kommissar. Aber leider keine *Be*-weise! Und deshalb bin ich froh, dass Sie sich der Sache angenommen haben. Sie können da bestimmt ein paar Türen aufmachen, die für mich verschlossen sind.« Schallenberg strahlte Löhr nun mit einem offenen und erwartungsvollen Lächeln an.

»Hinweise?«, fragte Löhr, seine erwachte Neugier hinter professioneller Zurückhaltung verbergend. »Was sollen das für Hinweise sein?«

»Schauen Sie sich zum Beispiel einfach mal den Bayartz an. Durchleuchten Sie den mal 'n bisschen.«

»Erstens habe ich mit dem schon gesprochen, und zweitens vermute ich, dass Sie mir den genannt haben, weil er von der gegnerischen Fraktion, von der CDU, ist, oder?«

»Wenn Sie mit dem gesprochen haben, Herr Kommissar, dann müssten Sie doch wohl gemerkt haben, dass jedes Wort, was der Mann spricht, 'ne glatte Lüge ist. Und was die Fraktion angeht – das wissen Sie doch selbst –, die Hauff-Leute sitzen in *allen* Fraktionen, auch in meiner. Der Hauff schmiert sie alle. Und wenn Sie unbedingt wollen, nenn ich Ihnen auch den einen oder anderen Genossen, der den gleichen Dreck am Stecken hat wie der Bayartz, zum Beispiel unser Schatzmeister, der Haubrich.«

Löhr nickte und schwieg, überlegte. Der Mann schien tatsächlich mit offenen Karten zu spielen.

»Sie sprachen eben von Hinweisen ...«, sagte er schließlich.

»Eine Consulting-Firma in Luxemburg. Der stellen unsere Kandidaten, also die von Hauff geschmierten Leute, Rechnungen für fiktive Leistungen – Beratung, Vorträge und so weiter. Und diese Consulting-Firma bringt denen das Geld bar in die Schweiz. Hinter der Consulting-Firma steckt natürlich Hauff, und der Geldbriefträger ist Hauff selbst oder einer seiner Leute. – Wollen Sie den Namen der Consulting-Firma wissen? – NEMESIS.«

»Oho«, machte Löhr und schwieg darauf wieder. Wenn das tatsächlich stimmte, was Schallenberg ihm gerade gesagt hatte, dann ergäbe das vielleicht eine Erklärung für die Liste. Das im Einzelnen nachzuprüfen, würde allerdings Löhrs Kompetenzen und auch seine Fähigkeiten übersteigen. Das sollte er besser Fischenich überlassen. Aber vielleicht war der ja von sich aus auch schon auf diese Spur gestoßen. Falls es tatsächlich eine Spur war.

»Was mich noch interessiert, Herr Schallenberg«, sagte Löhr sehr langsam und sehr betont: »Wenn Sie all diese Informationen über Hauff und seine angeblichen Helfershelfer in der Politik gesammelt haben – was haben Sie eigentlich persönlich für ein Motiv? Warum haben Sie sich Hauff als Ihren persönlichen Feind ausgesucht?«

»Das ist ganz einfach, Herr Kommissar«, antwortete Schallenberg prompt. »Mit *persönlich* hat das absolut nichts zu tun. Ich bin ja bekanntlich der stellvertretende Vorsitzende der SPD-Ratsfraktion. Hab also 'ne bestimmte Funktion und 'ne *Aufgabe* in unserer Stadt. Und ich meine, dazu gehört, Köln nach all diesen Skandalen in der Vergangenheit wieder sauber zu bekommen. Und solange solche Typen wie Hauff die Geschicke der Stadt bestimmen, nur weil sie absahnen wollen, solange ist die Stadt nicht sauber. Ich betrachte es als meine Aufgabe, die Stadt von solchen Kraken zu befreien! – *Gründlich* zu befreien. – Sie verstehen, was ich meine!«

»Ja«, erwiderte Löhr bedächtig. »Ich verstehe, was Sie meinen.«

***

Er stieg in die »Eins«, die ihn bis nach Kalk zum Präsidium bringen würde, fand problemlos einen Sitzplatz – es war erst früher Nachmittag und die Bahn halb leer, und während die Bahn im Schritttempo über die Richard-Wagner-Straße ruckelte – wieder eine Baustelle! – musste Löhr an Schallenbergs Redewendung »jemanden auf zwei Zimmer bringen« denken. Vermutlich war damit gemeint, dass man den anderen, den geschäftlichen oder politischen Kontrahenten so klein machen will, dass der aus seinem Riesenbüro oder aus seiner Konzernzentrale oder was auch immer wieder ausziehen und sich mit 'nem Zweizimmerbüro begnügen muss. Vielleicht auch mit einer Zweizimmerwohnung. Das war ja wirklich interessant! In Köln – und diese Redewendung konnte nur kölsch sein! – erklärt man einem geschäftlichen Gegner also nicht den Kampf bis aufs Messer, bis auf den Tod, sagt ihm nicht: dich mach ich fertig, dich mach ich platt, dich radier ich weg und so weiter. Nein, man droht ihm damit, ihn auf »zwei Zimmer« zu bringen! Welch eine humane Drohung! Keineswegs will man den anderen völlig ruinieren. Man will ihn nur zurechtgestutzt sehen, auf ein, wie man meint, angemessenes Maß heruntergeschnitten. Kein primitiver Rachegedanke liegt dieser Wendung zugrunde, sondern die Idee des gerechten Maßes, ja, sogar eine gewisse Schonung ist noch mit gemeint: statt ihn vernichten zu wollen, gönnt man dem Gegner sogar noch sein Ein- und Auskommen. So viel allerdings bloß, dass er einem so schnell nicht mehr gefährlich werden kann. – Wirklich interessant.

Und interessant auch, dass so ein Mann wie Schallenberg eine solche Redewendung gebraucht! Spricht für ihn. Wieso war er überhaupt nicht schon früher zu ihm gegangen! Er hätte sich manchen Umweg und manche unnütze Überlegung – und auch den Streit mit Esser – ersparen können. Henseleit, der alte schlaue Fuchs, erinnerte Löhr sich jetzt, hatte ihm dringend dazu geraten, zuerst Schallenberg als Informanten zu gewinnen. Wie Recht er gehabt hatte! Der Mann war ein wahrer Quell an Informationen, an die zu kommen Löhr sonst Jahre gebraucht hätte. Er hätte es nie für möglich gehalten, ausgerechnet in der Politik einen Verbündeten zu finden. Mit Schallenbergs Hilfe würde er das Geheimnis der Liste lüften, den ganzen korrupten Sumpf um Hauff trockenlegen – und nicht bloß diesen lächerlichen Einbruch und das absurde Attentat auf ihn und Esser aufklären können. Die Frage allerdings war nur – Politiker bleibt Politiker –, welches eigene Süppchen Schallenberg zu kochen beabsichtigte. Hatte Henseleit nicht erwähnt, dass der seinerzeit einen anderen Müllunternehmer als Hauff installieren wollte? Aber das war lange her, wahrscheinlich überhaupt nicht mehr aktuell. Nein, es sah tatsächlich so aus, als ob er sich auf Schallenberg verlassen könnte – immerhin hatte der ihm Tipps gegeben, die auch seine eigene Partei und Fraktion belasteten.

Nachdem Löhr in einer Art Hochstimmung – hatte er jetzt nicht bald alle Fäden in der Hand? – im Polizeipräsidium angekommen war, ging er als Erstes in sein Büro – fand es aber leer vor. Esser war noch nicht zurück. Er sah auf die Uhr. Es waren gerade zweieinhalb Stunden her, dass sie sich am Rathenauplatz getrennt hatten. Wahrscheinlich durchstreifte Esser mit zwei Jungs von der Fahndung oder der Streife gerade halb Ehrenfeld, oder sie hatten Kösters schon geschnappt und lieferten ihn gerade ins Polizeigefängnis ein. Der sollte mal voranmachen!

Löhr wollte die eben gewonnenen Informationen unbedingt loswerden. Eine Zeit lang wartete er noch im Büro und tigerte zwischen Fensterfront, Tür und den Schreibtischen hin und her. Und während er tigerte, wurde ihm bewusst, dass das, was er zuvor für eine Hochstimmung, eine Euphorie gehalten hatte, noch einen anderen, deutlichen Beigeschmack hatte, den der Wut. Erst jetzt, nachdem die lähmende Wirkung, die der Schock des Attentats auf ihn gehabt hatte, nachließ, wurde ihm klar, wie wütend er war. Ihm auf *diese Weise* zu drohen! Ihm einen Verrückten mit einem Auto auf den Hals zu hetzen! Sein Jackett zu zerstören! Er würde diesen Kerl, diesen Müllbaron, diesen abgefeimten, feisten Schmierkönig mitsamt seiner ganzen kriecherischen, geldgeilen, korrupten Politiker-Gefolgschaft – in der Luft zerreißen würde er alle miteinander! Er tigerte weiter, spürte, wie die Wut immer höher in ihm aufkochte. Nein! Er blieb am Fenster stehen, öffnete es und atmete feuchte, aber immerhin einigermaßen erfrischende rechtsrheinische Luft ein. Nein, Wut – und dann noch in der Mischung mit Euphorie –, das waren keine guten Ratgeber. Er musste kühlen Kopf bewahren, weiter logisch und emotionslos zu Werk gehen. Und er hatte auch schon einen Plan.

Er wartete noch eine Viertelstunde auf Esser, marschierte dann in die Geschäftsstelle, um sich bei Engstfeld zu erkundigen, ob Esser sich zwischendurch einmal gemeldet hatte. Doch Engstfeld war zurzeit nicht ansprechbar, denn er war wieder einmal bei seiner Lieblingsbeschäftigung, dem Witzeerzählen. Und das war eine Tätigkeit, die Engstfeld *sehr* ernst nahm. Seine Opfer waren Lauterbach und Klütsch, zwei Kollegen, denen man auf den ersten Blick ansehen konnte, dass sie Besseres und Eiligeres zu tun hatten, als Engstfelds Witzen zuzuhören, ihm jedoch nicht entweichen konnten, weil er mit seiner ganzen Körperfülle die Eingangstür zum Geschäftszimmer blockierte. Er schien entschlossen, sie nicht eher hinauszulassen, bis sein Witzerepertoire erschöpft war. Notgedrungen lehnte sich Löhr hinter Engstfeld an den Türpfosten und hörte ihm zu.

»Der Vater ist auf der Arbeit. Kriegt er ‘nen Anruf von seinem kleinen Sohn: ›Papa, Papa! Du musst sofort nach Hause kommen! Wir haben im Lotto gewonnen!‹ Der Vater lässt alles stehen und liegen, rast nach Hause, doch als er zur Tür hineinkommt, stößt er als Erstes auf seine Frau. Die liegt reglos im Flur. Der Junge steht leichenblass daneben. ›Wat ist denn hier passiert?‹, fragt der Mann. Der Junge sagt: ›Als die Lottozahlen kamen und die Mama guckt auf den Schein, da ist die tot umgefallen.‹ Darauf klopft der Vater dem Jungen auf die Schulter und sagt: ›Siehste, Jung. So ist dat: Wenn et einmal läuft, dann läuft et.‹«

Lauterbach und Klütsch lachten, und auch Löhr musste lachen.

»So, Detlef«, drängte Klütsch. »Wir müssen mal weiter«, und wollte sich an Engstfeld vorbeizwängen. Der aber machte keine Anstalten wegzurücken, sein Erzählbedürfnis war keineswegs befriedigt.

»Moment! Noch einen! – Also, kommt 'n Mann in die Apotheke, sagt zum Apotheker: ›Geben Sie mir Strychnin‹ …«

»Mensch, Detlef! Wir haben 'nen Haftvorführungstermin. Der Richter wartet«, drängte jetzt auch Lauterbach, und es gelang ihm tatsächlich, sich an Engstfeld vorbeizudrücken und zu Löhr hinaus auf den Flur zu gelangen. »Erzähl den uns 'n ander Mal zu Ende.«

Eilig folgte Klütsch Lauterbach, und noch bevor Engstfeld protestieren oder gar seinen Witz weitererzählen konnte, liefen sie im Eiltempo den Flur hinunter, sie rannten fast. Resigniert und beleidigt, Löhr ignorierend, drehte Engstfeld ab und ging zurück hinter seine Theke. Löhr folgte ihm ins Geschäftszimmer.

»Hat sich der Esser zwischendurch mal hier gemeldet?«

»Esser? Nee«, nörgelte Engstfeld, immer noch beleidigt. »Aber der Schuhmacher will dich sprechen.«

»Ach ja? Was will er denn?«

»Musste den schon selbst fragen. Aber zieh dich warm an. Da ist, glaub ich, die Kacke am dampfen!«

»Ich weiß«, antwortete Löhr.

Er verließ das Geschäftszimmer und den wegen des verschmähten Witzes mit missmutig-trotziger Miene die Papiere auf seiner Theke sortierenden Engstfeld, trat auf den Flur – und stieß dort mit Esser zusammen, der gerade auch auf dem Weg zum Geschäftszimmer war. Esser sah abgehetzt aus und ließ die Schultern hängen.

»He, Rudi! Hab auf dich gewartet!«

»Hättest du dir sparen können, wenn du an dein Handy gegangen wärst«, erwiderte Esser säuerlich.

»Oh ja, mein Handy!«, sagte Löhr und nahm es aus der Jackentasche. »Hab's bei Schallenberg ausgemacht und danach ganz vergessen, wieder anzustellen …«

»Du lernst es nie!«

Löhr sah Esser von der Seite an. Dessen schlechte Laune konnte nicht nur von Löhrs Handy-Dilettantismus herrühren. »Kösters nicht gefunden?«, fragte er teilnahmsvoll.

»Nein. Aber die Streife hat die Corvette gefunden, zwei Blocks vom Rathenauplatz entfernt, auf der Lindenstraße«, erwiderte Esser. Und nach einer kleinen Pause setzte er hinzu: »Wie du gesagt hast.«

Löhr verkniff sich angesichts des derangierten Zustandes seines Freundes eine besserwisserische Bemerkung.

»War natürlich geklaut«, fuhr Esser schulterzuckend fort. »Ist jetzt beim Erkennungsdienst in der Tiefgarage. Hab schon mit denen telefoniert. Die meinen, so 'nen primitiven Bruch hätten sie schon lange nicht mehr gesehen.«

»Aha? Was heißt das?«

»Die vom ED meinten nur, derjenige, der das Auto aufgebrochen hat, der hätte keine Ahnung vom Handwerk. Bloß Scheibe eingeschlagen, Zündkabel kurzgeschlossen. So würde heute noch nicht mal mehr 'n Anfänger arbeiten.«

»Ist ja interessant ...«, murmelte Löhr.

»Wieso?«

»Wenn der Typ in der Corvette tatsächlich Kösters war, lässt das doch einige Schlüsse zu, oder?«

Esser brauchte ein paar Augenblicke, um Löhr folgen zu können. Dann leuchteten seine Augen: »Ach, du meinst ...?«

»Weshalb der zum Beispiel den Corsa benutzt hat, 'nen Wagen aus seiner Werkstatt.«

»Weil er eigentlich zu blöd zum Autoknacken ist. Reparieren schon, aber zu blöd zum Knacken.«

»Doof und faul«, sagte Esser. »Das paßt irgendwie. Auf Kösters. Und auf den Einbruch in Weiß. So wie der da mit dem Schweißgerät rumgefeuert hat ...«

»... ist der auch zu blöd zum Schweißen«, sagte Löhr. »Weshalb so 'n Trottel ausgerechnet solche Jobs macht, von denen er eigentlich keine Ahnung hat ...«

»Hab ihn, wie gesagt, leider nicht selbst fragen können«, sagte Esser. »Nirgendwo aufzutreiben. In der Werkstatt nicht, nicht bei sich in der Wohnung. Nichts. Abgetaucht. Scheiße!«

»Den kriegen wir noch.« Löhr klopfte Esser aufmunternd auf den gebeugten Rücken. »Lass uns zuerst mal zu Schuhmacher reingehen. Da wartet 'n ganz anderer Scheißhaufen auf uns!«

***

Schuhmacher erhob sich hinter seinem Schreibtisch im gleichen Augenblick, in dem Löhr und Esser eintraten, und nahm eine straffe, offizielle Haltung an, so, als hätte er jetzt gleich ein Todesurteil zu verkünden.

»Jakob, Rudi – setzt euch bitte.«

Kommentarlos setzten sich Löhr und Esser. Schuhmacher räusperte sich, blinzelte mit klappendem linken Augenlid auf ein paar vor ihm liegende Aktenstücke.

»Es ist also Folgendes«, sagte er gepresst. »Vor 'ner halben Stunde hat die Oberstaatsanwältin bei mir angerufen und mir mitgeteilt, dass sie den Wunsch von Paluchowski, euch von dem Weißer Fall zu entbinden, gutheißt und auf euren Protest keine Rücksicht nehmen kann.«

Ängstlich fixierte er Löhr, wohl in der Erwartung, der würde aufspringen und laut protestieren. Doch Löhr blieb gelassen sitzen und zuckte bloß mit den Schultern. Auch Esser schwieg.

»Nun ja«, Schuhmacher wrang seine Hände, als müsse er literweise Schweiß abwischen, die Sache war ihm sichtlich peinlich. »Es geht ihr, wenn ich sie richtig verstanden habe, gar nicht darum, euch abzustrafen oder dergleichen. Kann sie ja auch gar nicht. Dienstrechtlich, meine ich. Sie hat den Vorwurf von Paluchowski wegen des widerrechtlich beschlagnahmten Beweismaterials auch gar nicht bewertet ...«

»Sondern?«, unterbrach ihn Löhr, um das umständliche Drumherumreden abzukürzen.

»Sondern«, fuhr Schuhmacher, weiter Hände ringend, fort, »sondern sie hat sich, wie sie mir gesagt hat, lediglich deshalb dazu entschieden, weil sie selbst wegen der Eigelstein-Geschichte stark unter Druck steht. Wenn jetzt durch den Weißer Fall Konflikte mit der Politik dazukämen, hat sie gesagt, dann stände die ganze Anklagebehörde mit dem Rücken zur Wand. – Und wir hier auch, möchte ich hinzufügen. Tut mir also Leid, Jakob und Rudi ...«

»Macht nichts, Heribert« sagte Löhr gelassen und mit fast zuvorkommender Höflichkeit, stand auf und tat ein paar Schritte auf Schuhmacher zu. »Ist uns, Rudi und mir, auch recht so – oder Rudi?«

Er drehte sich zu Esser, der sitzen geblieben war, um und sah, wie der entgeistert die Augen aufriss, den Mund aufmachte, dann aber wieder zuklappte.

»Das ist gut«, seufzte Schuhmacher sichtlich erleichtert.

»Es ist nur Folgendes, Heribert«, imitierte Löhr Schuhmachers Lieblingswendung und zeigte ihm seinen aufgerissenen Jackettärmel: »Uns ist da 'ne Kleinigkeit dazwischengekommen. Nichts von Bedeutung, wir leben ja noch. Aber ich denke, man kann das – auch nach eingehender juristischer Bewertung – durchaus als Mordanschlag bezeichnen.«

»Waas?« Jetzt war es an Schuhmacher, die Augen aufzureißen, den Mund auf- und dann wieder zuzuklappen.

Löhr drehte sich zu Esser um, gab ihm einen Wink aufzustehen und zu ihm zu kommen, so, dass beide vor Schuhmachers Schreibtisch standen. Dann schilderte Löhr seinem Vorgesetzten detailgenau und ohne auf dramatische Überspitzungen und Übertreibungen zu verzichten, den Vorfall am Rathenauplatz. Schuhmacher unterbrach ihn lediglich ab und zu mit einem »Oh mein Gott!«

»Ja du lieber Himmel!«, sagte er, nachdem Löhr mit seinem Bericht fertig war. »Und was machen wir jetzt?«

»Heribert«, sagte Löhr im Ton einer milden Mahnung. »Das, was man als Polizeibehörde im Fall eines Mordanschlags auf Polizisten tut. Man ermittelt. Man ersucht die Staatsanwaltschaft, Anklage gegen unbekannt zu erheben, und bildet eine Kommission, die den Fall bearbeitet.«

»Und wie – und wer?«, stotterte Schuhmacher.

»Natürlich sind Rudi und ich die Kommission – wenn ich das vorschlagen dürfte, Heribert. In einer halben Stunde hast du einen kompletten Bericht – Zeugenaussagen und so weiter werden nachgeliefert. Aber mit dem Bericht kannst du schon mal zum Staatsanwalt gehen und – nun, das Übliche eben.«

»Zum Staatsanwalt?«, stotterte Schuhmacher. »Doch nicht etwa zu Paluchowski?«

»Nein, nein«, lächelte Löhr. »Paluchowski ist doch für die Buchstaben M bis Z zuständig, mein Name ist aber Löhr, und da ich das Opfer bin, heißt die Akte dann auch Löhr – Löhr mit »L«. Und für A bis L ist nicht Paluchowski, sondern Urbanczyk zuständig.«

Anderthalb Stunden nach Löhrs Coup hatten sie alles zusammen, was sie brauchten, um den neuen, der im Grunde nichts anderes als der alte Fall war, anzugehen, einschließlich eines Durchsuchungsbeschlusses für die Werkstatt und die Privaträume von Kösters.

Esser, der sich hinterm Steuer des Dienstwagens wie Steve McQueen in »Bullit« zu fühlen schien, pfiff eine zwar verstümmelte, dafür aber umso fröhlichere Melodie durch die Zähne, während er auf der Deutzer Brücke mit über achtzig einen Streifenwagen überholte.

»He, he!«, rief Löhr. »Willst du, dass wir nach all dem auch noch in *solche* Schwierigkeiten kommen?«

»Kannst ja das Blaulicht aufs Wagendach setzen, wenn sie sich hinter uns klemmen«, krähte Esser munter. Die Wendung, die der Fall jetzt angenommen hatte, schien eine befreiende Wirkung auf ihn zu haben. Nun, da ihre Ermittlungen nicht mehr in von einem missgünstigen und intriganten Staatsanwalt vorgegebenen Bahnen verlaufen konnten, schien er wie erlöst und von neuem, nahezu draufgängerischem Tatendrang beseelt.

»Blaulicht! Das fehlt mir noch! Meinst du nicht, die Kollegen hätten genug anderen Mist am Bein?« Missmutig drehte sich Löhr nach dem Streifenwagen um. Doch die beiden Polizisten darin hatten sie entweder ignoriert oder waren gerade mit etwas Wichtigerem beschäftigt.

»Außerdem weiß ich überhaupt nicht, warum du's so eilig hast, zu Kösters zu kommen. Den hast du doch schon den halben Tag umsonst gesucht, der ist doch bestimmt abgetaucht.«

»Schon. Aber wir können jetzt in seine Bude«, entgegnete Esser. »Bin gespannt, was wir da finden. Ich wette darauf, der Mann ist ein Treffer.«

»Treffer«, stöhnte Löhr. »Kösters ist doch kein Treffer, der Mann ist 'n *Umweg*. Der ist – wenn *überhaupt* – nur 'n Handlanger. – Mir wär viel lieber, wir kämen *direkt* an den Bayartz und diese Luxemburger Consulting-Gesellschaft und an Hauff ran. – Wieso ist Fischenich bloß nicht da?«

Löhr hatte Esser nach ihrem Gespräch mit Schuhmacher über das informiert, was er von Schallenberg erfahren hatte, und dann versucht, Fischenich zu erreichen. Der war aber nicht in seinem Büro, sondern dienstlich unterwegs, und auf seinem Handy war nur die Mailbox an. Löhr hatte ihm draufgesprochen, sich dringend bei ihm zu melden.

»Und im Übrigen«, fuhr Esser fort, während er um den Neumarkt kurvte, »im Übrigen haben wir überhaupt noch keine Handhabe, wegen dieser Consulting-Geschichte irgendwas zu unternehmen. Oder willst du Urbanczyk mit dem Gerücht kommen, das Schallenberg in die Welt gesetzt hat?«

»Gerücht, Gerücht!«, fuhr Löhr auf. Aber dann beruhigte er sich. Esser hatte ja Recht. Mit Schallenbergs Informationen allein hatten sie keine Möglichkeit, unmittelbar etwas gegen die Hauff-Clique zu unternehmen. Da brauchten sie schon etwas Handfesteres.

»Und es ist doch möglich«, sagte Esser, der Löhrs Gedanken erraten zu haben schien, »dass wir bei Kösters was finden, was uns direkt zu Hauff führt, etwas, womit wir endlich auch was gegen Hauff in die Hand kriegen – und sei es Anstiftung zum Polizistenmord.«

»*Wenn* Kösters der Mann ist, für den wir ihn halten ...«

»Mensch Jakob! Die Beschreibung von dem Jungen am Kiosk – das war doch so gut wie 'n Foto von Kösters. Und wenn der ED Spuren von dem in der Corvette findet, dann haben wir ihn doch!«

»Wenn, wenn«, murmelte Löhr, immer noch unzufrieden.

Esser schüttelte den Kopf, schien aber nicht gewillt, sich durch Löhr die gute Laune vermiesen zu lassen. »Mama mia, Jakob! Was ist denn mit dir los?« Er ließ die Rechte vom Lenkrad und schlug Löhr aufmunternd auf die Schulter. »Sei nicht so ungeduldig, Mann. War doch 'n genialer Zug von dir, mit Kösters 'nen neuen Fall aufzumachen und dadurch die freie Hand im Hauff-Fall zu kriegen!«

»Abwarten«, grummelte Löhr. »*Bisher* haben wir weder einen Beweis dafür, dass Kösters wirklich unser Attentäter war, *noch* einen Beweis dafür, dass er das im Auftrag von Hauff gemacht hat. Und selbst wenn das der Fall ist, ist da immer noch das Rätsel, warum Hauff den in seine eigene Firma schickt, um den Tresor zu knacken.«

»*Wenn* Hauff das tatsächlich ebenfalls war.«

»Genau. *Wenn*. Alles nur Wenn und Aber. Und Beweise ... Pff!« Löhr machte eine wegwerfende Handbewegung. Doch Esser war einfach nicht von seinem Optimismus abzubringen.

»Wart's ab, Jakob. In 'ner Stunde sind wir schlauer und *haben* die Beweise.«

»Selbst wenn«, nörgelte Löhr. »Mir geht das alles nicht schnell genug. Ich hab' Angst, dass uns die Zeit wegläuft. Diese Hauff-Clique ist doch gewarnt. Wenn wir da nicht schnell genug zupacken, haben die alles Belastende zur Seite geschafft. – Warum ruft der Fischenich nicht zurück?«

***

»Nichts! Nichts! Nichts! – Scheiße!«, sagte Esser und schob mit spitzen Fingern eine Kommodenschublade zu, deren Inhalt er kurz zuvor durchwühlt hatte.

»Scheiße! Da sagst du was!«, antwortete Löhr, der dabei war, den kläglichen, nur aus ein paar schmutzigen Kordhosen und Sweatshirts bestehenden Inhalt eines Kleiderschranks zu filzen. »In so 'ner Scheiß-Bude bin ich mein Lebtag noch nicht gewesen!«

In der Tat verdiente Kösters Wohnung, die sie gerade gemeinsam mit den Kollegen des Erkennungsdienstes durchsuchten, kaum mehr den Namen Wohnung. Es war ein dunkles, stinkendes Loch; der einst wahrscheinlich hellgraue Linoleumboden nunmehr von einem zentimeterdicken schwarzbraunen Schlier aus halb eingetrockneten Bierpfützen und Essensresten, vermischt mit Straßendreck und Altöl, wahrscheinlich von Kösters Werkstattschuhen stammend, überzogen, und von Unrat – zerknitterten alten Express- und Bild-Ausgaben, grauer Unterwäsche, Mülltüten und dreckstarrenden Handtüchern – bedeckt. Die Möbel wagte man kaum anzufassen, aus Furcht, an der fetten Schmutzkruste kleben zu bleiben. Die Küche war von einem fast unerträglichen Gestank von Müll und Verwesendem erfüllt. Trotzdem hatten Ortlieb und Hoppe, die beiden Erkennungsdienstler, sie zu ihrem bevorzugten Untersuchungsort erkoren. An den zu Hunderten überall herumstehenden oder liegenden leeren Bierflaschen suchten sie nach brauchbaren Fingerabdrücken von Kösters, die sie mit den in der Corvette gefundenen abgleichen konnten. Denn Glas, so Ortlieb, sei der allerbeste »Träger« von Fingerabdrücken, wenn auch – laut Hoppe – wegen der Rundung der Flaschen nicht ganz so ideal für den Fund eines »kompletten« Abdrucks.

»Komm, lassen wir's«, sagte Esser, nachdem er mit zwei Fingern ein mit schwarz-grau geränderten Schweiß- und sonstigen Flecken übersätes Kopfkissen vom ebenso schmutzigen Bettlaken hoch gehoben und auch darunter ebenso wenig fündig geworden war wie unter der Matratze. »Das ist verlorene Mühe. Wir finden hier nichts mehr.«

Erleichtert ließ Löhr von der Durchsuchung des Kleiderschranks ab. »Hab mich sowieso die ganze Zeit gefragt, *wonach* wir hier eigentlich suchen …«

»Mein Gott«, erwiderte Esser. »Ich hatte gehofft, wir finden hier irgendeinen Hinweis, irgendein Indiz, *irgendwas*, was auf 'ne Verbindung zu dem Einbruch in Weiß oder auf 'ne Verbindung von Kösters zu Hauff oder einem von den Typen auf der Liste schließen lässt.«

»Jedenfalls haben wir seinen Führerschein und seinen Reisepass gefunden«, sagte Löhr, während er das Schlafzimmer verließ. »Das sollte reichen. Ohne die Papiere kommt er nicht weit.«

»Und wenn er abhauen will, muss er noch mal hierher zurück. Wir könnten ihn hier abpassen«, meinte Esser.

»Wenn wir nichts Besseres zu tun haben. Und ich denke, das haben wir«, nörgelte Löhr.

»Aber zuerst schauen wir uns seine Werkstatt noch an.«

»Wenn du meinst«, sagte Löhr gelangweilt. Er war nach wie vor keineswegs davon überzeugt, mit Kösters auf der richtigen, der Erfolg versprechenden Spur zu sein. Zumindest nicht auf der, mit der man hinter die Liste kommen konnte. Warum, verdammt noch mal, meldete sich Fischenich nicht?

Im Flur der Wohnung trafen sie auf Ortlieb und Hoppe, die, sich ihre Gummihandschuhe abstreifend, aus der Küche kamen.

»Ist erledigt«, sagte Ortlieb. »Wir haben einen kompletten Satz. Beide Hände, alle Finger …«

»*Fast* komplett«, fügte Hoppe hinzu. »Weil wie gesagt, auf den Flaschen …«

»Ja, ja, ist ja schon gut. Perfektionist!« Ortlieb ließ seine Gummihandschuhe einfach zu Boden in den übrigen Dreck fallen und sah Hoppe missbilligend an. Manchmal, kam es Löhr vor, benahmen sie sich wie ein altes, zänkisches Ehepaar. »Für 'n Abgleich mit den Abdrücken aus der Corvette reicht's allemal«, sagte Ortlieb, und, an Löhr und Esser gewandt: »Außerdem haben wir 'n paar Zigarettenkippen mitgenommen, wenn's irgendwann mal 'n DNS-Vergleich geben sollte …«

»Hoffentlich nicht«, stöhnte Löhr. »So viel Aufwand wegen 'nem blöden, dilettantischen Autoknacker! Da haben wir wirklich was Besseres zu tun.«

»Ja«, sagte Esser ungerührt und schob Ortlieb und Hoppe vor sich her auf die Wohnungstür zu. »Die Werkstatt von dem Heini filzen. Ich hab den Mann vom Schlüsseldienst schon mal vorgeschickt.«

Sie gingen zu Fuß. Kösters Wohnung in der Rothehausstraße lag nur ein paar Straßen von der Werkstatt entfernt. Sie brauchten bloß die Venloer Straße zu überqueren, um zum Viertel um den Ehrenfelder Bahnhof zu gelangen. Löhr trottete Esser und den beiden Erkennungsdienstlern hinterher, ärgerte sich über die Zeitvergeudung und flehte zum x-ten Mal den Anruf Fischenichs herbei.

Als sie am Werkstatttor ankamen, stand die darin eingelassene Tür bereits auf, und der Mann vom Schlüsseldienst war dabei, das Schloss zu untersuchen.

»War gar nicht nötig, das aufzubohren«, wandte er sich an Esser. »Da war schon einer vor uns da – aufgebrochen!«

»Waas?«, machte Esser. »Ist doch nicht wahr!«

»Doch, Tatsache«, erwiderte der Monteur. »Der Riegel ist mit ‘nem Stemmeisen aufgebrochen worden und das Schloss danach bloß wieder eingeschnappt.«

Esser sah Löhr fragend an, doch der zuckte bloß mit den Schultern. »Was soll man da schon klauen wollen? Ich versteh’s auch nicht.«

»Oder ob’s Kösters selbst ...? Vielleicht, weil er den Schlüssel verloren hat?«

»Dämlich genug ist er wohl«, meinte Löhr.

»Na, dann lasst uns doch erst mal nachschauen«, sagte Ortlieb und stieß die Tür ganz auf.

In dem Augenblick piepste Löhrs Handy. »Macht schon mal«, sagte er zu Esser, der Ortlieb und Hoppe ins Innere der Werkstatt folgte. Löhr nahm, auf dem Bürgersteig vor dem Werkstatttor stehen bleibend, das Gespräch an. Es war, wie erwartet, Fischenich.

»Was gibt’s denn so Dringendes, Löhr?«

»Ich bin auf was Neues gestoßen, den Hauff betreffend.«

»Oh! Dann sind Sie ja weiter als ich. Ich komm da nämlich nicht so recht von der Stelle ...«

»Ach«, sagte Löhr enttäuscht. »Und wo hakt’s?«

»Der Richter, bei dem ich ‘nen Durchsuchungsbeschluss für Hauff versucht hab zu erwirken, zieht nicht mit. Die Decke, sagt er, ist ihm zu dünn.«

»Was für 'ne Decke?«

»Die Aussage von diesem Müllfahrer. Der Richter will harte Beweise. Und die hab ich nicht, beziehungsweise kann sie ihm nicht präsentieren – Sie wissen ja, die Akten aus dem Weißer Tresor.«

»Verstehe«, murmelte Löhr enttäuscht.

»Tja, ist im Moment so«, sagte Fischenich. »Ich muss gucken, wie ich an verwertbares Material drankomme. – Was haben Sie denn Neues?«

»Eine Consulting-Firma in Luxemburg, ›Nemesis‹. Schon mal was von gehört?«

»›Nemesis‹?«

»Ja.«

»Hm. Gehört schon. Ich glaub, die Kollegen vom KK42 haben sich da mal mit beschäftigt. Da war mal irgendwas. Was genau, weiß ich nicht. Müsste ich nachfragen. Was ist denn damit?«

»Das ist die Strohfirma, über die Hauff Schmiergelder zahlt!«

»Ach! Ist ja interessant!«

»Das finde ich allerdings auch«, sagte Löhr nicht ohne einen gewissen Stolz.

»Und von wem haben Sie die Information?«

Löhr zögerte einen Augenblick, sah dann aber keinen Grund, Fischenich eine wahrheitsgemäße Antwort vorzuenthalten. Wenn er Fischenich nicht vertrauen konnte, wem denn sonst? »Von Schallenberg, dem Vize der SPD-Ratsfraktion. Der Mann ist 'ne wahre Quelle, was Informationen über Hauffs dunkle Geschäfte angeht.«

»Schallenberg«, wiederholte Fischenich langsam, und Löhr meinte Skepsis herauszuhören, so, wie Fischenich den Namen aussprach.

»Wieso, was ist mit dem?«, fragte Löhr.

»Nichts, nichts. Der Name sagt mir nur irgendwas, ich weiß nur nicht mehr was.«

»Steht öfter in der Zeitung.«

»Ja, ja, das wird's sein. – Also gut, Löhr, ich kümmer mich um diese Consulting-Gesellschaft. Geh gleich noch zu den Kollegen vom KK42 rüber. Sobald ich was weiß, melde ich mich. Vielleicht wird da ja was draus.«

»Das hoffe ich doch«, sagte Löhr, drückte das Gespräch weg und betrat die Werkstatt.

Ein strahlender Esser kam ihm entgegen und hielt ein paar ölverschmierte Papiere in der Hand.

»Volltreffer, Jakob! Wir haben genau das gefunden, wonach wir gesucht haben! Hier, schau her!«

Esser reichte Löhr die Blätter, doch bevor Löhr seine Brille herauskramen und selbst nachlesen konnte, sprudelte es aus Esser heraus: »Die Teilnahmebescheinigung für 'n Schweißerlehrgang von der Handwerkskammer, von letzter Woche. Ausgestellt für – drei mal darfst du raten – Karl Heinz Kösters!«

»Ja und?« Löhr hatte seine Lesebrille aus dem Etui geschält, setzte sie sich auf und wollte selbst lesen, da nahm ihm Esser die Papiere auch schon wieder ab.

»Mensch Jakob! Der Typ *konnte* überhaupt nicht schweißen, genau das, was wir vermutet haben. Ein völliger Dilettant. Auf allen Gebieten. Musste sich für den Tresorknacker-Job in Weiß erst mal ausbilden lassen – sagenhaft! Aber das Schönste, Jakob, das Schönste kommt erst ...«

Esser zog eine Briefklammer von den Papieren und förderte den Durchschlag einer Banküberweisung hervor, reichte ihn Löhr. »Das Schönste ist, *wer* für Kösters den Lehrgang bei der Handwerkskammer bezahlt hat. – Hier!«

Löhr nahm den Überweisungsdurchschlag und las. »Ist nicht wahr«, sagte er. »Hauff?«

»Hab ich's dir nicht gesagt!«, triumphierte Esser laut.

Tatsächlich stand auf dem Überweisungsdurchschlag der Name Hauff als Kontoinhaber, und auch die Unterschrift konnte durchaus »Hauff« bedeuten.

»Ist ja 'n Ding«, murmelte Löhr. »Hauff bezahlt dem Trottel Kösters 'ne Schweißerausbildung, damit der in sein eigenes Büro einbrechen kann? Das ist ja hanebüchen. Das kann ich nicht glauben.«

»Du hast es schwarz auf weiß.«

»Und der Hauff unterschreibt das noch, bezahlt es von seinem eigenen Konto, einem Privatkonto außerdem. Und Kösters lässt das dann noch hier rumliegen. – Also ich weiß nicht, da kann doch was nicht stimmen. Kösters ist ja vielleicht saudumm ...«

»Nicht vielleicht, sondern ganz bestimmt«, sagte Esser.

»Gut, aber doch nicht Hauff.«

Ortlieb und Hoppe, die bisher die Werkstatt durchsucht hatten, kamen hinzu und unterbrachen sie. »Also aus unserer Sicht ist hier nichts weiter für uns Verwertbares«, sagte Ortlieb.

»Außer dem hier.« Hoppe zeigte eine längliche Metallhülse. »Das ist der Aufsatz von 'nem Schweißbrenner. Funkelnagelneu. Ist vielleicht 'n Ersatzteil von dem gleichen Typ Schweißbrenner, den wir am Tatort gefunden haben. Meiner Ansicht nach könnte das passen. Müssten wir aber im Büro nachprüfen.«

»Das aber erst morgen früh«, bemerkte Ortlieb mit einem Blick auf die Uhr. »Für uns wär dann heute nämlich mal Schicht. Oder liegt noch was an?«

Löhr schüttelte den Kopf, und Ortlieb und Hoppe verabschiedeten sich.

»Also was ist, Jakob?« Esser stieß den nachdenklich den Kontoauszug und die Bescheinigung studierenden Löhr an. »Jetzt haben wir doch, was wir wollten, was richtig schön Handfestes gegen Hauff in der Hand! Damit besorgt uns Urbanczyk den allerfeinsten Durchsuchungsbeschluss für Hauff!«

»Könnte schon sein«, sagte Löhr langsam und rieb die Papiere zwischen den Fingern, so, als wollte er sie auf ihre Echtheit überprüfen.

»Das sind einwandfreie Beweisstücke!«, drängte Esser. »Worauf warten wir noch? Rufen wir Urbanczyk an!«

Löhr schaute auf die Uhr. Es war Viertel vor acht. Er fühlte sich ausgelaugt, war müde, hatte Hunger, der Ellbogen, auf den er am Morgen gestürzt war, schmerzte ihn, außerdem lief er den ganzen Tag schon mit dem zerrissenen Jackett herum. Nein! Er wollte nach Hause, musste sich ausruhen.

»Nee, Rudi«, sagte er laut. »Lass uns das morgen machen. Lass uns jetzt nichts überstürzen, mal darüber schlafen.«

»Darüber schlafen? Jetzt, wo wir endlich so weit sind?«

»Wo sind?« Löhr hob die Papiere in seiner Hand hoch. »Das ist zwar alles gut und schön, was wir hier gefunden haben. Aber ich hab irgendwie das Gefühl, dass wir dem Braten nicht trauen sollten. Das riecht doch danach, dass wir das Zeug hier finden *sollten*.«

»Hm«, machte Esser. »Du meinst, das wär nicht echt, das wären Fälschungen?«

»Kann ich nicht beurteilen. Müssten wir prüfen lassen. Aber morgen, Rudi, morgen. Lass mich bitte drüber schlafen.«

Das hatte Löhr in einem so jammervollen Ton gesagt, dass er damit Essers Mitgefühl weckte. Jedenfalls legte er seine Hand auf Löhrs Schulter und sagte: »In Ordnung, Jakob. Geh du schlafen. Ruh dich aus. Aber du hast doch nichts dagegen, wenn ich heut Abend noch mit Urbanczyk über die Sache spreche?«

***

Löhr nippte an seinem Tullamore Dew, überlegte, ob er sich noch seine Abendzigarre anstecken sollte, kam aber zu dem Entschluss, es heute Abend bleiben zu lassen. Er war wirklich müde. Einigermaßen satt inzwischen schon; auf der Händelstraße hatte er sich, da er immer noch nicht zum Einkaufen gekommen und der Kühlschrank entsprechend immer noch leer war, einen Döner gekauft und ihn – ganz gegen seine Gewohnheit – auf dem Weg zur Mozartstraße im Gehen verzehrt. Die plötzliche Fülle im leeren Magen hatte ihn zusätzlich ermüdet. Er kippte den Rest des Tullamore Dew, knipste das Licht in seinem Arbeitszimmer aus und machte sich auf den Weg zum Bad, da fiel ihm ein, dass er heute Abend mit Ostendorf verabredet war.

Stöhnend zog er die Schuhe, die er gleich beim Betreten der Wohnung abgestreift und von sich geschleudert hatte, wieder an, ging zum Telefon und bestellte sich ein Taxi. Egal, ob er sein Budget überschritten hatte oder nicht. In die U-Bahn setzen würde er sich heute Abend nicht mehr.

Ostendorf stand mit vor der breiten Brust gekreuzten Armen vor der Tür seines Stammgeschäfts, strich sich ab und zu den Schnurrbart und überblickte die abendliche Weidengasse, so, als gehöre sie ihm. Neben sich, vors bereits erleuchtete Schaufenster, hatte er ein paar mehr oder weniger antike Sitzgelegenheiten postiert, in Erwartung seines Besuchs. Denn solange das Wetter es irgend zuließ, pflegte Ostendorf seine Geschäfte und Gespräche im Freien, auf dem Bürgersteig vor seinem Laden, abzuwickeln. Was zum einen mit der drangvollen Enge und dem penetranten Geruch nach alten Kleidern im Innern des Ladens zu tun haben mochte, vor allem aber auf das Bedürfnis Ostendorfs zurückzuführen war, jederzeit den Überblick über die Straße, seine Straße, zu behalten. Wie ein Löwe sein Revier nie aus dem Auge lässt, so bewachte auch Ostendorf sein Revier.

Als Löhr sich dem Alträucherladen näherte und Ostendorf davor posieren sah, wurde ihm klar, dass der über alles, was hier und im ganzen Viertel vor sich ging, genauestens Bescheid wissen musste. Auch über die schwarzen Frauen in den Kneipen. Auch über Aisha. Warum aber, fragte Löhr sich jetzt wieder, warum hatte er sich gestern Abend geweigert, Löhr sein Wissen preiszugeben und stattdessen einen »Experten« einbestellt? Löhr kam der Verdacht, dass der Alträucher vielleicht selbst etwas mit den schwarzen Frauen zu tun haben, in das Geschäft mit ihnen verwickelt sein könnte. Denn dass es sich da um ein »Geschäft« handelte, hatte Löhr durch einen Anruf bei seinem Kollegen Weber von der Sitte erfahren. Irgendwie, hatte Weber gesagt, musse ein System dahinter stecken, dass seit einiger Zeit schwarze Frauen auf dem Eigelstein »unterwegs« seien, irgendwie schiene das gut organisiert zu sein. »Irgendwie«. Mehr hatte Löhr nicht von Weber erfahren können, nicht, weil der ihm etwas verheimlichen wollte, sondern einfach deswegen, weil er nicht mehr wusste. Für die Sitte, so Weber, seien die schwarzen Frauen nämlich zurzeit kein Problem, der Verdacht auf das »System« dahinter und die Hinweise darauf noch zu vage. Also kümmere man sich im Augenblick noch nicht darum und habe außerdem eine Menge anderes zu tun. Aber wenn Löhr zufällig etwas Näheres erfahren würde – im KK12 wäre man immer dankbar für solche Informationen.

Dankbar! Er, Löhr, ein Informant fürs Sittendezernat? Das hätte ihm noch gefehlt. Andererseits: Wenn er jetzt und hier tatsächlich hinter etwas Illegales käme, *müsste* er das dann nicht weiterreichen? Und dabei womöglich seinen alten Kumpel Ostendorf in die Bredouille bringen? Auf was hatte er sich da wieder eingelassen? Als wenn er nicht schon genug Probleme am Hals hätte.

Mit reichlich gemischten Gefühlen schüttelte Löhr Ostendorfs Pranke.

»Bist reichlich spät«, brummte Ostendorf. »Minge Spannmann – ich meine: minge Spannfrau wartet schon über 'ne halbe Stunde.«

»Spannfrau?«, fragte Löhr verblüfft. »Eine Frau? Wo wartet sie?«

Ostendorf deutete hinter sich. »Hingen durch. Aber so schlimm ist dat auch wieder nit für dat mit dem Warten. Dat hat sowieso so früh am Abend noch nix zu tun. – Mir können vorher ruhig noch ‘nen Kaffee trinken. Willste?«

Noch bevor Löhr etwas erwidern konnte, hatte Ostendorf zwei Finger in den Mund gesteckt, ein lauter Pfiff gellte quer über die Weidengasse, und Löhr sah, wie wenige Augenblicke später auf der gegenüberliegenden Straßenseite ein älterer Mann in einem verschlissenen hellgrauen Anzug aus einer Toreinfahrt erschien. Offensichtlich einer der zahlreichen Helfer, die Ostendorf in seinen Alträucher-Dependancen beschäftigte.

»Hol mal schnell zwei Kaffee, Ferdi!«, rief Ostendorf dem alten Mann über die Straße zu. »Ich pass in der Zeit auf.«

Der alte Mann nickte und machte sich auf den Weg Richtung Eigelstein, wahrscheinlich, um in einem der Stehcafés Kaffee in Pappbechern zu holen. Danach war Löhr im Augenblick nun wirklich nicht.

»Lass mal, vielleicht später«, sagte Löhr. »Ich sprech besser erst mal mit deinem – deiner Spannfrau ...«

»Wie du willst, Jakob.« Ostendorf hob gleichmütig die Schultern. »Aber nit, dat du dich nachher beschwerst, der Kaffee wär kalt. – Dann geh mal.«

Ostendorf bugsierte Löhr in einen Nebeneingang seines Hauptgeschäfts, offenbar den Durchgang zu einem Hinterhof. Löhr schob sich durch den engen, mit alten Möbeln, blinden Spiegeln und verstaubten Bilderrahmen zugestellten Gang und gelangte in eine geräumige Halle, in der verschlissene Polstermöbel herumstanden. Aber niemand war zu sehen.

»Hallo?«, rief Löhr. Niemand antwortete.

Löhr entdeckte zwischen ein paar aufeinander gestellten Küchenschränken einen Durchlass. Er zwängte sich hindurch und gelangte in die nächste Abteilung von Ostendorfs Gebrauchtmöbellager, einen Verschlag, in dem neben weiteren durchgesessenen Polstermöbeln alle Sorten von Couch- und Beistelltischen gestapelt standen. Und zwischen dem aufgetürmten Sperrmüll, in einem blank gewetzten Ohrensessel vor einem Nierentisch mit abgeblätterter Oberfläche, saß eine Frau, die dabei war, sich die Fingernägel zu lackieren. Es war eine junge schöne Afrikanerin. Sie schien so in ihre Maniküre vertieft, dass sie Löhr nicht bemerkte. Löhr räusperte sich, aber sie sah immer noch nicht auf. Sie zog mit aller Sorgfalt das Lackierpinselchen über den Fingernagel, bis der komplett hellrot war. Dann erst hob sie den Blick. Sie lächelte Löhr an.

Löhr räusperte sich noch einmal. »Löhr. Guten Tag. Sie sind nicht zufällig Aisha?«

»Nein. Ich heiße Gemina.« Sie hatte einen leichten, die Konsonanten verschleifenden Akzent, sprach langsam, jedes Wort betonend und lächelte Löhr unverwandt an.

»Aber Sie kennen Aisha?«

Die Frau lächelte weiter, antwortete nicht, zog vom Nierentisch ein Fläschchen mit Nagellackentferner und begann damit, von dem nächsten Fingernagel den alten Lack zu entfernen. Löhr runzelte die Stirn. So etwas hatte er noch nie gesehen. Dass eine Frau Fingernagel für Fingernagel zuerst den alten Nagellack entfernt und dann jeden frisch gesäuberten Nagel neu lackiert! Warum macht sie das? Jedenfalls schien es eine längere Prozedur zu werden. Er zog sich einen Küchenstuhl mit aufgeplatztem, blauem Plastikpolster heran, wischte mit der Hand den Staub ab und setzte sich.

»Sie sind ein Freund von Ostendorf?«, fragte die Frau und unterbrach dabei kurz die Arbeit an ihrem Fingernagel.

»Ja, ein Freund«, sagte Löhr.

»Gut«, sagte die Frau. Dann stöpselte sie den Nagellackentferner zu und griff nach dem Nagellackfläschchen. »Und Sie wollen Aisha helfen?«

»Helfen?«, fragte Löhr. »Wieso helfen? Braucht sie Hilfe?«

Die Frau lächelte ihn ein paar Sekunden lang an, dann senkte sie den Blick auf ihre Hände und begann, den neuen Nagel sorgfältig zu lackieren. Als sie damit fertig war, sagte sie, ohne den Blick zu heben. »Ostendorf ist ein guter Mann. Aber leider – leider kann er Aisha nicht helfen.«

»Wieso braucht Aisha denn Hilfe?«

»Hat Ihnen das Felix nicht gesagt?«

»Felix? Nein, Felix hat mir das nicht gesagt. Er hat mir überhaupt nichts gesagt. Deswegen bin ich ja hier.«

»Um Aisha zu helfen«, sagte die Frau im Ton einer Feststellung und nickte dabei dem dritten Fingernagel zu, den sie gerade einpinselte.

»Gut«, seufzte Löhr. »Um Aisha zu helfen.«

Es dauerte weit mehr als eine halbe Stunde, aber nicht länger, als

Gemina brauchte, um alle ihre Fingernägel neu zu lackieren, bis Löhr ihr die Geschichte von Aisha und Felix aus der Nase gezogen hatte. Zwischendurch hätte er ihr gern den Nagellackentferner und den Nagellack weggenommen. Denn sie redete immer nur dann, wenn sie nicht alten Nagellack entfernte oder neuen auftrug. Das heißt, sie schwieg, wenn sie ihre Fingernägel bearbeitete. Was Löhr an den Rand seiner Geduld brachte. Bis er die Idee hatte, dass sie entweder nicht gleichzeitig reden und Fingernägel lackieren konnte oder dass sie die durch das Lackieren erzwungenen Pausen brauchte, um sich aufs Reden zu konzentrieren. Da er sich aus Sympathie für die junge Frau – sie verfügte über ein ihre Schönheit betonendes, betörendes Lächeln – schließlich für die letzte Deutungsversion entschied, hatte er nicht nur das Geheimnis Aishas, sondern auch das der schwarzen Frauen auf dem Eigelstein insgesamt in Erfahrung bringen können.

Es war tatsächlich so, wie Weber vermutet hatte: Es steckte ein System dahinter. Eine italienische Schlepperbande hatte sich den Umstand zunutze gemacht, dass Ausländer außerhalb der EG mit einem auf drei Monate befristeten Touristenvisum sich völlig legal in Deutschland aufhalten konnten. Für diese drei Monate warben die Schlepper in Ostafrika – vor allem in Kenia – Frauen an, die sie in billigen Hotels im Eigelstein-Viertel unterbrachten. Zu den Hotelbesitzern bestanden natürlich seitens der Schlepper enge Verbindungen, wenn nicht gar, wie Gemina vermutete, es sich teilweise um ein und dieselben Leute handelte. Sie traten nicht unmittelbar als Zuhälter auf, doch kassierten sie von den Frauen neben der Hotelmiete eine »Vermittlungsprovision« dafür, dass sie ihnen die Visa und die Flugreisen besorgten, eine Provision allerdings, die die tatsächlichen Kosten weit überstieg. Da sie nun alle drei Monate neue Frauen anheuerten, konnte das nichts anderes als ein einträgliches Geschäft sein.

Was die Frauen selbst anging, wussten die in aller Regel, auf welche Weise sie in Deutschland das fällige Geld zu verdienen hatten. Die meisten von ihnen hatten schon in Ostafrika als Prostituierte gearbeitet, Gemina gab zu, das als Gelegenheitsprostituierte in Touristenhotels in Nairobi getan zu haben, um ihre drei Kinder durchzubringen. Von dem Geld, das nach drei Monaten hier auf dem Eigelstein übrig blieb, konnte sie in Nairobi ein ganzes Jahr lang ihre Familie ernähren.

Bei Aisha allerdings, meinte Gemina, handelte es sich nicht um eine »Professionelle«. Aisha hatte sich in Kenia von einer Bekannten, die nicht allein in das Abenteuer ziehen wollte, breitschlagen lassen, mit ihr nach Köln zu fliegen, ohne eine konkrete Vorstellung davon zu haben, welche Art Arbeit hier auf sie wartete. – »Aisha«, erklärte Gemina und wedelte dabei mit dem Nagellackpinselchen durch die Luft, »Aisha ist wirklich sehr naiv.« Wobei Gemina »naiv« so aussprach, dass sie die beiden Vokale ineinander zog, was dann wie »neif« klang. – Jedenfalls, als diese Bekannte Aisha zum ersten Mal mit zur Arbeit in eine der Kneipen nahm, war es zum Eklat – und gleichzeitig zu Felix' Verwicklung in die Geschichte gekommen. Einer der Freier in der Kneipe hatte Gefallen an Aisha gefunden, doch als sie merkte, worauf das hinauslief, hatte sie sich ihm entziehen wollen, was der Mann nicht akzeptierte, sondern im Gegenteil immer zudringlicher wurde. Es kam zu Handgreiflichkeiten, Aisha floh aus der Kneipe, der Freier setzte ihr nach, verfolgte sie, stellte sie auf der Straße und bedrängte sie dort weiter. Und da kam zufällig Felix vorbei, mischte sich ein, wollte die junge Frau verteidigen, bezog dabei Prügel von dem Kerl – daher seine Narbe –, doch gelang es ihm am Ende, den Typen loszuwerden und gemeinsam mit Aisha zu fliehen. Der Anfang einer Liebesgeschichte …

»Und jetzt?«, fragte Löhr. »Wo ist Aisha jetzt?«

»Sie versteckt sich bei einer Freundin«, sagte Gemina.

»Verstecken? Wieso versteckt sie sich?«

»Diese Italiener wollen die Provision von ihr kassieren. Und sie hat kein Geld.«

»Verstehe«, sagte Löhr. »Und Felix hat auch kein Geld. Deshalb sucht er so dringend einen Job.«

»Und wenn Felix die Provision bezahlt hat, wollen sie heiraten.«

Löhr nickte. »Das müssten sie dann aber bald machen, bevor das Visum ausläuft.«

»Helfen Sie Aisha?« Gemina lächelte Löhr an.

»Muss ich ja wohl«, antwortete Löhr, meinte in dem Augenblick aber mit dem »muss« weniger seine familiäre Verantwortung als das Lächeln der Frau. Er erhob sich von seinem wackligen Küchenstuhl, und auch Gemina stand auf, räumte ihre beiden Fläschchen vom Nierentisch und verstaute sie in einer grünseidenen Handtasche.

»Aber«, sagte Löhr, »damit ich Aisha helfen kann, müssten Sie mir auch helfen.«

»Ich weiß«, sagte die Frau. »Ich soll gegen diese Italiener aussagen.«

»Würden Sie das tun?«

Sie lächelte wieder. Wieder mit diesem verträumten Lächeln, das ein inneres Glück widerzuspiegeln schien, zu dessen Teilhaber jeder werden musste, dem es galt. »Ja«, sagte sie schließlich und setzte dann leise hinzu: »Es ist kein schönes Leben hier.« Und dann sagte sie, noch etwas leiser: »Und ich will bald meine Kinder wieder sehen.«

»Ja«, sagte Löhr.

Er wandte sich um und ging dem Ausgang zu. Doch Gemina blieb stehen.

Löhr drehte sich zu ihr um. »Kommen Sie nicht mit?«

Die Frau schüttelte den Kopf. »Ich warte noch. Es ist nicht gut, wenn wir zusammen gesehen werden. Nicht gut für Ostendorf.«

»Verstehe«, murmelte Löhr.

»Aber er hat meine Adresse.«

»Gut«, sagte Löhr. »Dann auf Wiedersehen.«

»Auf Wiedersehen.«

Jetzt hat mich, verdammt noch mal, dachte Löhr, während er sich am Möbelgerümpel vorbei zurück zum Ausgang quetschte, doch noch, mitten in der Kölner Provinz, mitten im finstersten Eigelstein, die Globalisierung eingeholt! Globalisierung, jawohl! Das, wovon alle ununterbrochen reden, was man aber nie zu sehen kriegt. Hier hab ich's gerade zu sehen gekriegt. Zucker, zum Beispiel. Zucker aus Kenia – wenn sie denn da Zuckerrohr anbauen –, den kriegt man nicht zu sehen. Nie. Auch wenn sie da Millionen von Tonnen produzieren würden und der viel billiger ist und wahrscheinlich sogar besser wäre als unser Rübenzucker. Und warum kriegt man ihn nicht zu sehen? Weil sie unseren verdammten Rübenzucker so hoch subventionieren, dass der Kenia-Zucker nie und nimmer eine Chance dagegen hätte. Das also ist die Globalisierung. Zucker. Gut, den Zucker aus Kenia oder sonst wo kriegt man nicht zu sehen. Aber dafür jetzt auf einmal Menschen! Frauen, die ihre Kinder nicht ernähren können. Und warum können sie sie nicht ernähren? Weil sie da unten auf ihrem Zucker sitzen bleiben. Und weil hier die Rübenbauern bei Laune gehalten werden müssen, müssen sich die Frauen verkaufen. Hier verkaufen. Statt Zucker exotische Menschen-Schnäppchen für abgewrackte alte deutsche Frühpensionäre. Eingeschleust von der italienischen Mafia. Das ist die Globalisierung. Supranational. Die Welt ein Dorf.

Als Löhr am Ende des Gangs den schwarzen Schattenriss von Ostendorfs mächtiger, im Eingang stehender Gestalt erkannte, war er voller Wut. Aber nicht auf Ostendorf war er wütend. Sondern auf die Globalisierung. Und speziell auf deren Drahtzieher und Profiteure. Und jetzt, da er unfreiwillig zu einem Zeugen dieses Globalisierungsgetriebes geworden war, war er wütend entschlossen, sich vom Zeugen in ein Sandkorn zu verwandeln.

Er klopfte dem Alträucher von hinten auf die Schulter. »Hast du gut gemacht, Ostendorf.«

»Ich weiß nicht, wovon du sprichst, Jakob.«

»Das hab ich verstanden. – Ich würde mich an deiner Stelle auch nicht mit denen anlegen.«

»Ich weiß immer noch nicht, wovon du sprichst.« Ostendorf zwirbelte die Spitzen seines grauen Schnurrbartes.

»Ist schon gut. Ich sorg schon dafür, dass andere sich mit denen anlegen.«

»Ich versteh nur Bahnhof, Jakob. – Aber was ist mit deinem Kaffee? Der ist kalt. Soll ich dir neuen besorgen?«

»Nein, nein. Ein anderes Mal. Ich muss weg. Mach's gut.«

Löhr schüttelte Ostendorfs Pranke und wandte sich zum Gehen.

»Und wat ist mit dem Kölsch-Spezialisten von wegen deinem ›Ritzekrätzer‹? Der war schon mal hier, kommt gleich noch mal vorbei.«

»Auch ein anderes Mal«, sagte Löhr. »Wär mir lieber, du besorgst mir 'n Taxi. Muss nach Hause. Brauch unbedingt 'ne Mütze Schlaf.«

***

Das Telefon klingelte und riss Löhr aus einem apokalyptischen Traum, in dem er und Irmgard mutterseelenallein durch eine kahle, atomar verstrahlte Landschaft irrten, auf der Suche nach unverseuchten Lebensmitteln und anderen Überlebenden. Warum träumst du so was?, fragte sich Löhr, während er aus dem Bett kletterte und schlaftrunken zum penetrant weiter klingelnden Telefon im Arbeitszimmer nebenan taperte. Der Kalte Krieg ist doch längst vorbei!

Es war Esser. »Rudi?«, fragte Löhr erstaunt und schaute aus dem Fenster: Es graute gerade, die Sonne war noch nicht aufgegangen. Ein Blick auf die Uhr bestätigte ihm, dass es erst kurz vor sechs war.

»Hast du 'ne Ahnung, wie viel Uhr es ist, Rudi?«

»Natürlich weiß ich, wie viel Uhr es ist. Deswegen weck ich dich ja. Wir haben um Punkt halb acht 'ne Durchsuchung, Privatbank Roth&Löwenthal, An den Dominikanern. Punkt halb acht, Jakob!«

»Und da weckst du mich um sechs?«

»Ich weiß doch, dass du ohne deinen Tee nicht aus dem Haus gehst. Jetzt hast du noch 'ne gute Stunde dafür. Also, sei pünktlich – halb acht.«

Löhr legte auf, und mit einem tiefen Gefühl der Dankbarkeit für den fürsorglichen Esser ging er unter die Dusche. Wahrscheinlich war Esser extra 'ne halbe Stunde früher aufgestanden, nur um ihn so rechtzeitig zu wecken, dass er noch in Ruhe seinen Tee trinken konnte. Also hat er's doch geschafft, dachte Löhr, während das heiße Wasser über seinen Kopf und seinen Körper herunterlief, Urbanczyk von der Stichhaltigkeit der in der Werkstatt gefundenen Beweisstücke zu überzeugen. Nun denn. Ihm sollte es recht sein. Dann würden sie eben früher gegen Hauff losschlagen, als er es sich eigentlich vorgestellt hatte. Ihm wäre es lieber gewesen, er hätte sich am Morgen noch einmal mit Fischenich besprechen können und eine Anklage beziehungsweise einen Untersuchungsbeschluss gegen Hauff auf vielleicht etwas solidere Füße gestellt. Denn diesen merkwürdigen Papieren traute er nach wie vor nicht. Daran hatte auch das Darüber-Schlafen nichts geändert.

Als Löhr auf der noch menschenleeren Straße An den Dominikanern den granitenen Bankenpalast betrat, in dem neben anderen auch das private Bankhaus Roth&Löwenthal residierte, war es bereits Viertel vor acht. Ein Stromausfall hatte die U-Bahn kurz vor der Haltestelle Hauptbahnhof über eine halbe Stunde lang lahm gelegt und Essers fürsorgliches Wecken seinen Zweck verfehlen lassen. Doch als Löhr im zweiten Stock des Gebäudes in den mit Marmorsäulen, Eichenparkett und kostbaren Seidenteppichen ausstaffierten Tempel der

Privatbank trat, sah er, dass sein Zuspätkommen keine Folgen hatte – man kam auch ohne ihn zurecht. Im fußballfeldgroßen Büro des Bankvorstandes standen neben diesem selbst – einem nach altem Adel und neuem Geld gleichsam riechenden Endfünfziger mit scharf gescheiteltem weißen Haar und ebenso scharf geschnittener Adlernase – Esser, Urbanczyk, der Staatsanwalt, und Weidenstamm, der froschgesichtige Anwalt Hauffs, um einen ausladenden, antiken Konferenztisch und studierten einen meterlangen frischen Computerausdruck mit Kolonnen von Zahlen. Weidenstamm schien im Gegensatz zu den anderen Anwesenden der frühe Termin überrascht zu haben. Seine Haare waren verwuselt, die Krawatte nachlässig schief gebunden und das Gesicht vom Schlaf noch aufgedunsen. Er schwitzte, aber seine pummelige Faust pochte rhythmisch auf den Tisch, so, als warte sie darauf, endlich zu einem großen und finalen Schlag auszuholen. Denn, das bemerkte Löhr gleich nach wenigen Augenblicken, die Sache stand nicht gut. Nicht gut für sie.

»Nein«, sagte der Bankvorstand, dessen gebräunte und edel geäderte Hand an den Zahlenkolonnen auf- und niederfuhr. »Unter diesem Konto und zeitnah zum Ausstellungsdatum ist keine Abbuchung in Höhe der betreffenden Summe erfolgt.«

Urbanczyk, den Durchschlag des Kontoauszugs, den sie bei Kösters gefunden hatten, in der Hand, tippte auf den Ausdruck. »Und wenn der Betrag erst viel später abgebucht worden ist? Lassen Sie uns doch mal den ganzen April durchgehen.«

Worauf Urbanczyks und des Bankvorstands Finger in einer Parallelaktion gemeinsam die Zahlenkolonnen bis zu deren Ende abfuhren. Urbanczyk schüttelte den Kopf. »Nein. Tatsächlich nichts.«

»Habe ich doch gesagt!«, polterte Weidenstamm. »Da ist nichts dran! Das ist ein plumper Trick, eine Beweismittelunterschiebung! Da kommen Sie nicht mit durch! Ich protestiere!«

Urbanczyk ignorierte ihn und wandte sich ruhig an den Banker: »Gut. Unter dem Konto, das auf dem Überweisungsvordruck angegeben ist, ist eine entsprechende Überweisung nicht ausgeführt worden. Aber Herr Hauff und seine diversen Firmen werden doch auch andere Konten bei Ihnen führen?«

»Sicher«, antwortete der Bankier. »Einige. Aber ich weiß nicht, worauf das hinauslaufen soll.«

»Es könnte doch sein, dass die Überweisung hier aus Versehen von einem der anderen Konten abgebucht wurde.« Urbanczyk wedelte mit dem Durchschlag.

»Aus Versehen! Ich bitte Sie, Herr Staatsanwalt! Solche Versehen schließe ich in unserem Hause aus.« Mitleidig schüttelte der Bankier sein edles Haupt.

»Und außerdem«, hechelte der schwitzende Weidenstamm, »beschränkt sich Ihre Einsichtsmöglichkeit nur auf das Privatkonto des Herrn Hauff.«

»Sie täuschen sich, Herr Anwalt!« So schneidend hatte Löhr Urbanczyks Stimme selten gehört. »Die richterliche Aufhebung des Bankgeheimnisses bezieht sich auf *sämtliche* Konten Ihres Mandanten. Das können Sie im Exemplar des Beschlusses, den ich Ihnen vorhin gab, nachlesen.«

Alle Achtung, dachte Löhr, der sich im Hintergrund hielt, da haben wir endlich mal einen Staatsanwalt, der uns den Rücken stärkt. Aber ob's hilft? Hatte er, Löhr, nicht schon gestern Abend ein mulmiges Gefühl gehabt, was die Beweiskraft des Überweisungsvordrucks anging?

»Dann muss ich leider noch mal zum Drucker im Nebenzimmer«, seufzte der Bankier und deutete auf den Ausdruck auf dem Tisch. »Das hier sind nur die Auszüge des Privatkontos.«

»Wir werden Sie selbstverständlich begleiten, Herr Roth«, sagte Esser und stupste Löhr, als er sich gemeinsam mit den anderen zu einem Nebenzimmer aufmachte, auffordernd an mitzukommen.

»Damit der uns keine krummen Dinger andreht«, flüsterte er Löhr verschwörerisch zu. Doch Löhr schüttelte den Kopf und kramte sein Handy aus der Jackentasche.

»Macht ihr mal. Ich versuch in der Zwischenzeit was anderes.«

Als Esser mit einem irritierten Blick hinter den anderen im Nebenzimmer verschwunden war, wählte Löhr Fischenichs Büronummer an. Er hatte Glück, Fischenich ging gleich dran.

»Würde es Sie interessieren, mal einen Blick in Hauffs Konten zu werfen?«, fragte Löhr.

»Waas? Das ist doch nicht möglich, dass Sie da dran ...?«

Löhr erklärte es dem anderen kurz und fragte ihn dann, wie weit seine Nachfragen in Sachen »Nemesis« gediehen seien.

»Oh«, sagte Fischenich. »Das scheint ein ganz heißer Tipp gewesen zu sein. Die Kollegen vom KK42 hatten die schon ein paar Mal auf dem Kieker. Die wollten mir heute Morgen ihre Unterlagen zukommen lassen.«

»Geht das nicht schneller?«, fragte Löhr. »Zum Beispiel jetzt gleich?«

»Ich versteh nicht, worauf Sie hinauswollen, Löhr.«

»Dass Sie sich die ›Nemesis‹-Unterlagen unter den Arm packen, ins Auto steigen und hierher kommen, Fischenich. Zur Vervollständigung Ihrer Unterlagen zu ›Nemesis‹ und zur Erleichterung Ihrer Suche in den Konten von Hauff würde ich Ihnen dann hier eine kleine Liste überreichen. Rund vierzig Namen. Alles Mitglieder des Stadtrats.«

»Oha!«, klang Fischenichs Stimme durchs Handy.

»Wenn Sie sich beeilen, schaffen Sie's von Kalk bis zu Roth&Löwenthal An den Dominikanern in zehn Minuten.«

Ein kurzes Schweigen am anderen Ende der Leitung. »Verstehe«, sagte Fischenich schließlich und hängte ein.

Urbanczyk, Esser, Weidenstamm und Roth kamen mit einem ganzen Haufen Computerausdrucke zurück und setzten sich damit an den Tisch. Während sie sich an die Arbeit machten, ging Löhr zu einem der hohen Fenster und schaute hinaus auf die Straße. Schräg gegenüber dem Bankhaus, dort, wo einmal das Gebäude der Hauptpost gestanden hatte, hatte man im Lauf der letzten Jahre das hässlichste Gebäude errichtet, das die Kölner Innenstadt seit der Römerzeit gesehen hatte. Drei sechsstöckige, nach oben hin jeweils ein Stockwerk zurückgebaute Betonbunker, an deren Außenfassaden Hunderte von Balkonen genagelt waren, umstanden einen glatt bepflasterten, bis auf ein paar Beton-Blumenkübel kahlen und zur Straßenseite hin offenen Innenhof. »Seniorenresidenz« nannte sich diese Abscheulichkeit, und Löhr fragte sich, was denn hier wohl wieder für ein »Plan« dahinter gesteckt haben mochte, den Stadtkern einer zentralen Institution wie der Hauptpost zu berauben – die musste man jetzt irgendwo weit draußen in Nippes suchen – und mitten in die versmogte Innenstadt, fern jeglicher Parks, fern jeglicher Einkaufsmöglichkeiten für den täglichen Bedarf, ein Altenheim hinzuklotzen. Ein Plan wie der, der sich hinter den langen Ampelschaltungen der Stadt verbarg? Oder ein Plan, wie er hinter der von den Bedürfnissen der Großhotels an der Deutzer Brücke diktierten Verschandelung des Heumarktes steckte? Ein Plan jedenfalls, und das fiel Löhr jetzt mit einiger Häme ein, der für die, die ihn betrieben hatten, nicht ganz aufgegangen war. Die »Seniorenresidenz« stand, anderthalb Jahre nach ihrer Fertigstellung, halb leer. Da hatte sich wohl jemand verrechnet. Nur die, die im Rat und in der Bauverwaltung dieses städtebauliche Verbrechen genehmigt hatten, für die war die Rechnung wahrscheinlich aufgegangen, die würden ihre Schäfchen im Trockenen haben.

»Nichts! Von keinem Konto, von *keinem* ist diese Summe abgebucht worden!«, hörte er in seinem Rücken den fetten Weidenstamm kurzatmig bellen. »Das hätte ich Ihnen auch vorher sagen können, Herr Staatsanwalt!«

Löhr drehte sich um und sah, wie Weidenstamm sich hinter dem Konferenztisch zu imposanter Größe erhob und dabei aufplusterte wie ein übergewichtiger, brünstiger Auerhahn: »So! Und jetzt, würde ich vorschlagen, Herr Staatsanwalt, machen wir mal Butter bei den Fisch!«

»Sie meinen ...?«, sagte Urbanczyk – nun gar nicht mehr so schneidend wie vorhin.

»Wir überprüfen hier an Ort und Stelle, ob die Unterschrift unter dieser Überweisung überhaupt stimmt. Um ein für alle Mal klarzustellen, dass es sich so verhält, wie ich von Anfang an vermutet habe – dass es sich bei diesem angeblichen Beweismittel um nichts anderes handelt als eine Fälschung!«

»Bitte«, antwortete Urbanczyk. »An dieser Feststellung wäre uns unter den Umständen auch gelegen. – Gibt es eine Möglichkeit dazu, Herr Roth?«

Der Bankier bedachte Urbanczyk mit einem mitleidigen Hochziehen einer Augenbraue. »Selbstverständlich. – Wenn Sie mir folgen wollen. Die Unterschriftproben befinden sich im Tresor dort drüben im Schalterraum.«

Elastisch erhob sich Roth, auch Esser und Urbanczyk standen auf und wollten dem Bankier gemeinsam mit Weidenstamm in einen weiteren Nebenraum folgen, doch Löhr hielt Urbanczyk zurück.

»Einen Augenblick noch, Herr Staatsanwalt«, flüsterte er ihm zu und wartete, bis die anderen den Raum verlassen hatten.

»Ein schöner Reinfall«, zischte Urbanczyk Löhr an. »Bis auf die Knochen haben wir uns mit Ihrem tollen Beweisstück blamiert.«

»*Noch* nicht«, sagte Löhr leise. »Eine Frage nur: Bezieht sich der

Beschluss zur Aufhebung des Bankgeheimnisses ausschließlich auf diese eine Überweisung?«

»Im Prinzip schon. Aber es kommt darauf an. Wenn wir zum Beispiel in den Kontoauszügen und Bankunterlagen auf andere Verdachtsmomente stoßen ...«, antwortete Urbanczyk harsch.

»Dann ist es gut«, seufzte Löhr. »Dann hab ich alles richtig gemacht.«

»Das wüsste ich aber, lieber Löhr, wenn Sie alles richtig gemacht hätten ...«

Löhr entwickelte ihm seinen Plan, und Urbanczyk hörte ihm stirnrunzelnd und abweisend zu.

»Oh, oh, Löhr. Das ist wieder mal sehr, sehr dünnes Eis.«

»Aber es wäre die letzte Chance, die Blamage von uns abzuwenden«, flehte Löhr.

»*Falls* wir etwas finden.«

»Ich bin *sicher*, dass wir etwas finden, Herr Staatsanwalt.«

Die Truppe um den Bankier kehrte zurück, und Weidenstamms Gesicht glänzte triumphierend. Er deutete auf einen weißen Karton in der Hand des Bankiers. »Überzeugen Sie sich bitte selbst, Herr Staatsanwalt! Die Unterschrift unter der Überweisung ist eine Fälschung!«

Mit versteinerter Miene ging Urbanczyk zum Tisch, wo der Bankier die Unterschriftprobe auf dem Karton neben den Überweisungsdurchschlag legte. Auch Esser – inzwischen um einige Töne fahler im Gesicht als noch zu Beginn der Durchsuchung – beugte sich über die Schriftprobe.

»Hm«, wandte sich Urbanczyk an Roth. »Was meinen Sie?«

»Ich bin kein Graphologe, Herr Staatsanwalt«, antwortete Roth gemessen. »Aber wenn man *mir* diese Unterschrift zur Prüfung vorlegte – ich würde das ablehnen. Das ist nicht die Unterschrift von Herrn Hauff.«

»Es ist eine Fälschung!«, dröhnte Weidenstamm. »Und eine unglaublich schlampige dazu! Und unter normalen Umständen würde ich mir an den Kopf fassen und mich fragen, wie Sie auf so etwas reinfallen konnten. Aber ...« – Weidenstamms Blick wanderte zu Löhr – »... aber bei *dem* Kollegen, auf dessen sehr ambitionierte, um nicht zu sagen, voreingenommene Mitarbeit Sie augenscheinlich angewiesen sind, wundert mich das andererseits nun nicht.«

»Wenn Sie so freundlich wären, Herr Anwalt, die Auswahl und Bewertung meiner Mitarbeiter mir zu überlassen.«

Urbanczyks eisiger Ton vermochte nicht die schadenfrohe Häme aus Weidenstamms Miene zu vertreiben. Ihre Niederlage war total. Bisher. Wenn nicht bald Fischenich auftauchte.

Roth räusperte sich vornehm. »Dann dürfte Ihre Untersuchung also beendet sein, Herr Staatsanwalt?«

Ein endloses Schweigen. Essers niedergeschlagener Blick suchte Löhr, doch der zuckte die Schultern und sah zu Urbanczyk hinüber. Würde der es riskieren? Oder würde er im letzten Augenblick doch noch kalte Füße kriegen, den Rückzug antreten und die ganze Geschichte zu den Akten legen? Urbanczyk schwieg weiter, seiner Miene war absolut keine Regung anzusehen.

»Nein!« Das Wort kam wie ein trockener Pistolenschuss aus dem Mund des Staatsanwalts. »Bei Durchsicht der Kontoauszüge des Herrn Hauff hat sich für uns der Anfangsverdacht von Unterschlagung und Steuerhinterziehung ergeben. Und deshalb ...«

»Das ist ein mieser, ein ganz mieser Trick!«, schrie Weidenstamm mit scharlachrotem Gesicht, und auch die vornehm straffe Haltung des Bankiers geriet für eine Sekunde ins Wanken.

»Deshalb«, fuhr Urbanczyk unbeirrt und mit klirrender Kälte in der Stimme fort, »haben wir Fachleute, Kollegen aus dem Kommissariat für Wirtschaftsdelikte, um Amtshilfe gebeten. Sie werden gleich eintreffen. Gleichzeitig werde ich jetzt unverzüglich den zuständigen Staatsanwalt für Wirtschaftsstrafsachen in Kenntnis setzen.«

Löhr bemerkte, wie in Essers Augen ein irritiertes Flackern von einem hellen Leuchten abgelöst wurde. Weidenstamm ließ sich auf den nächsten Stuhl plumpsen, schnappte nach Luft und schien kurz vor einem Infarkt zu stehen. Der Bankier jedoch straffte seinen Oberkörper, seine Miene blieb vornehm und unnahbar. Die einzige Reaktion, die er zeigte, war, dass er mit einer kurzen Handbewegung die Haare um seinen Scheitel ordnete, obwohl sie tadellos saßen.

Urbanczyk nahm Löhr zur Seite. »Gnade uns Gott, Löhr«, flüsterte er. »Wenn das schief geht und die nichts finden, dann – dann tauchen wir alle besser mal für ‘ne ganze Zeit unter.«

***

Seit fast einer Stunde war zwischen Löhr und Esser kaum ein Wort mehr gewechselt worden. Eine angespannte Atmosphäre des Wartens herrschte im Büro. Jeder der beiden vertiefte sich in das, was er gerade tat, aber nur, um alle paar Augenblicke wieder den Blick zu heben und zum Telefon zu schielen.

Fast drei Stunden war es her, dass Fischenich mit einem ganzen Trupp von Kollegen aus dem 41. und 42. Kommissariat den Bankenpalast betreten und sich über Hauffs Konten hergemacht hatte. Löhr hatte Fischenich gleich nach dessen Ankunft eine Kopie der Liste zugesteckt. Denn wenn es sich, so war Löhrs Überlegung dabei, bei den auf der Liste verzeichneten Summen tatsächlich um Bestechungsgelder handelte, dann war es nicht ganz unwahrscheinlich, dass die gleichen Summen irgendwo in Hauffs Konten auftauchten. Hatte Fischenich zum Vergleich jetzt auch noch Einblick in die Kontenbewegungen der »Nemesis«, dürfte die Beweisführung eigentlich kein größeres Problem mehr darstellen.

Löhr, Esser und Urbanczyk hatten noch abgewartet, bis der Staatsanwalt für Wirtschaftsstrafsachen erschienen war und das Kommando über die Durchsuchung übernommen hatte. Danach waren sie abgezogen und zum Warten verurteilt. Einem quälenden, bangen Warten. Denn nur wenn Fischenich und seine Leute fündig würden, würden Löhr und Esser im letzten Augenblick noch einmal den Kopf aus der Schlinge bekommen. Andernfalls – andernfalls konnten sie sich auf einen Rachefeldzug Weidenstamms und der ganzen hinter ihm steckenden Kamarilla gefasst machen, von dem sie noch lange würden reden können – wahrscheinlich nur nicht mehr in diesem Büro.

Löhr tippte auf seiner alten Maschine an dem Bericht zum Fall Löhr/Kösters, während Esser in Ermangelung einer anderen sinnvollen Tätigkeit in einer Zeitschrift namens »Der Kriminalist« blätterte. Das Blatt wurde vom Bund Deutscher Kriminalbeamter herausgegeben und versammelte diverse Erfahrungsberichte von Kollegen: Mal ging es um den Umgang mit Computerprogrammen, mal um neue kriminaltechnische Methoden, meist aber berichteten Kollegen minutiös über einen von ihnen erfolgreich abgeschlossenen Fall, entweder um innovative Methoden oder aber – und das kam sehr viel häufiger vor – um ihre eigene Schlauheit herauszustellen. Letzteres war der Grund, weshalb Löhr die Lektüre des Blattes vermied, genau aus dem gleichen Grund aber verschlang Esser jede neue Nummer sofort nach Erscheinen. Vier Mal hatte er bisher einen Anlauf gemacht, mit einem ihrer Fälle im »Kriminalisten« zu erscheinen – jedes Mal war höflich dankend, aber ohne spezifische Begründung abgelehnt worden. Was Esser aber nicht von der nahezu besessenen Lektüre des »Kriminalisten« abhielt: Er wollte unbedingt dahinter kommen, wie und was er würde schreiben müssen, um endlich auch einmal mit einem Fall abgedruckt zu werden.

Löhr zog das dritte Blatt seines Berichts aus der Maschine und blickte, bevor er das vierte einspannte, kurz zu Esser. »Und? Was Neues?«, nuschelte er zu Essers Lektüre hinübernickend, weniger, um tatsächlich etwas zu erfahren, statt das lastende Schweigen zu unterbrechen.

Esser schüttelte den Kopf. Dann lachte er, den Blick von der Zeitschrift hebend, kurz auf. »Außer, dich interessiert, weshalb im Chinesenviertel in Paris seit Jahren kein Mensch mehr stirbt.«

»Was? Wie kommt das denn in den ›Kriminalisten‹?«

»Erfahrungsbericht von 'nem Pariser Kollegen«, antwortete Esser. »Jetzt rat doch mal, wieso da keiner mehr stirbt.«

Löhr zuckte die Schultern. »Chinesen werden eben älter als Europäer.«

»Falsch«, sagte Esser. »Da stirbt deswegen keiner mehr, weil die ihre Toten heimlich verbuddeln, den Todesfall nicht melden und die Papiere von dem Toten an illegal Eingereiste verscherbeln. Ha! Ha!«

»Interessant«, murmelte Löhr ohne echte Begeisterung und spannte das vierte Berichtsblatt ein.

Es folgte eine weitere halbe Stunde des Schweigens, unterbrochen nur vom Rascheln des »Kriminalisten«, wenn Esser umblätterte, und vom zögernden Klappern, das Löhrs Anwendung des Zweifingersystems auf der Maschine verursachte. Endlich legte Esser die Zeitschrift beiseite, stand auf, steckte sich eine Stuyvesant an und sagte: »Ich halt das nicht mehr aus, die Warterei, Jakob. Wir müssen was tun!«

»Was tun«, brummte Löhr. »*Ich* hab zu tun.«

»Schön für dich«, sagte Esser und griff zum Telefon. Zum zweiten Mal an diesem Vormittag rief er bei der Fahndung an, um sich zu erkundigen, ob sich etwas bei der Suche nach Kösters getan hätte. Und zum zweiten Mal – das konnte Löhr an Essers Reaktion ablesen, nämlich an der Art und Weise, wie er enttäuscht den Hörer zurück auf den Apparat knallte, bekam er die Auskunft, dass sich nichts getan hätte und, würde sich etwas tun, man sich schon bei ihm melden würde.

Esser marschierte, die Zigarette im Mund und den Rauch kräftig gegen die verstopften Rauchmelder paffend, durch den Raum. Nach dem dritten Rundgang und nachdem er seine Zigarette ausgedrückt hatte, blieb er vor Löhrs Schreibtisch stehen.

»Wenn die Fahndung zu dämlich ist, Kösters zu finden, dann müssen wir ihn eben suchen.«

Löhr blickte von der Schreibmaschine auf. »Aha«, sagte er. »Dann such mal schön.«

»*Wir* müssen ihn suchen, Jakob!«

Löhr löste seinen Blick endgültig vom letzten, noch unvollendeten Satz seines Berichts: »Und wieso *müssen* wir das?«

»Du weißt genau, dass Kösters der Schlüssel zu der ganzen Geschichte ist, Jakob! Nur der kann uns sagen, wer hinter dem Einbruch in Weiß steckt, wer ihm den Auftrag dazu gegeben hat. Und vor allem: Nur Kösters kann wissen, wer versucht hat, das ganze Ding – einschließlich des Attentats auf uns – Hauff in die Schuhe zu schieben. – Und warum.«

»Tja, schon möglich«, meinte Löhr. »Aber ist das wirklich noch *so* interessant?«

»*Interessant*?«, fragte Esser entgeistert. »Wenn du dich vielleicht daran erinnern würdest, dass Kösters dein Lieblingsjackett auf dem Gewissen hat – und zwar nicht Kösters allein, sondern im Auftrag von 'nem anderen.«

»Hm«, grummelte Löhr und fasste sich an den immer noch leicht schmerzenden Ellbogen. Das zerstörte Jackett auszusortieren hatte er nicht übers Herz gebracht, sondern es zu einer Änderungsschneiderei getragen. Die Schneiderin hatte ihn zweifelnd und mit angedeutetem Nasenrümpfen angeschaut und gefragt, ob er sich sicher sei, dass das sich noch lohne? Aber Löhr hatte auf eine Reparatur bestanden. Zur Not könnte sie dem Jackett auch, wenn gar nichts mehr zu machen sei, Lederschoner auf die Ellbogen nähen. Dann würde er zwar so rumlaufen wie Fischenich – aber immerhin noch in seinem Lieblingsjackett. – Fischenich!

»Fischenich«, sagte Löhr laut. »Wir sollten zuerst abwarten, bis

Fischenich sich gemeldet hat und wir Bescheid wissen, was aus der Hauff-Sache wird. Das ist doch viel wichtiger als dieser Kösters.«

»Abwarten«, wiederholte Esser verächtlich. »Willst du den *ganzen* Vormittag abwarten? Hier rumsitzen und Däumchendrehen?«

»Tja«, meinte Löhr unschlüssig und mit Blick auf seinen fast fertigen Bericht. »Und was hast du vor? Willst du sämtliche Kneipen in Ehrenfeld nach Kösters ablatschen?«

»'türlich nicht! Eben die von der Fahndung haben mir gesagt, dass sie wegen Personalproblemen ab Mittag den Posten vor Kösters Wohnung abziehen müssen. – *Wir* könnten das übernehmen.«

»Observation. Meine Güte«, meinte Löhr verächtlich. »Und dafür bin ich Hauptkommissar?«

»Das ist gar nicht so blöd, wie du meinst, Jakob. Der Kösters hat seine ganzen Papiere in der Wohnung liegen gelassen. Wenn der sich wirklich dünne machen will, *muss* er die haben.«

»Und du meinst, der kommt ausgerechnet heute Nachmittag da hin, nur weil wir beide da vor der Tür warten?«

»Irgendwann wird er kommen. Und zwar bald. Bisher war er noch nicht dort – sagt jedenfalls die Fahndung.«

Löhr seufzte und schob die Schreibmaschine ein Stück von sich. »Und was ist, wenn Fischenich in der Zwischenzeit anruft, und wir sind nicht da?«

»Jakob«, sagte Esser genervt. »Wir haben *Handys*! Ich hab 'n Handy, du hast 'n Handy – und Fischenich hat unsere Nummern.«

»Ja, natürlich«, sagte Löhr und kramte sein Handy aus der Schreibtischschublade. Der Bericht war fertig – fast fertig –, und Esser hatte Recht: Irgendetwas mussten sie tun.

»Na schön«, sagte er und stand auf. »Vielleicht macht's ja Spaß«, sagte er säuerlich. »Das Observieren!«

***

Auf dem Weg von Kalk nach Ehrenfeld erzählte Löhr Esser von seiner gestrigen Begegnung mit Gemina in Ostendorfs Alträucherladen.

»Steckt ja ganz schön in der Klemme, dein Vetter Felix«, meinte Esser lakonisch, kurbelte das Fenster herunter und zündete sich eine Zigarette an.

»Nicht mehr lange«, sagte Löhr.

»Was hast du vor?«

»Na was schon? Ich hetz den Drecks-Zuhältern gleich morgen früh das KK12 auf den Hals.«

»Meinst du denn, die hätten da überhaupt ‘ne Handhabe?«

»Ne Handhabe? Rudi, ich bitte dich! Das ist *Menschenhandel*, was da läuft!«

»Ja schon. Fragt sich aber, ob und wie das zu beweisen ist.«

»Wenn Gemina aussagt, müsste das eigentlich reichen.«

»*Wenn* sie aussagt! Aber kannst du da sicher sein? – Weißt doch, wie die Mädchen aus dem Milieu sind. Wenn's hart auf hart kommt, fallen sie alle um.«

»Die Mädchen aus dem Milieu ja«, sagte Löhr. »Aber Gemina ist kein Mädchen aus dem Milieu. Zumindest kein typisches. Die *wird* aussagen, bin ich hundert Prozent von überzeugt.«

»Na, ich hoffe es. – Nicht nur für deinen Vetter«, sagte Esser.

Sie waren in Ehrenfeld angekommen, und Esser parkte den Wagen in der Rothehausstraße so, dass sie Kösters Wohnung im Auge behalten konnten. Vorsorglich hatte Esser seinen Privatwagen genommen, schließlich kannte Kösters den Dienstwagen, und wenn er den sehen würde, wäre er gewarnt. Sie blieben im Auto sitzen. Esser rauchte. Löhr schwieg, dachte an Gemina und versuchte sich vorzustellen, wo ihre Kinder in Kenia leben mochten und wer sich im Augenblick um sie kümmerte. Er hatte Zeitungsberichte über Nairobi gelesen, Fotos gesehen. Zwei Drittel der Stadt bestanden aus Slums, und es war eigentlich kaum zu erwarten, dass ausgerechnet Geminas Kinder in dem anderen Drittel leben sollten ...

Sein Handy klingelte. Es war Fischenich.

»Na endlich!« Auf diesen Anruf wartete Löhr seit fünf Stunden.

»Tut mir Leid«, sagte Fischenich, »aber ich hatte bisher keine Sekunde Zeit. Ich muss mich auch jetzt kurz fassen.«

»Und?«, fragte Löhr hastig. »Sind Sie fündig geworden?«

»Fündig ist überhaupt kein Ausdruck! Das war ein absoluter Volltreffer! Wir sind auf versteckte Konten von Hauff gestoßen; schlampig getarnte Strohfirmen. Und da haben wir sämtliche Beträge aus Ihrer Liste gefunden, und – was für ein Wunder! – zu allen Beträgen konnten wir Korrespondenzen zur ›Nemesis‹ herstellen.«

»Hatte ich's mir doch gedacht«, murmelte Löhr, nicht ganz ohne

Stolz. »Aber«, fiel ihm im gleichen Augenblick ein, »ist die Liste überhaupt gerichtsverwertbar?«

Fischenich lachte. »Sie haben vielleicht Sorgen, Löhr! Das ist gar kein Problem. Erstens brauchen wir uns bei unseren Ermittlungen wahrscheinlich gar nicht auf Ihre Liste als Beweismittel zu beziehen, und wenn doch, bin ich ganz sicher, finden wir heute Nachmittag oder spätestens heute Abend ein zweites Exemplar.«

»Finden? Wo denn finden?«

Wieder lachte Fischenich. »Dreimal dürfen Sie raten, Löhr! – Ich komm gerade vom Untersuchungsrichter. Was glauben Sie, was ich mir da abgeholt habe?«

»Sie sagen's mir bestimmt.«

»Durchsuchungsbeschlüsse gegen alle Beteiligten! Hauff inklusive der ganzen Ratsmischpoke, dreiundvierzig Stück an der Zahl!«

»Wow!« Löhr war mächtig stolz auf sich: Das war sein Werk. Seine Hartnäckigkeit!

»Sie können sich also vorstellen, Löhr, was wir heute noch zu tun haben.«

»Heute noch?«

»Ja natürlich heute noch! Die Typen sind doch jetzt wahrscheinlich schon dabei, ihre Akten und Bankbelege in den Schredder zu stecken. Was glauben Sie, wie schnell sich die Kunde von unserer Razzia bei Roth&Löwenthal unter den Herren verbreitet hat?«

»Dreiundvierzig Durchsuchungen? Alle heute Nachmittag?«

»Nein, fürs Erste haben wir uns nur die Leckerbissen rausgepickt.« Fischenich lachte. »Trotzdem. Jede Menge Arbeit. Ich muss los.«

»Dann viel Erfolg!«, rief Löhr und stieß, unmittelbar nachdem er das Gespräch beendet hatte, Esser triumphierend in die Seite.

»Rudi! Hast du das gehört? Fischenich hat dreiundvierzig Durchsuchungsbeschlüsse erwirkt! Für Hauff und alle auf unserer Liste!«

»Dann wäre diese Geschichte ja endlich geklärt«, erwiderte Esser trocken, ohne den Blick von der Straße zu lassen. Er hatte während Löhrs Telefonat auf den Hauseingang zu Kösters Wohnung gestarrt, so, als könnte er durch dieses bloße Starren das Erscheinen Kösters erzwingen.

»Und wie die geklärt wird! Der komplette Kölner Stadtrat von 'nem Müllbaron geschmiert! Und Fischenich kann's ihnen allen nachweisen! Rudi! Und wem ist das zu verdanken! Uns! Weil wir hartnäckig wie die Terrier an dieser Liste geblieben sind!«

Überschwänglich schlug Löhr Esser auf die Schulter.

»Komm, Rudi. Lassen wir den blöden Kösters laufen! Wir haben uns jetzt 'n Kölsch verdient!«

Zum ersten Mal seit einer Dreiviertelstunde wandte Esser den Blick von der Straße und Löhr zu. »Bist du wahnsinnig, Jakob? Kösters laufen lassen?«

»Der Fall ist doch geklärt, Mann! Was sollen wir noch mit so 'nem kleinen Fisch?«

Esser schüttelte entsetzt den Kopf. »Du musst wirklich verrückt sein, Jakob. ›Kleiner Fisch‹, ja, sicher. Kösters ist nur ein Handlanger ...«

»Sag ich doch!«

»Ja Mensch! Hast du denn vergessen, dass das hier 'n ganz anderer Fall ist? Dass der gar nichts mit Hauff und der Liste zu tun hat?«

»So ganz verblödet bin ich ja nun auch nicht. Aber ist das jetzt wirklich noch so wichtig?«

»Also bitte, Jakob! Da hat einer versucht, dem Hauff was in die Schuhe zu schieben, hat uns beiden 'nen Attentäter auf den Hals geschickt, und du findest das nicht *wichtig?*«

»Mein Jackett kommt wieder in Ordnung. Ich lass mir Lederflicken draufnähen.«

»Du bist wirklich bekloppt, Jakob!« Esser war völlig entgeistert. »Willst du denn nicht wissen, wer hinter dem Einbruch und dem Attentat steckt? Und *warum* der das Ganze inszeniert hat?«

Während Esser empört auf Löhr einredete, hatte der nach vorn auf die Straße geschaut und gesehen, wie eine funkelnagelneuer silberfarbener Jaguar »S-Type« fünfzig Meter vor ihnen rückwärts in eine Parklücke stieß und einparkte. Und jetzt sah er, wie die Fahrertür des Jaguars sich öffnete und ein riesiger Mann mit verwuseltem, dunklem Haarschopf ausstieg, sich nach allen Seiten umblickte und dann die Wagentür zuschlug. Kösters.

»Schau mal da«, sagte Löhr. »Hast noch mal Glück gehabt.«

»Horrrwh!«, machte Esser, als er sah, was auch Löhr beobachten konnte: wie Kösters sich – immer wieder nach allen Seiten umschauend – dem Haus näherte, in dem sich seine versiffte Wohnung befand.

Esser riss die Wagentür auf, doch Löhr umklammerte mit festem Griff seinen Arm und zog ihn zurück aufs Polster. »Nicht auf der Straße, Rudi! Stell dir vor, der Typ ist bewaffnet! Hier sind doch Menschen! – Warten wir, bis er drin ist.«

»Und wenn's da 'nen Hinterausgang gibt?«

»Werden wir dann sehen. Wir gehen rein, sobald er im Hauseingang verschwunden ist.«

»Gut.«

Sie blieben im Wagen, die Hände an den Türgriffen, beobachteten, wie Kösters zum Hauseingang ging, davor stehen blieb, sich noch einmal umblickte, dann hineintrat. Im gleichen Augenblick waren Esser und Löhr aus dem Auto, überquerten die Straße und liefen an der Häuserzeile entlang. Als sie vor der Haustür ankamen, war Löhr so außer Atem, dass er die Hände auf die Knie aufstützen und mit gebeugtem Rumpf Luft schnappen und Durchatmen musste.

»Mein Gott Jakob«, flüsterte Esser so leise, als könne Kösters sie hier unten hören. »Du musst langsam mal was an deiner Kondition tun.«

»Kondition? Was ist das?«, keuchte Löhr.

»Das waren doch bloß hundert Meter, Mensch! Und du bist kreidebleich!«

Löhr antwortete nicht, japste weiter, und Esser wartete einen Augenblick, bis er wieder zu Luft kam, und drückte dann auf den obersten Klingelknopf.

Ein paar Augenblicke später ertönte der Türsummer, und sie schlichen den dämmrigen Hausflur entlang und dann die Treppe hinauf. Auf dem ersten Treppenabsatz blieben sie stehen und lauschten. Nichts war zu hören.

»Jetzt ganz leise«, flüsterte Esser. Auf Zehenspitzen betrat er die nächste Treppe und versuchte beim Hinaufsteigen jedes Knarzen der alten Holzdielen zu vermeiden. Löhr ging ihm hinterher und versuchte, die pantherhafte Geschmeidigkeit seines Kollegen ein wenig neidisch bewundernd, es ihm gleich zu tun und auch auf Zehenspitzen so zu schleichen wie Esser. Vier, fünf, sechs Stufen gelang ihm das auch, und er hatte gerade das Gefühl, es trotz einiger Konditionsschwächen an Behändigkeit mit Esser durchaus aufnehmen zu können, da rutschte sein vom Lauf immer noch zittriges linkes

Bein von der nächsten, der siebten Treppenstufe ab, er verlor das Gleichgewicht, versuchte, sich mit den Händen am Treppengeländer festzuhalten, doch sein Körper war, dem linken Bein folgend, bereits so im Schwung der Abwärtsbewegung, dass die Hände die Geländerstange verfehlten und Löhr hilflos wie ein auf dem Rücken liegender Käfer mit lautem Gepolter die sechs soeben so geschmeidig erklommenen Treppenstufen hinunterfiel. Mit Panik in den Augen drehte sich Esser nach ihm um.

Löhr lag auf dem Treppenabsatz und tastete nach seinem linken, beim Sturz umgeknickten Sprunggelenk, in dem ein heftiger Schmerz zuckte. Das Gelenk ließ sich, wenn auch schmerzend, bewegen. »Ist, glaube ich, nichts gebrochen.«

»Na prima! – Scheiße!«, rief Esser, drehte sich um und raste, dabei seine Waffe aus dem Holster zerrend, weiter die Treppe hoch.

So ist das also mit der Freundschaft, dachte Löhr, während er sich vorsichtig wieder hoch rappelte, lässt dich hier einfach liegen. Von oben hörte er ein lautes, dumpfes Wummen. Offenbar versuchte Esser, die Tür einzurammen. Verdammt! Und wenn Kösters wirklich bewaffnet war und auf Esser schoss?

»Lass das, Rudi! Geh zur Seite! Ich komme!«

Mit beiden Händen sich am Treppengeländer festhaltend, humpelte Löhr die Treppe hoch. Er war auf der siebten, der Unglücksstufe, da hörte er den trockenen kurzen Knall eines Pistolenschusses und das Splittern von Holz. Löhr ignorierte den Schmerz und lief, so schnell er konnte, die beiden restlichen Treppenabsätze hoch. Mein Gott! Esser! Nicht das!

Doch oben angekommen, fand er keinen tödlich getroffenen Esser in seinem Blut liegen, sondern sah, wie zuerst eine, dann noch eine Wohnungstür aufging, und wie zwei alte Frauen ihre Köpfe herausstreckten, um nach dem Lärm zu schauen. Die Tür zu Kösters Wohnung stand auf, und Löhr sah, dass der Schuss von Esser selbst abgegeben worden war und dem nun zerschmetterten Türschloss gegolten hatte.

»Gehen Sie zurück in Ihre Wohnungen! Schließen Sie die Türen! Das ist ein Polizeieinsatz!«, rief Löhr, der keine Zeit hatte, sich komisch dabei vorzukommen, den alten Frauen zu und stürmte in Kösters Wohnung.

Im Flur war niemand, und es war nichts zu hören.

»Rudi?«, rief Löhr.

Keine Antwort. Löhr verlangsamte seinen Schritt, tastete sich humpelnd den düsteren Flur entlang und wünschte sich, er hätte am Morgen seine Dienstwaffe eingesteckt. Er kam in Kösters Wohnzimmer und sah jetzt, wie Esser, die Sig&Sauer in der rechten schussbereit vorgestreckt, mit der linken Hand vorsichtig die Tür zum Schlafzimmer aufstieß, sich dann mit einer schnellen Bewegung ins Zimmer hineindrehte und aus Löhrs Blickfeld verschwand. Von der Anstrengung des hastigen und schmerzhaften Treppenaufstiegs noch zitternd, blieb Löhr stehen, kam sich hilflos und ohnmächtig vor wie noch nie in seinem Leben und erwartete voller Angst den nächsten Schuss.

»Nichts!«, hörte er Essers Stimme.

Löhr setzte sich in Bewegung und folgte Esser.

»Ich geh jetzt ins Badezimmer!«, rief Esser.

»Warte, Rudi! Ich komme!«

Löhr humpelte ins Schlafzimmer, sah Esser an der nächsten Tür, wie er wieder, die Pistole hoch haltend, langsam die Türklinke herunterdrückte. Im gleichen Augenblick sprang die Tür von innen auf und knallte voller Wucht gegen Essers Kopf, Esser taumelte mit blutüberströmtem Gesicht zurück, hatte Mühe, das Gleichgewicht zu behalten, da war auch Kösters schon bei ihm, packte mit der Linken Essers rechten Oberarm und schlug ihm mit der anderen Faust die Pistole aus der Hand. Es wäre ein zwar glücklicher, wenn auch durchaus möglicher Zufall gewesen, wenn die Waffe nun in Richtung Löhr über den Boden geschlittert, kurz vor ihm liegen geblieben wäre und Löhr sich bloß hätte zu bücken brauchen. Sie schlitterte schon, allerdings nicht auf Löhr zu, sondern unters Bett, zwei Meter von Löhr entfernt. Mit einer Geschwindigkeit, die Löhr dem schwerfälligen Riesen nicht zugetraut hätte, hechtete Kösters auf den Boden und bekam die Waffe zu fassen, bevor Löhr sich überhaupt hatte bücken können. Esser war außer Gefecht, konnte offenbar nichts mehr sehen, denn er versuchte sich mit beiden Händen das von einer klaffenden Stirnwunde herunterlaufende Blut aus den Augen zu wischen. So musste Löhr ohnmächtig mit ansehen, wie Kösters sich langsam vom Boden aufrichtete, die Waffe im Anschlag auf Löhr. So ganz hilflos kam Löhr sich dann aber doch nicht vor. Denn Kösters hatte zwar die Waffe, ihm lief aber der Angstschweiß die Wangen herunter. Löhr hatte keine Waffe, dafür aber die Ruhe.

»Und jetzt?«, fragte er den Riesen. »Was wollen Sie jetzt tun?«

Kösters sagte nichts, hob mit zitternder Hand die Sig&Sauer und zielte damit auf Löhrs Kopf.

»Oh! Polizisten erschießen?«

»Lasst mich raus hier, und gebt mir zehn Minuten Vorsprung, dann passiert euch nichts.«

»Nein!« Das war Essers Stimme. Er sah Furcht erregend aus, das ganze Gesicht, das Hemd, den Anzug voller Blut. Aber er schien wieder bei klarem Bewusstsein und hatte es geschafft, die Augen vom Blut frei zu bekommen. »Das läuft nicht. Geben Sie mir die Waffe, Kösters!«

Wie die Figur aus einem Monsterfilm ging Esser mit ausgestreckter Hand auf Kösters zu. Der schwenkte die Waffe auf Esser, und Löhr sah, wie sich Kösters Zeigefinger krümmte. Mit einem einzigen Satz war Löhr beim Riesen, warf sich mit der ganzen Wucht seiner achtzig Kilo gegen ihn, brachte ihn aus dem Gleichgewicht und ging mit ihm zu Boden. Im Fallen noch zerriss ihm der gleich neben seinem Kopf abgefeuerte Schuss das Trommelfell. Aber das Projektil musste irgendwo in der Zimmerdecke eingeschlagen sein, jedenfalls hatte es Esser nicht getroffen, denn Löhr sah Esser über sich und dem gefällten Riesen stehen und diesem mit einem Fußtritt, der Dirk Lottner Ehre gemacht hätte, die Waffe aus der Hand treten. Sie flog gegen einen Bettpfosten, prallte zurück und fiel vor Essers Füßen auf den Boden. Diesmal war Köster nicht der Schnellere. Esser war vor ihm an der Pistole, hob sie auf und hielt sie an Kösters Kopf.

»Wenn Sie auch nur den kleinen Finger rühren, drück ich ab! Bleiben Sie da liegen!«

Löhr rappelte sich auf. Sein linkes Ohr war taub und schmerzte höllisch.

»Hast du Handschellen dabei?«, fragte Esser.

»Was?« Löhr hatte nichts verstanden. Esser wiederholte schreiend seine Frage.

Löhr schüttelte den Kopf. »Nein«.

»Gott! Was bist du bloß für 'n Polizist! Keine Waffe, keine Handschellen ...« Esser grinste. Das Grinsen sah Furcht erregend aus, nicht nur wegen des Blutes in seinem Gesicht, sondern auch, weil es seine Zähne freilegte und Löhr jetzt sehen konnte, dass Kösters Türstoß ihn nicht nur eine Platzwunde an der Stirn, sondern auch einen Zahn gekostet hatte.

***

Eigentlich hätte Löhr todmüde sein müssen nach diesem Tag. Seit sechs Uhr war er auf den Beinen. Hatte den Vormittag und einen großen Teil des Nachmittags mit zermürbendem Warten zugebracht. Zuerst in der Bank, dann im Büro, schließlich in Essers Wagen bei der Observation von Kösters Wohnung. Aber die Tatsache, dass es sich dann doch gelohnt hatte, dass sie Kösters geschnappt hatten und Fischenichs Anruf schließlich doch noch gekommen war, vor allem aber die frohe Botschaft, die Fischenich ihm überbracht hatte, vor allem die ließ ihn jetzt trotz seiner Müdigkeit nicht zur Ruhe kommen und den Schmerz in seinem Fußgelenk vergessen. Er hatte es geschafft! Gegen Paluchowski, gegen Hauff, gegen den halben, korrupten Stadtrat, manchmal sogar gegen seinen Freund und Kollegen Esser! Er hatte sich nicht klein- und unterkriegen lassen. Er hatte es geschafft. Dieses Triumphgefühl vertrieb ihm die Müdigkeit aus den Gliedern. Er stieg unter die Dusche, spülte die äußeren Spuren des Kampfes mit Kösters herunter, die inneren anschließend mittels eines kleinen Tullamore Dew. Danach fühlte er sich kein bisschen mehr müde, sondern im Gegenteil, sehr unternehmungslustig, und er entschloss sich, noch auf ein, zwei Kölsch herauszugehen und bei dieser Gelegenheit Onkel Heinz endlich von seiner Körbchen-Idee zu berichten.

Für Esser konnte er im Augenblick nichts mehr tun. Der lag wahrscheinlich zu Hause im Bett und ließ sich hoffentlich von seiner Frau pflegen und verwöhnen. Gleich nach seiner Festnahme hatten sie Kösters von einer Streifenbesatzung ins Polizeigewahrsam nach Kalk bringen lassen, Löhr hatte einen Krankenwagen gerufen und sich mit hineingesetzt, als der Esser zur Notaufnahme in die Uniklinik fuhr. Von dort hatte er, während Esser behandelt wurde, dessen Frau angerufen, sie schonend über das Vorgefallene in Kenntnis gesetzt und sie gebeten, Esser abzuholen. Dessen Verletzungen, stellte sich schließlich heraus, waren weniger schwer, als es zuerst ausgesehen hatte. Das Nasenbein war nicht gebrochen, und die Platzwunde an der Stirn konnte mit ein paar Stichen genäht werden. Nur der Schneidezahn war verloren. Sauber mit der Wurzel herausgebrochen. Da konnte nur noch der Zahnarzt mit einer Brücke etwas ausrichten.

Löhr nahm noch einen kleinen Schluck Tullamore Dew, zog sich ein frisches Hemd und sein zweitliebstes Jackett an und machte sich auf den Weg zur »Opernschänke«.

Onkel Heinz saß an seinem Stammplatz. Er war nicht allein, sondern mit zwei Männern in ein Kartenspiel vertieft, dessen Spannung offensichtlich gerade dem Höhepunkt zusteuerte, denn keiner der drei blickte auf, als Löhr an den Tisch trat. Als Kiebitz saß – schräg hinter Heinz – seine Freundin Bluna. Sie blickte zu Löhr hoch, erkannte ihn und legte einen orangefarben lackierten Zeigefinger auf die Lippen. Den beiden Mitspielern von Heinz stand der Schweiß auf der Stirn, sie hielten ihre Karten dicht an sich gepresst, so dass sogar sie selbst nur von ganz oben hineinschielen konnten. Offensichtlich ging es um einen nicht unerheblichen Einsatz.

»Was ist das für 'n Spiel?«, flüsterte Löhr.

»Rommé Hand. Und wenn der Heinz gewinnt«, flüsterte Bluna zurück, »dann sind die zwei anderen platt und Heinz hat für den Rest der Woche sein Ländchen auf dem Trockenen ...«

Auf dem Tisch vor den Spielern lagen zwei Stapel Karten, der eine verdeckt, der andere offen. Heinz' Hintermann, ein gelbgesichtiger Glatzkopf mit zynisch abfallenden Mundwinkeln, lupfte vorsichtig eine Karte vom verdeckten Stapel und steckte sie schnell, so dass niemand anderes sie sehen konnte, in den Kartenfacher auf seiner Hand. Seinem Gesicht war nicht anzumerken, ob die Karte gut oder schlecht war. Jetzt zog er eine andere Karte aus seiner Hand und legte sie auf den Stapel der offenen Karten. Der dritte Mann, ein schnauzbärtiges Schwergewicht, blies erleichtert Luft aus. Jetzt war Onkel Heinz an der Reihe. Mit spitzen Fingern nahm er eine Karte vom verdeckten Haufen, ordnete sie in die Karten auf seiner Hand ein – auch seinem Gesicht war keinerlei Regung, geschweige Erregung anzusehen –, und dann zog er eine Karte und warf sie mit dem Rücken nach oben auf den Stapel der offen liegenden Spielkarten, sagte gelassen »Dä!« und legte sein Blatt aufgefächert vor die beiden anderen Spieler. Einen Augenblick starrten sie fassungslos auf Onkel Heinz' Karten, dann warfen sie die ihren auf den Tisch.

»Noch eine Revanche! Nächstes Spiel um alles!«, sagte der schwergewichtige Schnauzbart mit deutlichem griechischen Lispel-Akzent.

»Von wegen Revanche«, sagte Onkel Heinz und schob die Kartenhaufen von sich. »Dat war schon die Dritte, bei der et um alles ging. Jetzt ist Schluss. Und abgerechnet wird nachher vor der Tür.«

Wortlos und mit beleidigten Gesichtern standen die beiden Spieler vom Tisch auf und gingen zur Theke. Bluna stupste Onkel Heinz an und machte ihn auf den wartenden Löhr aufmerksam.

»Ach Jakob! – Wat jibt et?«

»Mir ist was eingefallen, wie du deinem Boris helfen könntest.«

»Ach, der Boris!«, stöhnte Heinz auf. »Der ärme Kerl! Ich konnt ihn heut gar nicht mitbringen, so schlecht jeht et dem. Der liegt bei d'r Mam zu Haus in der Küch. Der kann sich *überhaup* nit mieh bewegen.«

»Eben«, sagte Löhr. »Darum geht's. Ich hab 'ne Idee, wie der Boris nicht mehr Treppen steigen muss. Du legst ihn einfach in ein Körbchen und *trägst* ihn die Treppen runter und rauf.«

»*Körbchen*?«, fragte Heinz in einem Ton, als hätte Löhr ihm soeben ein unanständiges Angebot gemacht.

»Ja. Ein Einkaufskorb oder so was. Legst ihm noch 'ne Decke rein, damit er's gemütlich hat, und dann trägst du ihn.«

Heinz nahm einen nachdenklichen Schluck Kölsch zu sich und nickte dann: »Eigentlich keine schlechte Idee, Jakob.«

»Siehste! Hatte ich mir doch gedacht.« Triumphierend blickte Löhr von Onkel Heinz zu Bluna und wieder zurück zu Onkel Heinz.

»Aber dat hilft auch nix mehr«, resigniert und traurig stellte Heinz sein leeres Kölschglas zurück auf den Tisch. »Der Boris macht et nit mehr lang. Ist nur noch 'ne Frage von 'n paar Tagen, dat ich den zum Doktor zum Einschläfern bringen muss. Und dann ...«, Heinz seufzte tief, »dann gibt et keinen Boris mehr. Und auch keinen anderen Hund.«

Himmel, ja! Das hatte Löhr ganz vergessen. Den vermaledeiten Mietvertrag mit der Klausel »... der *jetzige* Hund ...« Das durfte nicht sein! Da musste sich was machen lassen! Dafür war die Idee mit dem Körbchen zu gut. Denn mit dem Körbchen gab es kein Treppensteigen, gab es keine Dackellähme mehr. Der neue Hund der

Familie Höttges würde – dank Körbchen – nie mehr Dackellähme kriegen. Also *musste* ein neuer Hund her. Er würde noch einmal mit Engelmann, dem Vermieter der Höttges', sprechen müssen. Oder ihm musste etwas anderes einfallen.

»Pass auf, Onkel Heinz«, sagte Löhr laut. »Ich lass mir noch was einfallen, mit dem neuen Hund, ich meine, wie du an 'nen neuen Hund kommst. Verlass dich drauf!«

»Ach Jakob«, seufzte Heinz. »Der *neue* Hund. Lass mich doch zuerst mal den armen Boris unter die Erde bringen ...«

»Gut. Reden wir dann noch mal darüber«, sagte Löhr. »Aber heut Abend geb ich jetzt zuerst mal 'n Ründchen aus.«

»Wat ist passiert?« Heinz widmete Löhr einen erstaunten Blick. »Du trinkst endlich mal 'n Kölsch mit mir?«

»Nichts Besonderes«, grinste Löhr bescheiden, dann aber kehrte das Triumphgefühl zurück, und er sagte: »*Doch* was Besonderes, Onkel Heinz. So wie du eben beim Rommé abgeräumt hast, hab ich heut auch mal 'n Ländchen aufs Trockene gezogen.«

»Wat du nit sagst! Du hast doch nicht etwa gezockt?«

»Doch. So ähnlich«, entgegnete Löhr.

Bei der dritten Runde, die Löhr ausgab, kam ihm der Gedanke, dass Onkel Heinz ihm vielleicht auch einmal bei einem seiner, Löhrs, Probleme, behilflich sein könnte.

»Sag mal, Onkel Heinz, weißt du zufällig, was das kölsche Wort ›Ritzekrätzer‹ bedeutet?«

»›Ritzekrätzer‹?«, antwortete Onkel Heinz und machte die Stirn kraus. »Nä, Jung. Noch nie gehört! – Wieso ...?«

»Ach. War nur 'ne Frage«, sagte Löhr. »Trotzdem danke!«

***

Die Größe der Schlagzeilen sprengte fast das Format der Titelseiten der Tageszeitungen, die auf den Tischen des Besprechungsraums herumlagen. Natürlich galten sie nicht dem heroischen Einsatz der beiden Hauptkommissare Löhr und Esser bei der Verhaftung des Kraftfahrzeugmechanikers Kösters, sondern Fischenichs Schlag gegen den »Korruptionssumpf der Domstadt«. »Müllgeld regiert die Stadt. Razzia bei 12 Ratsmitgliedern« titelte der Express, gedämpfter gab sich der Stadt-Anzeiger: »Müllkönig Hauff verhaftet«, und die

Rundschau fragte beinahe subversiv: »Welcher Kölner Politiker ist eigentlich nicht bestechlich?« Der Skandal, den er, Esser und Fischenich aufgedeckt hatten, erfuhr Löhr beim Lesen der Leitartikel, und das erfüllte ihn mit stolzer Genugtuung, überstieg alles, was es bisher in Köln an Korruptionsaffären gegeben hatte. Bisher lief Korruption über Parteispenden, kam lediglich den Parteien zugute. Das hatte für die Geschmierten den Vorteil, dass es keine unmittelbare Verantwortlichkeit gab, die Verantwortung so lange geteilt werden konnte, bis sie verschwand. Hier aber nun schien sich erstmals eine persönliche Bereicherung der Politiker nachweisen zu lassen. Die Staatsanwaltschaft signalisierte, dass man von direkten Zuwendungen Hauffs an die Politiker im Zuge des Baus einer neuen Müllverwertungsanlage in Weiß ausginge und dass sie wegen Verschleierungsgefahr auch Haftbefehle gegen Bayartz und Pafferoth erwirken wolle. Das verschaffte Löhr eine zusätzliche grimmige Befriedigung: Dass endlich auch ein paar von den Polit-Mafiosi höchstpersönlich würden dran glauben müssen und sich nicht mehr hinter irgendwelchen dubiosen Parteispenden verstecken und mit ein paar Bauernopfern aus der Geschichte herauskommen konnten. Manchmal griffen die Mühlsteine der Gerechtigkeit doch, wenn auch spät. Denn auch bei der Parteispenden-Korruption war es, das hatte Löhr immer schon vermutet, immer auch um persönliche Vorteilnahmen gegangen. Und dass dies nun endlich einmal ans Tageslicht kam, das konnte er sich auch auf die Fahne schreiben.

Schuhmacher allerdings schien diesen Erfolg nicht so bewerten zu wollen. Er ging während der Frühbesprechung nur kursorisch auf die Geschichte ein und erwähnte bloß Fischenichs Erfolg, weil der den ramponierten Ruf der Kölner Kripo nach der Schläger-Affäre auf der Eigelsteinwache wenigstens ein bisschen wiederherstellen würde. Darauf, dass Löhr und Esser den Grundstein dieses Erfolges gelegt hatten, kam er ebenso wenig zu sprechen wie auf die Verhaftung von Kösters. Und das, obwohl Essers deutlich sichtbare Blessuren ein beredtes Zeugnis von ihrem hohen Einsatz ablegten. Ein großes Pflaster prangte auf seiner Stirn und unter seinem linken Auge ein blauer Fleck von der Größe eines Apfels. Aber wahrscheinlich gar nicht aus bösem Willen ließ Schuhmacher ihre Heldentaten unerwähnt, sondern einfach nur deshalb, weil in der vergangenen Nacht ein neuer großer Fall auf das KK11 zugekommen war: Ein als

Telefonangestellter getarnter Täter hatte zum zweiten Mal zugeschlagen und in Vingst einen Rentner auf brutale Weise ermordet. Das strapazierte die Personalkapazitäten des Kommissariats – und damit auch Schuhmachers Nerven – aufs Äußerste und ließ für andere Themen keine Zeit. Löhr sollte es recht sein. Er konnte seinen Triumph auch im Stillen und vor allem konnte er ihn ohne das wohlwollende Schulterklopfen Schuhmachers genießen.

Nach der Frühbesprechung trafen sich Löhr und Esser auf dem Flur und verabredeten ihr Vormittagsprogramm, das im Wesentlichen aus der Vernehmung Kösters bestehen würde.

»Sollen wir jetzt gleich in den GWD und uns Kösters vornehmen?«, fragte Löhr.

Esser schüttelte den Kopf. »Ich geh zuerst ins Büro. Muss Urbanczyk informieren und vor allem versuchen, mehr über unseren Mann rauszufinden.« Die Zahnlücke verursachte ihm Schwierigkeiten beim Sprechen, immer wieder schlich sich ein leises Pfeifen oder Nuscheln oder beides gleichzeitig in seine Rede. Aber sein Zahnarzt, hatte er Löhr vor der Frühbesprechung gesagt, hätte am Vormittag keinen Termin für eine so komplizierte Prozedur frei, und ihm, Esser, wäre das auch lieb so: Beim Verhör von Kösters wollte er dabei sein, auch mit Zahnlücke.

»Ist mir recht«, nickte Löhr. »Dann kann ich in der Zeit ins KK12 und die Sache mit den schwarzen Frauen auf dem Eigelstein aufs Tapet bringen.«

»Muss das jetzt sein?«, nuschelte Esser. »Wär mir lieber, wir würden gleich zusammen das Verhör vorbereiten.«

»Das schaffst du auch allein.« Löhr drückte Essers Arm. »Dauert höchstens 'ne halbe Stunde.«

In der Tat brauchte Löhr nicht eine halbe Stunde, sondern bloß zehn Minuten, um Weber und den Leiter des Sitten-Kommissariats davon zu überzeugen, gegen den Menschenhandel, den die italienische Mafia – oder wer auch immer dahinter steckte – auf dem Eigelstein betrieb, vorzugehen. Die Sittenpolizisten waren erstaunt über Löhrs detaillierte Kenntnisse über den professionell organisierten Einsatz der schwarzen Prostituierten in den Kneipen dort. Und weil sie offensichtlich – wenn sie das auch nicht offen zeigten – auch ein wenig beschämt waren angesichts ihrer eigenen geringen Kenntnisse und der Tatsache, dass ein Nichtfachmann wie Löhr in so kurzer Zeit so viel hatte in Erfahrung bringen können, sagten sie sofortige Ermittlungen zu. Noch heute Morgen wolle er ein paar Leute »da rausschicken« sagte der Kommissariatsleiter, während er sich bereits Notizen machte. Löhr gab ihm die Telefonnummer von Ostendorf, bat ihn aber, diese Quelle äußerst diskret und gleichsam nur als Vermittlung für die Adressen der Frauen zu behandeln. Auch das wurde ihm zugesagt, verbunden mit dem zusätzlichen Versprechen, sich mit etwaigen Ermittlungsergebnissen sofort bei ihm zu melden.

Als Löhr zurück in sein Büro humpelte – sein Fußgelenk war in der Nacht trotz Salben und Verbänden angeschwollen und schmerzte jetzt eigentlich mehr als am Abend –, war er von seinem doppelten, ja dreifachen Triumph so beflügelt, dass er den Schmerz vergaß. War das ein Tag! Gestern mit heldenhaftem Einsatz den schwarzen Riesen Kösters erledigt und dabei noch so ganz nebenbei seinem Freund und Kollegen Esser das Leben gerettet. Heute früh konnte er in der Zeitung lesen, wie dank seiner Hartnäckigkeit der feiste Müllkönig Hauff samt seiner politischen Paladine zur Strecke gebracht wurde, und jetzt hatte er sogar noch die Rettung von zwei Dutzend Afrikanerinnen aus ihrer babylonischen Gefangenschaft im Eigelstein – nebst der Erlösung seines armen Vetters Felix und dessen Freundin Aisha – auf den Weg gebracht! Euphorisch riss er die Tür auf und erblickte Esser, der soeben mit dem Ausdruck völliger Fassungslosigkeit im malträtierten Gesicht den Telefonhörer vom Ohr nahm und zurück auf die Station legte.

»Jakob. Das glaubst du nicht«, flüsterte Esser durch seine Zahnlücke.

»Ich glaub dir alles, Rudi!«, trompetete Löhr fröhlich und schloss die Tür hinter sich.

»Nein, nein! Im Ernst, Jakob. Setz dich!«

»Ach Gott, Rudi! Was soll denn schon passiert sein? Ist Kösters ausgebrochen? Oder mussten sie Hauff wieder freilassen?«

»Nein, nein«, stammelte Esser. »Natürlich nicht. – Setz dich! Bitte! Sonst trifft dich der Schlag, das sag ich dir!«

Seufzend folgte Löhr Essers Bitte, setzte sich hinter seinen Schreibtisch und grinste Esser an: »Ich weiß es! Deine Frau ist hinter deine Liebschaft gekommen!«

»Quatsch!« Essers Miene wurde böse. In dieser heiklen Angelegenheit verstand er keinen Spaß. »Wenn du's nicht anders haben willst, sag ich dir's jetzt einfach so: Ich bin dahinter gekommen, für wen Kösters gearbeitet hat, wer sein Auftraggeber ist.«

»Irgendeiner von den Heinis, die Hauff bestochen hat, ist doch klar. Hab ich doch von Anfang an gesagt. Die Frage ist bloß noch: wer.« Löhr dachte nicht daran, sich seine euphorische Stimmung von dem wahrscheinlich durch seine Verletzungen in eine miesepetrige Laune versetzten Esser zerstören zu lassen.

»Kalt. Ganz kalt. Einen Wurf hast du noch frei.«

»Och Mensch Rudi! Jetzt mach's nicht so spannend. Eben wolltest du's mir direkt sagen.«

»Gut. Dann halt dich jetzt fest! Ich hab eben als Erstes überprüft, wem der Jaguar gehört, mit dem Kösters gestern Nachmittag in der Rothehausstraße vorgefahren ist …«

»Geklaut«, sagte Löhr.

»Wieder falsch. Das war ein Leihwagen. Ich ruf also bei der Leihwagenfirma an und frage nach dem Kunden. – Und jetzt kommt's!«

Löhr zuckte die Schultern.

»Schallenberg! Hans-Jürgen Schallenberg.«

»Nein!«

»Doch! Dein Freund und Helfer und Oberinformant Schallenberg!«

»Kann ich nicht glauben!«, behauptete Löhr im Brustton der Überzeugung. »Das ist einfach nicht möglich!«

»In zehn Minuten hast du's schwarz auf weiß. Ich hab die Autoverleihfirma gebeten, uns ein Fax von dem Mietvertrag zu schicken. Der Wagen sollte übrigens in der Filiale in Mailand abgegeben werden. Das heißt, Kösters wollte sich damit absetzen. Und Schallenberg ihm dabei helfen.«

»Quatsch! Der Mietvertrag besagt ja nur, dass Schallenberg einen Wagen geliehen hat. Weiter nichts. Der Kösters hat den dann eben geklaut!«

»Jakob!« Trotz seiner Entstellungen gelang es Esser, eine einigermaßen glaubwürdige Miene besorgten Mitleids aufzusetzen. »Glaubst du an den Weihnachtsmann? An so einen Zufall?«

Löhr antwortete nicht.

»Und *dass* das kein Zufall sein kann«, fuhr Esser fort, »hab ich auch noch rausgefunden. Ich hab mir nämlich daraufhin noch mal alle Datensätze angesehen, in denen Kösters irgendwie aufgetaucht ist. Ich hatte da was übersehen. Der Mann ist zwar nicht vorbestraft, aber es hat einmal ein Gerichtsverfahren gegen ihn gegeben.«

»Hm«. Löhr war wie betäubt. Er wollte immer noch nicht wahrhaben, dass ausgerechnet Schallenberg, der Mann, von dessen Integrität er felsenfest überzeugt gewesen war, hinter Kösters steckte.

»Und zwar«, sagte Esser mit Blick auf den Bildschirm seines Computers, »war er angeklagt wegen räuberischer Erpressung. Was genau spielt jetzt keine Rolle. Wichtig ist nur, dass er freigesprochen wurde ...« Esser machte eine Kunstpause und schaute Löhr an.

»Jetzt kommt's bestimmt«, seufzte der lakonisch.

»Genau. Und zwar, weil Schallenberg, dein Freund Schallenberg, die entscheidende entlastende Aussage gemacht hat.«

»Jetzt sag nicht dauernd ›dein Freund Schallenberg‹!«, fuhr Löhr auf.

Esser ließ den Anflug von Hohn, der um seine Mundwinkel gespielt hatte, wieder verschwinden, als er bemerkte, wie tief getroffen, ja erschüttert Löhr von der unerwarteten Wendung des Falls war.

»Na ja«, fuhr Esser in verändertem, ernsterem Ton fort, »jedenfalls ist damit klar, dass wir uns eine ziemlich intensive Beziehung zwischen Kösters und Schallenberg vorzustellen haben. Zumindest gab's da schon lange 'ne Verbindung zwischen den beiden.«

»Schallenberg hatte Kösters in der Hand und konnte ihn als kriminellen Handlanger benutzen«, sagte Löhr tonlos.

»Um Straftaten zu begehen, die wir Hauff oder seiner politischen Klientel zuordnen mussten«, ergänzte Esser.

»Aber warum?«

»Das fragen wir Kösters am besten selbst«, antwortete Esser und stand auf.

***

Verglichen mit dem alten Polizeigewahrsam am Waidmarkt – im Polizeijargon prosaisch »Zellentrakt« genannt – stellte das neue im Kalker Präsidium einen wirklichen Fortschritt dar. Zumindest für die Polizisten, die dort zu tun hatten. Man brauchte nicht mehr bei Wind und Wetter hinaus, über die Straße und den Hof, wo sich der einzige Zugang zum Gewahrsam befand, sondern konnte jetzt bequem mit dem Fahrstuhl hinunter bis zum Erdgeschoss fahren und gelangte von dort mit ein paar Schritten an der K-Wache vorbei zum ebenerdig gelegenen Polizeigefängnis, das hier auch nicht mehr »Zellentrakt« hieß, sondern einfach mit dem Kürzel »GWD« – für »Gewahrsamsdienst« – bezeichnet wurde.

Die Einrichtung des Polizeigewahrsams war allerdings auch der relativ teuerste Posten beim Bau des neuen Kalker Präsidiums gewesen. Denn hier hatte man – aus Sicherheitsgründen – zwischen die Grundmauern Betonwände statt der sonst üblichen Rigipswände einziehen müssen. Das neue Polizeipräsidium war nämlich – das hatte Löhr inzwischen erfahren, gar kein Polizeipräsidium, sondern ein ursprünglich für den Fernsehsender RTL konzipierter Bau. Da der Sender aus irgendwelchen Gründen von dem Vorhaben Abstand nahm, hatte das Innenministerium zugegriffen und den Bau komplett übernommen, wahrscheinlich deswegen, weil man dadurch die Architekten-Kosten sparte. Was dann aber den Nachteil hatte, dass man sich in einem Gebäude einrichten musste, das überhaupt nicht für die Bedürfnisse der Polizei konzipiert war. Nur innerhalb der Grundmauern der Rohbauten hatte man Gestaltungsmöglichkeiten, und das Endprodukt sah dann so aus, dass in sämtlichen Büroräumen das strikte Verbot galt, einen Nagel in die Wand zu schlagen. Alle Bürowände waren nämlich aus dünnen Rigipsplatten – beim Aufhängen eines einzigen Kalenders hätte man ein riesiges Loch in die Wand geschlagen. Weil aber in einem Gefängnis Rigipswände nicht besonders sinnvoll sind, war im Polizeigewahrsam mit ordentlichem Beton gearbeitet worden. Und da das allein schon teuer genug zu stehen gekommen war, hatte man es dann auch beim bloßen Beton belassen.

So bestanden auch die vier Wände und die Decke des Verhörraums, in dem Löhr und Esser nun seit einer halben Stunde Kösters gegenübersaßen, aus kahlem Sichtbeton, was, da der Raum überdies fensterlos war, die Konzentration auf das Wesentliche erleichterte. Aber Löhr und Esser mochten sich auf das Wesentliche konzentrieren, wie sie mochten, es kam nicht allzu viel dabei heraus. Kösters hatte zwar zugegeben, den Einbruch in die Weißer Müllsortierungsanlage begangen und den Tresor aufzuschweißen versucht zu haben, er hatte auch zugegeben, dies wie den Anschlag mit der Corvette auf Esser und Löhr im Auftrag Schallenbergs getan zu haben. Aber über die Absichten des Stadtverordneten und Vizefraktionsvorsitzenden, das also, was Löhr am meisten interessierte, wollte oder konnte er ihnen nichts sagen.

»Also noch mal von vorn«. Esser rückte das Mikrophon näher an Kösters, »als Schallenberg Ihnen den Auftrag gab, in das Büro in Weiß einzubrechen, da hat er Ihnen nicht gesagt, *warum* Sie das tun sollen?«

»Nein. Hab ich doch schon gesagt«, knurrte Kösters und rückte das Mikrophon wieder ein Stück von sich ab.

»Wie lautete der Auftrag von Schallenberg genau? Was genau sollten Sie in Weiß machen?«, fragte Löhr.

»Hab ich doch auch schon gesagt.«

»Wenn Sie's dann bitte noch mal tun würden? Versuchen Sie sich an den genauen Wortlaut zu erinnern.«

»Er hat gesagt: Geh da rein, schweiß den Tresor auf und hol alles raus, was drin ist. Das war's.«

»*Alles*, was im Tresor drin ist?«, hakte Löhr nach.

»Alle Papiere. Ja.«

»Hat er nicht *bestimmte* Papiere, Unterlagen, Listen und so weiter erwähnt?«

»Nein. Hab ich doch schon gesagt.« Die ohnehin finstere Miene Kösters' wurde noch abweisender, störrischer. Offenbar hatte er sich in der Nacht im Polizeigewahrsam mit seinem Schicksal abgefunden, sich bereit gefunden, alles zuzugeben, wollte einen Schlussstrich ziehen und jetzt nur noch in Ruhe gelassen werden. Und da er wahrscheinlich von Schallenberg tatsächlich nicht über dessen Absichten aufgeklärt worden war – warum sollte der auch einem so offensichtlich dummen Menschen mehr anvertrauen, als er unbedingt wissen musste? –, war es ihm jetzt nur noch lästig, über etwas ausgefragt zu werden, das er nicht wusste. Trotzdem versuchte Löhr einen letzten Vorstoß:

»Kösters! Sie wissen genau, was hier jetzt läuft. Wir kriegen Sie dran wegen zweifachen versuchten Polizistenmordes. Das ist so sicher wie das Amen in der Kirche. Und Ihnen ist doch wohl klar, dass sie deswegen bis zu zwölf Jahre hinter Gitter wandern können?«

Kösters antwortete nicht, blickte stur durch Löhr hindurch. Der legte den Kippschalter am Fuß des Mikrophons um und schaltete es aus.

»Mein Kollege und ich sind die einzigen Zeugen. Deshalb könnten wir das auch etwas anders darstellen, wenn Sie verstehen, was ich meine.«

Völlige Verständnislosigkeit in Kösters' Gesicht.

»Wir könnten den Anklagepunkt ›versuchter Polizistenmord‹ fallen lassen. Dann kämen Sie erheblich billiger weg. Verstehen Sie jetzt?« Löhr fing einen irritierten Seitenblick Essers auf, ignorierte ihn aber, lehnte sich jetzt weit über den Verhörtisch zu Kösters hinüber und setzte eindringlich hinzu: »Dafür müssten Sie uns jetzt aber auch einen Gefallen tun und alles über Schallenberg auspacken, was Sie wissen. Alles!«

Ein riesiges Fragezeichen in der Gestalt sich ineinander schiebender Falten erschien auf Kösters' Stirn. Ganz allmählich schien er zu begreifen, was Löhr wollte.

»Aber, aber«, stotterte der Riese, »das tu ich doch. Ich hab doch alles gesagt.«

»Dann strengen Sie sich noch 'n bisschen mehr an, Mensch!« Löhr schaltete das Mikrophon wieder an und räusperte sich. »Erinnern Sie sich daran, wie Schallenberg sich über Hauff geäußert hat!«

»Geäußert?«

»Mein Gott! Was er über ihn gesagt hat!«

»Er hat gesagt, den kriegen wir dran. Den kriegen wir dran, hat er gesagt. Mehr nicht.«

»Dadurch dran kriegen«, mischte sich jetzt Esser wieder ein, »dass Sie den Inhalt des Tresors in Weiß stehlen?«

Kösters antwortete mit einem schlichten und verständnislosen »Ja«.

»Und wie hat er reagiert, als das nicht geklappt hat, als Sie da nicht reingekommen sind und stattdessen das halbe Bürohaus in Brand gesetzt haben?«

»Sauer, natürlich war der sauer.«

»Sauer, gut. Und dann?«

»Na, und dann, als er sich abgeregt hatte, da hat er gegrinst. Und gemeint, eigentlich wär das so viel besser, wenn die Bullen das finden, was in dem Tresor drin ist. Dann würde er sich da nicht mehr drum zu kümmern brauchen.«

Löhr und Esser tauschten einen Blick. »Sehen Sie«, wandte sich Löhr dann wieder an Kösters. »Sie können sich ja doch noch an ein bisschen mehr erinnern!«

»Und wie«, fragte Esser Kösters, »wie hat er das begründet, dass Sie uns mit dieser geklauten Corvette über den Haufen fahren sollten?«

»Hab ich doch gar nicht!« Empört schob der Riese seine Augenbrauen hoch, was zur Folge hatte, dass sich seine Stirn wieder in krause Falten legte und der Ausdruck der Empörung in seiner Miene dem der Begriffsstutzigkeit sehr nah kam. »Ich sollte euch nur erschrecken.«

»Das ist Ihnen vollkommen gelungen«, nickte Esser bitter.

»Na schön«, sagte Löhr. »Hat Schallenberg in dem Zusammenhang auch Hauff erwähnt?«

»Erwähnt?«

»Hat er«, betonte Löhr nun jedes Wort einzeln, »von Hauff gesprochen, als er Ihnen den Auftrag gab, uns zu ›erschrecken‹?«

»Hm«. Kösters legte die Stirn wieder in Falten und schob die Unterlippe vor. »Ich meine, er hätte gesagt, ich sollte es so anstellen, dass die Bullen das Hauff anhängen würden. Und ich hab gefragt, wie ich das machen sollte. Hatte keine Ahnung, wie ich das machen sollte. Und da hat er gesagt, wär auch egal. Hauptsache, ich würd mich nicht erwischen lassen.«

»Na schön«, seufzte Löhr und schaltete das Mikrophon aus.

***

Im Fahrstuhl, auf dem Rückweg ins KK11, schwieg Löhr und blickte nachdenklich auf seine Schuhe.

»Komm, Jakob! Jetzt nimm das nicht so schwer«, munterte Esser ihn auf. »Hast dich eben in Schallenberg getäuscht. Das kommt vor. Menschliches Versagen.«

»Versagen ja«, murmelte Löhr. »Aber menschlich? Was ist an dem ganzen Sumpf denn noch menschlich? Wer soll sich da noch auskennen mit seinem gesunden Menschenverstand? Ich dachte, ich hätte einen einigermaßen vertrauenswürdigen Informanten in dem ganzen Dreck gefunden – und was macht der? Verarscht mich nach Strich und Faden!«

»Kannst eben heute keinem mehr trauen«, versuchte Esser Löhrs Depression auf einer allgemeinen Ebene ihren offenbar tief sitzenden Stachel zu nehmen. Aber Löhr ließ sich nicht darauf ein und verfiel wieder in Schweigen.

Sie gingen am Geschäftszimmer vorbei, wo Engstfeld Esser ihre Hauspost und ein paar Faxe aushändigte.

Während Esser sich im Büro gleich an die Lektüre der Post machte, wanderte Löhr mit gesenktem Kopf, ratlos in den Hosentaschen vergrabenen Händen und immer noch leicht hinkend von der Tür bis zur Fensterfront und wieder zurück.

»Sieh's doch mal so, Jakob«, sagte Esser schließlich, von seiner Lektüre aufblickend. »Wir stehen doch gar nicht schlecht da! Wir haben den Hauff und den halben Stadtrat vor den Kadi und wahrscheinlich sogar in den Knast gebracht, das ist doch schon mal was, oder?«

»Hm«, machte Löhr und wanderte weiter.

»Dann haben wir uns gestern den Kösters geschnappt. Ist doch auch 'ne Leistung – und war vor allem 'n hartes Stück Arbeit«; aufmunternd grinsend zeigte Esser seine Zahnlücke und deutete auf seine Blessuren an Auge und Stirn.

»Du meinst also, wir könnten so richtig stolz auf uns sein«, sagte Löhr düster.

»Können wir, Jakob! Können wir. Und die Geschichte mit dem Schallenberg, betrachte die doch jetzt einfach als 'nen neuen Fall, als 'ne neue Herausforderung. Zieh unter das andere 'nen Schlussstrich – und dann nehmen wir uns den Schallenberg vor.«

»Wie denn vornehmen?«, murrte Löhr.

»Du bist lustig! ›Wie denn vornehmen‹! Wir setzen uns den ordentlich auf den Stuhl, verhören den, bis ihm die Ohren abfallen.«

»Und kannst du mir auch verraten, was wir für Beweise gegen den haben?«

»Beweise? Der Mann wird durch Kösters schwer belastet!«

»Kösters«, sagte Löhr verächtlich. »Kösters als Belastungszeugen. Das ist doch lächerlich. Der Schallenberg hat das doch alles so gedreht, dass man ihm da nichts beweisen kann. Der kann frank und frei behaupten, mit Kösters nie was zu tun gehabt zu haben, den Mann noch nicht mal gekannt zu haben.«

»Es gibt diese Entlastungsaussage damals vor Gericht«, wandte Esser ein.

»Ja schön. Aber das ist Jahre her. Danach, wird der behaupten können, hat er Kösters nie mehr gesehen, geschweige, ihm irgendwelche Aufträge gegeben.«

»Hm«, machte Esser, nickte nachdenklich und zog ein Blatt aus dem Poststapel vor sich hoch. »Könnte vielleicht was dran sein. Der ED hat den Jaguar untersucht. Der ist aufgebrochen worden. Wieder so primitiv wie die Corvette.«

»Da hast du's«, sagte Löhr. »Der Schallenberg hat sich abgesichert. So dass es aussieht, als hätte der Kösters rein zufällig das von ihm geliehene Auto geknackt.«

»Aber da kann man doch dran fühlen, Menschenskind! Das war doch 'ne absolute Blödheit von Schallenberg, auf seinen Namen das Auto zu leihen. Das glaubt doch kein Richter auf der Welt, dass das 'n Zufall gewesen ist, wenn man das im Zusammenhang mit den Aussagen von Kösters und all den anderen Indizien stellt. Da kriegen wir 'ne saubere Beweisführung hin, den kriegen wir dran, deinen Schallenberg!«

»Ich hab dir schon mal gesagt, du sollst nicht immer ›dein Schallenberg‹ sagen«, murmelte Löhr, verfiel danach ins Grübeln und schwieg. Nach einer Weile schüttelte er den Kopf und sagte: »Nein, nein. Ich hab keine Lust dazu.«

»Wozu?«, fragte Esser.

»Jetzt mit dem Schallenberg gleich ein neues Fass aufzumachen. Ich hab die Schnauze voll von dem ganzen Dreck. Ich kümmer mich jetzt noch kurz um was anderes, was Wichtigeres, und dann mach ich Feierabend.«

Während Löhr zum Telefon griff und Webers Nummer beim KK12 wählte, beobachtete Esser ihn ein paar Sekunden lang nachdenklich, dann schob er entschlossen die Papiere auf seinem Schreibtisch zusammen. »Hast vielleicht Recht. Für heute ist Feierabend. Außerdem muss ich zum Zahnarzt. – Schauen wir nächste Woche weiter.«

»Allerfrühestens«, knurrte Löhr, tippte die letzte Zahl ein, hatte ein paar Sekunden später Weber am Apparat und fragte ihn, wie inzwischen die Sache mit den schwarzen Frauen auf dem Eigelstein stünde.

»Ha«, sagte Weber. »Wir sind vor anderthalb Stunden mit unserer halben Besatzung da raus, und die Jungs räumen das Viertel richtig auf, sage ich Ihnen. Ich sitz hier und koordiniere das, und wie's scheint, sind 'n paar echte Volltreffer dabei.«

»Volltreffer?«, fragte Löhr etwas beklommen – doch nicht womöglich auch Aisha zählte zu den Volltreffern? »Was für Volltreffer?«

»Zwei von den Italienern, die da im Geschäft sind, werden mit internationalem Haftbefehl wegen Menschenhandels gesucht. Die haben wir gleich schon mal kassiert. Den anderen Typen können wir im Augenblick noch nichts nachweisen. Aber ich denke, wenn die Mädchen ausgepackt haben, werden die sich erst mal für 'ne Weile unsichtbar machen.«

»Und die Frauen?«, fragte Löhr bang. »Was ist mit den Frauen?«

»Die Frauen? Die sind, wie Sie gesagt haben, zum größten Teil legal hier. Mit Touristenvisum. Bisher haben wir nur eine gefunden, die das überzogen hat. Die bringen wir zur Abschiebung.«

»Haben Sie da zufällig einen Namen?«

»Warten Sie ...« Löhr hörte das Rascheln von Papieren. »Athi Kaynap«, sagte Weber dann. »Ja, die Frau heißt Athi Kaynap.«

»Athi?«, fragte Löhr. »Nicht zufällig Aisha?«

»Nein, Athi. – Aber Aisha, den Namen hab ich doch auch irgendwo, warten Sie ...« Wieder das Rascheln von Papieren. »Ja, richtig«, kam wieder Webers Stimme. »Auf den Namen sind wir auch gestoßen. Aisha Mwende. Aber die zu dem Namen gehörige Frau haben wir nicht gefunden, unauffindbar bisher.«

»Und was ist mit dieser Aisha Mwende?«

»Nichts ist mit der. Stand nur auf der Liste von einem von den Typen. Ansonsten nichts. Jedenfalls scheint die noch 'n gültiges Visum zu haben.«

»Gut«, sagte Löhr erleichtert, »danke Ihnen, Weber.«

Mit einem Seufzer legte Löhr auf. Esser stand neben ihm, hatte bereits seinen Trenchcoat angezogen und gewartet, bis Löhr sein Gespräch beendet hatte. Jetzt reichte er Löhr die Hand.

»Schönes Wochenende, Jakob.«

»Danke. Dir auch, Rudi. Und lass dir 'nen schönen neuen Zahn einbauen!«

Esser grinste schief, und Löhr wartete, bis er zur Tür hinaus war, kramte dann sein Handy hervor und rief die Nummer seines Vetters auf.

»Brauchst nicht zu erschrecken, Felix. Wollte dir nur kurz 'ne gute Nachricht mitteilen.«

Trotzdem wieder das störrische Schweigen des Vetters. Löhr aber ließ sich nicht entmutigen und erzählte Felix das, was er in Bezug auf Aisha erfahren, was das KK12 darauf unternommen hatte, und schloss mit der Bemerkung: »Du kannst also deine Aisha wieder aus ihrem Versteck holen, Felix. Besteht keine Gefahr mehr. Nur, denke ich, solltest du dich, wenn du's immer noch willst, schnell um die Heirat kümmern. Irgendwann läuft das Visum ab …«

Immer noch Schweigen am anderen Ende. Dann, endlich, ein erstauntes: »Das hast du wirklich gemacht, Jakob?«

»Ja«, antwortete Löhr. »Wozu bin ich denn Polizist?«

Noch einmal ein kurzes Schweigen, und dann kam ein für den verschlossenen Felix erstaunlich bewegtes »Danke, Jakob! Danke!«

»Brauchst dich nicht zu bedanken, Felix. Wär nur schön, wenn du mir deine Aisha irgendwann mal vorstellen könntest.«

»Mach ich, Jakob. Ganz bestimmt!«

»Also dann mach's gut, Felix. Viel Glück!«

»Moment! Moment, Jakob!« Plötzlich konnte Felix doch reden, seine Stimme überschlug sich sogar. »Was – was ist mit meiner – meiner Mutter?«

»Tante Sylvia? Was soll mit der sein?«

»Ich meine, hast du – willst du sie …?«

»Um Gottes Willen, nein, Felix! Macht ihr das mal schön unter euch aus.«

Mit dem Gefühl, heute wenigstens *etwas* erreicht zu haben, steckte Löhr das Handy wieder ein. Wesentlich konnte ihn das allerdings nicht über die grandiose Niederlage, die Schallenberg ihm bereitet hatte, hinwegtrösten.

***

Als Löhr aus der Eingangshalle des Polizeipräsidiums trat, empfing ihn ein scharfer Regenschauer, dessen feine Tropfen fast wie Eiskörnchen auf die Haut prallten. Löhr schlug den Kragen seines Jacketts hoch. Er war nicht so klug wie Esser gewesen, hatte am Morgen keinen Mantel übergezogen. Das passierte ihm oft, gerade im Frühling, dass, wenn er morgens aus dem Fenster schaute und die Sonne schien und keine Wolke den Himmel trübte, er voller Optimismus glaubte, so bliebe es den ganzen Tag, und dann auf Pullunder oder Mantel verzichtete – um im Lauf des Tages oder spätestens abends auf dem Heimweg zu frieren oder nass zu werden.

Es gab zwei Wege, auf denen Löhr von der U-Bahn-Station zum Präsidium ging beziehungsweise vom Präsidium zurück: Wenn das Wetter schön war und er genügend Zeit hatte, bevorzugte er die U-Bahn-Station Deutz-Kalker-Bad. Vom Präsidium bis dorthin zu Fuß war es ein zehnminütiger Spaziergang – nicht gerade durch ein städtebaulich erfreuliches Ambiente –, aber immerhin ein Spaziergang. Den wesentlich kürzeren Weg zur Station Kalker Post mied Löhr dagegen am liebsten, denn er führte an einer elendiglich langen, nicht zu überschauenden Backsteinmauer entlang, die das Gelände der früheren Chemischen Fabrik gegen die Deutz-Kalker-Hauptstraße abschirmte. Löhr hasste es, an langen Mauern entlangzugehen. Es war ein Trauma, das wahrscheinlich aus seiner Kindheit herrührte, von irgendeinem oft oder regelmäßig zurückzulegenden Weg, welchem genau, daran erinnerte er sich nicht mehr, einem Weg, der auch an einer langen Mauer entlanggeführt hatte. Wenn er jetzt neben einer langen Mauer herging, überkam ihn die gleiche Beklemmung, wie er sie als Kind empfunden hatte, aber er wusste nicht, was genau diese Beklemmung verursachte. War es der eingeschränkte, an der einen Seite zugestellte Blick? War es die Monotonie der immergleichen, sich endlos aneinander reihenden Backsteine, an denen das Auge, ob es wollte oder nicht, entlangstreifte: Immer wurde der Blick merkwürdigerweise mehr von der Mauer, dem Einschränkenden, Beengenden angezogen als von der vergleichsweise freien Aussicht auf die Straße und die gegenüberliegende Häuserzeile.

Und wie jedes Mal, wenn er die Mauer entlangging, so wie heute wegen des Regens, grübelte Löhr über die Frage, wieso das so war, wieso die Mauer ihn immer wieder in eine solch depressive Stimmung versetzte, und als dabei der Begriff »depressiv« in seinem Gedankenkarussell vorüberzog, wurde ihm bewusst, dass er sich in einer *wirklichen* Depression befand, zumindest in einer sehr niedergeschlagenen, sehr enttäuschten Stimmung. Und während das eine Karussell bei dem Begriff »Depression« stehen blieb, setzte sich gleichzeitig ein anderes in Bewegung und dann noch eines und noch eines, und alle kreisten um die Frage, was denn nun die Ursache dieser Niedergeschlagenheit ausmache, und nacheinander, manchmal auch gleichzeitig, tauchten die Begriffe »Verarschung«, »Verhohnepipelung«, »Irreführung«, »Betrug«, »Täuschung«, »Lüge«, »Finte« auf, und schließlich, Löhr war fast am Ende der Mauer angekommen, blieb das Karussell beim Begriff »Fehlinformation« stehen, und Löhr wurde mit einem Schlag klar, was er jetzt zu tun hatte.

Zu Hause angekommen, machte er sich nicht einmal die Mühe, sich aus dem völlig aufgeweichten Jackett zu zwängen, sondern humpelte mit vor Nässe quietschenden Schuhen gleich zum Telefon und wählte die Nummer von Henseleit.

»Was ich Ihnen *angetan* habe, Herr Kommissar?« Ein Beben der Entrüstung verlieh Henseleits ohnehin krächzender Stimme schrille Obertöne. »Nichts habe ich Ihnen angetan! Und vor allem habe ich Ihnen keine *Fehlinformation* gegeben. Ich habe Ihnen nur nach meinem besten Wissen und Gewissen ...«

»... zu diesem Schallenberg geraten! Ja! Und als was erweist sich diese *Informationsquelle*?«

»Moment, Moment«, unterbrach ihn Henseleit. »Ich habe Ihnen lediglich gesagt, dass Schallenberg der Politiker in Köln ist, der über die meisten Informationen über Hauffs Geschäfte verfügt.«

»Der aber damit sein eigenes Süppchen kochen will! Der augenscheinlich bloß darauf gewartet hat, dass wir hinter Hauff herstochern, der ihm darauf dann zusätzlich noch richtige Verbrechen anzuhängen versucht hat – ein Krimineller!« Jetzt bebte Löhrs Stimme in furioser Aufregung über diesen altersschwachen Ex-Politiker, weil der es doch eigentlich schuld war, dass er in die Schallenberg-Falle gelaufen war. Vielleicht hatte Henseleit ihn sogar mit Bedacht hineingelockt?

»Bitte, Herr Kommissar! Jetzt regen Sie sich nicht auf! Denken Sie doch mal nach ...«

»Sie können sich darauf verlassen, dass ich das tue!« Löhr schäumte jetzt.

»Aber vielleicht waren Sie ein bisschen naiv, Herr Kommissar ...«

»*Ich*? Naiv?«

»Überlegen Sie doch mal, Schallenberg mischt hier in der Politik genauso mit wie Hauff oder Bayartz und all die anderen und hat gleichzeitig auch noch eigene, geschäftliche Interessen. Wir sind in Köln, Herr Kommissar!«

»Das weiß ich, Herr Henseleit. Trotzdem haben Sie mir zu dem falschesten Mann geraten, den es da offenbar überhaupt geben kann!«

»Ich habe Ihnen zu dem Mann geraten, der Ihnen die besten Informationen zu Hauff geben kann. Und die haben Sie offensichtlich ja auch weitergebracht, wenn ich das recht in der Presse verfolgt habe. Ein Erfolg ...«

»Aber womit ist der erkauft, bitte sehr! Dass da ein anderer im Schatten der Hauff-Affäre womöglich noch in aller Ruhe ein viel größeres Ding dreht?«

»Das könnte es sein.« Henseleits Stimme klang plötzlich ganz hohl.

»*Was* könnte ›es‹ sein?«

»Geben Sie mir drei, vier Stunden Zeit, Herr Kommissar. Dann weiß ich es, dann hab ich es raus.«

»*Es*? Was ›es‹?«

»Es ist jetzt gleich ein Uhr. Kommen Sie am frühen Abend bei mir vorbei, Herr Kommissar, dann weiß ich alles.«

Ganz gegen seine Gewohnheit verzichtete Löhr an diesem Mittag aufs Essen und vertraute darauf, dass die beiden Käsebrötchen, die er sich am Morgen von Esser aus der Kantine hatte mitbringen lassen, bis zum mit Irmgard geplanten Abendessen vorhalten würden, und goss sich – ebenfalls ganz gegen seine Gewohnheit – einen großen Tullamore Dew ein und trank ihn in zügigen Schlucken, während er sich aus seinen nassen Kleidern schälte. Das Glas mit dem Rest des Whiskys nahm er mit unter die Dusche, von der er sich – auch wieder ganz gegen seine Gewohnheit – fast eine halbe Stunde lang berieseln und durchwärmen ließ.

Anschließend fühlte er sich wieder einigermaßen menschlich, war aber so schlaff und müde, dass er es gerade noch in seinen Bademantel und zu seinem Ohrensessel schaffte, in dem er sich niederließ, als hätte er gerade die Erklimmung des Matterhorns hinter sich. Mit dem Plan, kurz einmal die Augen zuzumachen, sich danach anzuziehen, zu einer großen Einkaufstour fürs Abendessen aufzubrechen, darauf zum Bahnhof zu fahren und Irmgard abzuholen, schlief er ein.

Als er wieder aufwachte, war es kurz vor drei. Kurz nach vier kam Irmgard im Hauptbahnhof an. Die Einkaufstour war gestrichen, Löhr hatte gerade noch Zeit, sich anzuziehen und einen Tee zu trinken. Dann musste er los.

Wenn man früher, das heißt, noch vor ein paar Jahren, jemanden vom Bahnhof abholte, quetschte man sich eilig durch das Menschengeschiebe in der Eingangshalle, ging zum Bahnsteig hoch, wartete die paar Minuten, die man vorsichtshalber zu früh war, und dann kam der Zug, man suchte kurz nach dem Ankömmling, begrüßte ihn und verließ dann mit ihm gemeinsam wieder den Bahnhof. Jetzt tut man im Prinzip das Gleiche, abgesehen davon, dass einem das Gedränge im Eingang um ein Vielfaches gewachsen vorkommt. Doch wenn man dann am Bahnsteig ist, erfährt man in aller Regel, dass sich der Zug zwanzig bis dreißig Minuten verspätet. Und da der Bahnsteig jetzt wie früher an Unwirtlichkeit nichts verloren hat, nutzt man heute den Ausbau des ebenerdigen Bahnhofgewölbes zu einem unüberschaubaren, bunten Basar zu einem Bummel entlang an Dutzenden von Bistros und Geschäften, deren Angebote so überflüssig sind wie ihre Existenz selbst. Das tat auch Löhr an diesem Nachmittag, doch kam ihm dabei der Gedanke, dass diese Geschäfte und Bistros vielleicht doch nicht so überflüssig sein könnten. Dass zumindest auch hier ein Plan dahinter steckte, dass die Bahn-AG also vielleicht etwas von den Kölnern gelernt hatte. Denn musste man die inzwischen regelmäßigen Zugverspätungen nicht im Zusammenhang mit dem Ausbau der Bahnhöfe zu Konsumtempeln sehen? Konnte der Plan nicht vielleicht der sein, die Züge absichtlich zu spät kommen zu lassen, um die Wartenden in die Fänge der Uhren-, Schmuck-, Handy- und Schuhe-Verkäufer in den Colonaden zu treiben? Vielleicht war es auch umgekehrt: dass der Einzelhandel sich nur unter der Bedingung in den Bahnhöfen niederließ, dass die Bahn ihre Züge mit mindestens zwanzig Minuten Verspätung einlaufen ließ? Möglich, dass das Spekulation war. Sicher keine Spekulation war aber, dass die Abschaffung der Zugrestaurants – etwas, was Löhr mit tiefem Weltschmerz erfüllte – im Zusammenhang mit der Umgestaltung der Bahnhöfe zu Pizzerien stand. Entweder hatte die Pizza-Mafia die Bahn gezwungen, ihre Restaurantabteile abzukoppeln, oder die Bahn-Mafia hatte den Pizzabäckern ein Angebot gemacht, das sie nicht abschlagen konnten, oder beide Mafias waren ein und dieselbe Mafia …

Mit solchen Gedanken beschäftigt – und er war sehr froh, dass es diese und nicht andere – etwa solche über Schallenberg – waren, beobachtete Löhr das Einfahren des Zuges aus Berlin. Und als er Irmgard entdeckte, lief er auf sie zu als wäre er zwanzig und hätte sich nicht am Tag vorher den Fuß verstaucht. Er umarmte und küsste sie, als hätte er sie Jahre nicht gesehen und als wäre ihre Liebe so jung wie damals, an ihrem ersten lauen Aprilabend im Weinhaus Esser.

»Mein Gott, Jakob!« Lachend und mit einer Mischung aus erstauntem Geschmeicheltsein und leicht misstrauischer Überraschung hielt Irmgard den stürmischen Löhr ein wenig von sich ab: »Das sieht ja fast so aus, als würdest du unter Entzugserscheinungen leiden!«

»Das sieht nicht nur so aus«, antwortete Löhr, nahm Irmgards Reisetasche auf und ließ sich am freien Arm von ihr unterhaken. Tatsächlich hatte er sich, als er sie vorhin aus dem Zug steigen sah, wieder ein bisschen neu in sie verliebt. Das widerfuhr ihm oft, wenn er sie nach einer ihrer Reisen wieder sah, meist aber nur nach den längeren. Hinzu kam aber jetzt, dass ihm beim Wiedersehen bewusst wurde, was er die ganze Woche – abgesehen von vernünftigen Mahlzeiten – vermisst hatte: Wärme, Vertrauen, Solidarität. Eine Woche lang war er durch einen Morast von Ränkespielen, Abgefeimtheiten, Heucheleien und offenem, brutalem Betrug gewatet, hatte sich in einer Welt orientieren müssen, in der es keine Wahrheit gab, wo sich in der aufrichtigsten Bekundung Ranküne und Lüge verbargen. Und jetzt: Irmgard! Für eine Weile, für das Wochenende jedenfalls, würde er den ganzen Unrat vergessen, sich erholen und zum ersten Mal seit langer Zeit: wieder Freude empfinden können. Aber noch, fiel ihm plötzlich ein, war es nicht so weit.

»Eigentlich hatte ich vor, heute Abend was Schönes für uns zu kochen«, sagte Löhr, als sie nebeneinander im Fond des Taxis saßen.

»Eigentlich?« Milde Ironie in Irmgards Stimme.

»Tja, es war so, dass ich vorhin unterwegs ziemlich nass geworden bin; dann hab ich mich ‘ne halbe Stunde unter die Dusche gestellt und einen Whisky getrunken – und dann bin ich eingeschlafen.«

Sie lachte hell auf, rückte ein Stück näher zu ihm und kuschelte sich an ihn.

»Und dann bin ich natürlich nicht mehr zum Einkaufen gekommen.«

»Dann gehen wir eben essen.«

»Genau das wollte ich auch vorschlagen. Und zur Feier des Tages lade ich dich ins ›Mario‹ auf der Lütticher Straße ein. Du weißt – deine ›Vongole Verace‹! Ich bestell auch gleich auf dem Weg einen Tisch für uns.«

»Auf dem Weg?«, fragte Irmgard. »Liegt der ›Mario‹ auf unserem Weg?«

»Ach weißt du«, murmelte Löhr mit dem schlechtesten Gewissen, »ich hab vor unserem Abendessen leider noch eine Verabredung. Dienstlich. Eine *klitzekleine* Verabredung, und ganz in der Nähe, verstehst du?«

Viele Frauen, das wusste Löhr – und auch einige Männer, zu denen mit Bestimmtheit Esser zu zählen war, hätten darauf zumindest pikiert reagiert: Gerade noch freudig beim Wiedersehen umarmt – und schon wieder allein gelassen. Nicht so Irmgard. Seine Irmgard. Sie beugte sich zu ihm, gab ihm einen Kuss auf die Wange und sagte: »Das trifft sich doch gut. Dann kann ich in der Zeit auspacken und mich frisch machen.«

»Oh ja«, sagte Löhr erleichtert und nahm Irmgard in den Arm. »Das trifft sich wirklich gut.«

***

Die Hand, mit der Henseleit eine Zigarre aus der Holzkiste zupfte, kam Löhr noch gelber, noch pergamentener vor als bei seinem letzten Besuch. Konnte es sein, dass ein Mensch innerhalb einer Woche so altert? Oder hatte er beim ersten Mal nicht richtig hingeschaut?

Henseleit musste an Löhrs Blick bemerkt haben, was der dachte, und sagte, während er mit leicht zittriger Hand seine Zigarre beschnitt und dann mit einem großen Streichholz ansteckte: »Ich hatte eine ziemlich anstrengende Woche. Viel gearbeitet, kaum geschlafen. – Möchten Sie jetzt nicht doch eine?«

Er schob die Zigarrenkiste ein Stück auf Löhr zu. Löhr überlegte kurz, dann nickte er, griff sich eine Zigarre heraus und nahm sich vor, Henseleit endlich einmal danach zu fragen, an was er da eigentlich arbeite. Aber das andere war zuerst wichtiger.

»Also?«, fragte Löhr, während ihm Henseleit Feuer gab. »Was haben Sie rausgekriegt?«

Henseleit lehnte sich in seinem Sessel zurück, sog an der Zigarre, bis die Glut rot aufleuchtete, paffte zwei, drei dicke weiße Rauchwolken und sagte dann: »Ein bisschen hatten Sie Recht, Herr Kommissar. Es war fahrlässig von mir, Sie zu Schallenberg zu schicken. Ich hätte eigentlich wissen müssen, dass er ein doppeltes Spiel treibt. Zumindest hätte ich mich vorher genauer über ihn erkundigen müssen.«

»Nun ja ...« Löhr machte eine vage Bewegung mit der Hand, in der er die Zigarre hielt. Sein Zorn auf den Ex-Politiker war weitgehend verflogen, spätestens als er ihm gegenüberstand und sah, dass er wieder den gleichen verschlissenen Morgenrock wie beim letzten Mal trug und seine Gestalt noch durchsichtiger und gebeugter als bei ihrer ersten Begegnung schien.

»Das hab ich also jetzt nachgeholt«, fuhr Henseleit fort. »Es ist in der Tat so, dass Schallenberg zur gleichen Zeit, in der Sie mit dieser Hauff-Geschichte zu tun hatten, einen ganz großen Deal eingefädelt hat.«

»Einen anderen Müllbaron in der Stadt durchzusetzen?«

»Nein, nein«, Henseleit wedelte mit der Zigarre, so dass der weiße Aschekegel von ihrer Spitze herunter auf den Morgenrock fiel, was er aber nicht sah oder nicht beachtete. »Das ist Schnee von gestern. Das ist Jahre her, dass er das versucht hat – und damit gescheitert ist. Das war damals nur der Grund dafür, dass er Hauff zu seinem Feind erkoren, Informationen über ihn zusammengetragen, Dossiers über ihn angelegt hat. Nein. Jetzt geht es um etwas ganz anderes.« Henseleit hatte die Asche auf dem Morgenrock doch bemerkt, wischte sie mit einer lässigen Handbewegung ab, sog dann noch einmal an der Zigarre und fuhr fort: »Ende des Jahres laufen die Versicherungsverträge der Stadt und fast aller städtischen und halbstadtischen Gesellschaften aus. Die bestehen bisher noch mit verschiedenen Versicherungsgesellschaften zu unterschiedlichen und zum Teil für die Stadt sehr unvorteilhaften Konditionen. Und der Stadtkämmerer arbeitet zurzeit an einer Vereinheitlichung – aus Kostengründen, versteht sich.«

»Verstehe«, sagte Löhr. »Und Schallenberg als Versicherungsagent ...«

»Will sich den ganzen Kuchen auf einmal schnappen. Ja. Millionen und Millionen an Provisionen. – Und er ist auf dem besten Weg dazu. Jetzt erst recht.«

»Ja schön«, sagte Löhr verständnislos. »Aber was hat das mit Hauffs Müllanlage zu tun? Ich versteh den Zusammenhang nicht. Müll und Versicherungen.«

»Da gibt es auch keinen, Herr Kommissar. Es sei denn, Schallenberg stellt ihn selbst her. Und das scheint er ja offensichtlich geschafft zu haben.«

»Das versteh ich erst recht nicht!«

»Doch!«, widersprach Henseleit. »Wenn Sie nämlich wissen, dass das, wie Sie sich vorstellen können, gar nicht so einfach ist, sich quasi als Versicherungs-Monopolist bei der Stadt ins gemachte Bett zu setzen. Das ist eine heikle Aufgabe. Da müssen etliche Konkurrenten aus dem Feld geschlagen werden. Das gibt Unruhe, Aufruhr und Widerstand im Rat und auch in der Öffentlichkeit. Und die Wogen, die da hochschlagen, kriegt der Schallenberg nicht nur durch kräftiges und breitflächiges Schmieren geglättet.«

»Sondern?« Löhr verstand immer noch nicht ganz, auf was Henseleit hinauswollte, aber allmählich dämmerte ihm etwas.

»Sondern am besten, indem man sich hinter einem anderen, einem möglichst großen Skandal verstecken kann. Wenn der nur groß genug ist, hat die Öffentlichkeit genug damit zu tun. Und im Schatten der allgemeinen Aufregung wickelt man dann sein eigenes Geschäft in aller Ruhe ab.«

»Und deswegen hat Schallenberg die Hauff-Affäre inszeniert?«

»Das nehme ich an«, entgegnete Henseleit. »*Wie* er das gemacht hat, das müssten Sie eigentlich selbst am besten wissen.«

Jetzt endlich fiel es Löhr wie Schuppen von den Augen. »Sie meinen also, Schallenberg hat den Müllgeldskandal selbst losgetreten, dadurch, dass er in Hauffs Tresor in Weiß hat einbrechen lassen?«

»Hinter dem Einbruch steckte also Schallenberg? Das stand nicht in der Zeitung. Aber da haben Sie's ja!«

»Aber woher konnte er wissen, dass die Unterlagen, an die er heranwollte, ausgerechnet da lagen? Die hätten doch auch irgendwo anders sein können!«

Henseleit hob die dünnen Schultern: »Sie können sicher sein, dass der überall in Hauffs Imperium seine Informanten hat.«

»Wahrscheinlich hatte er vor, die Unterlagen aus dem Tresor von sich aus an die Öffentlichkeit zu bringen. Aber da er einen Trottel vorgeschickt hatte, der statt den Tresor zu knacken, das halbe Bürogebäude in Brand gesteckt hat, sind wir auf den Tresorinhalt gestoßen.«

»Was für Schallenberg dann eigentlich noch günstiger war.«

»Insofern, als er – wahrscheinlich durch seine Beziehungen zur Staatsanwaltschaft – immer auf dem Laufenden über den Stand unserer Ermittlungen gehalten wurde.«

Henseleit lächelte. »Da können Sie sicher sein, dass Schallenberg auch dahin Drähte hat.«

»Aber offenbar nicht solche, über die er unmittelbar Einfluss nehmen kann. Da hat Hauff offenbar bessere Verbindungen. Denn als unsere Ermittlungen klemmten beziehungsweise als Hauff uns massiv Steine in den Weg legte, hat Schallenberg durch ein inszeniertes Attentat auf uns, das wir natürlich Hauff anlasten mussten, nachgeholfen.«

Henseleit nickte schweigend und betrachtete seine bis auf das letzte Drittel heruntergebrannte Zigarre.

»O Gott!«, seufzte Löhr, lehnte sich weit in seinem Sessel zurück und schloss für einen Augenblick die Augen. »In Köln *irgendetwas* gegen die Korruption zu unternehmen, das ist, als wenn man den Teufel mit dem Beelzebub austreibt. Hast du einen Satan gerade an den Hörnern, treibt der Nächste in deinem Rücken sein Spiel.«

»Wen wundert das in einer Stadt, wo es so viele Teufel gibt«, lächelte Henseleit.

»Muss wohl an den vielen Kirchen liegen«, grinste Löhr zurück. »Wo viel Licht ist, ist viel Schatten. – Was meinen Sie? Kriegt der Schallenberg seinen Deal mit der Stadt durch?«

»Wenn Sie oder Ihre Kollegen ihm nicht in die Parade fahren ...«

»O Himmel!«, stöhnte Löhr. »Nicht schon wieder! Ich will endlich mal einen kleinen, klaren Fall!«

»Wer möchte den nicht? Da kann ich Ihnen auch ein Lied von singen«, antwortete Henseleit und winkte mit seinem Zigarrenstummel über die Bücher- und Manuskriptberge.

»Da wollte ich Sie letztes Mal schon nach fragen, Herr Henseleit. Was machen Sie da eigentlich? Woran arbeiten Sie?«

»Ach! Nichts Besonderes«, antwortete Henseleit. »Andererseits ist es manchmal ganz schön knifflig. – Ich habe in einem Bibliotheksarchiv eine bisher unbekannte Handschrift von Johann Georg Adam Forster gefunden – und jetzt bin ich dabei, dessen halbes Werk neu zu edieren.«

»Forster?«, fragte Löhr.

»Ein Schriftsteller, ein Reiseschriftsteller aus dem achtzehnten Jahrhundert, sehr interessanter Mann.«

»Achtzehntes Jahrhundert!«, sagte Löhr. »Sie Glücklicher!«

Auf dem Rückweg ging Löhr Henseleit, dessen Bibliothek und seine Arbeit darin nicht aus dem Kopf, und er konnte sich eines Anflugs von Neid nicht ganz erwehren. Hatte der Mann es gut! Er hatte sich aus dem ganzen Sumpf zurückgezogen und lebte sein stilles Forscherleben mit seinen Zigarren und zwischen seinen Büchern! Und er, Löhr? Am Montag musste er wieder zurück in den Korruptionsdschungel, und was wurde aus seinen eigenen kleinen Forschungen? Nichts! Noch nicht einmal die Zeit hatte er gefunden, dahinter zu kommen, was dieses seltsame Wörtchen »Ritzekrätzer« bedeutete!

Auf der Aachener Straße lenkte eine Reisegruppe von Asiaten, die laut zwitschernd dem Millowitsch-Theater zustrebte, seine Gedanken von Henseleit ab, und während er stehen blieb und die Gruppe an sich vorbeiließ, fragte er sich, was die Asiaten ausgerechnet im Millowitsch wollten – die konnten doch wahrscheinlich kaum Deutsch –, wieso gingen die dann in ein kölsches Volksstück? Sind schon seltsame Menschen, dachte Löhr – und als er das dachte, fiel ihm die Geschichte aus dem Pariser Chinesenviertel wieder ein, die Esser ihm erzählt hatte. Und während er weiterging und überlegte, wo die Chinesen wohl ihre Toten beerdigten und wie sie es anstellen mochten, die Pässe der Verstorbenen so hinzubekommen, dass sie auf andere, wahrscheinlich sehr viel jüngere Menschen passten, kam er an der »Opernschänke« vorbei und hatte plötzlich eine Idee. *Die* Idee. Er sah auf die Uhr: Ganze fünf Minuten hatte er noch Zeit bis zu seiner Verabredung mit Irmgard bei ›Mario‹. Schnell kehrte er um und betrat die Kneipe.

»Hach«, stöhnte Onkel Heinz, legte sein Klammerjass-Blatt aus der Hand und musste zuerst einmal einen tiefen Schluck Kölsch zu sich nehmen. »Erinner mich nit an den armen Boris! Ja, dat Kerlchen lebt noch. Aber frag mich bitte nit, wie!«

»Einmal kommt für jeden die Stunde«, sagte Löhr zwar pietätvoll, aber den Kern des Problems gleich fixierend. »Auch für Hunde. Aber das soll nicht heißen, dass dein Boris nicht weiterleben kann.«

Onkel Heinz sah zuerst Löhr an, dann zu seiner Spielgefährtin Bluna hinüber, so, als gebe es erheblichen Anlass, an Löhrs Verstand zu zweifeln, und seine Stimme klang sehr gequält, als er sagte: »Du meinst also, der käm irgendwie in den Himmel oder so, der Boris?«

»Nein. Ich meine nur, dass Boris eines Tages wirklich tot sein wird – aber dass es keiner zu merken braucht.«

Heinz' Bedenken, Löhrs Verstand betreffend, schienen sich jetzt endgültig zu bestätigen. Er sagte nichts, sondern warf Bluna einen langen, forschenden Blick zu, und Bluna senkte, ebenfalls schweigend, den Kopf. Eindeutig eine Geste, mit der sie klar machte, dass Löhr wohl nicht mehr zu helfen sei.

»Euer Vermieter, der will doch nicht, dass ihr euch einen *neuen* Hund zulegt, richtig?«, fragte Löhr unverdrossen.

Heinz nickte, aber seine Zweifel an Löhrs Geisteszustand waren bei weitem noch nicht ausgeräumt.

»So!«, sagte Löhr triumphierend. »Angenommen, der Boris ist jetzt tot. Und was ist, wenn ihr den still und heimlich unter die Erde bringt und mit 'nem Hund zurückkommt, der genauso aussieht wie der Boris, und nicht nur genauso aussieht, sondern der auch noch ›Boris‹ heißt?«

Heinz und Bluna brauchten etliche Sekunden, bis sie begriffen, was Löhr da gerade gesagt hatte. Dann schlug Heinz ihm auf die Schenkel und grölte, dass das halbe Lokal sich nach ihm umdrehte: »Jakob, du bess ene Düvel!«

»In dem Fall vielleicht schon«, antwortete Löhr bescheiden.

KOMMISSAR LÖHR

Peter Meisenberg
SCHWARZE KASSEN
Kommissar Löhrs erster Fall
Broschur, 170 Seiten
ISBN 3-89705-171-0

»Klasse-Krimi mit Kult-Kommissar.« Express

Peter Meisenberg
LÖHR UND DAS OB-PATT
Kommissar Löhrs zweiter Fall
Broschur, 208 Seiten
ISBN 3-89705-205-9

»Meisterhaft, mit Gespür für spannende Unterhaltung.« taz

Peter Meisenberg
PAPPNASEN
Kommissar Löhrs dritter Fall
Broschur, 176 Seiten
ISBN 3-89705-230-X

»Leichte Lesekost, die Spaß macht.« Rhein-Zeitung